KB072133

FUSION FANTASTIC STORY
A Bittersweet Life
미더라 장편 소설

# 즐거운 인생 4

미더라 장편 소설

초판 1쇄 찍은 날 § 2014년 11월 14일
초판 1쇄 펴낸 날 § 2014년 11월 24일

지은이 § 미더라
펴낸이 § 서경석

편집부장 § 권태완
편집책임 § 박용서

펴낸곳 § 도서출판 청어람
등록번호 § 제387-1999-000006호
등록일자 § 1999. 5. 31
어람번호 § 제1-1985호

주소 § 경기도 부천시 원미구 부일로 483번길 40 서경B/D 3F (우) 420-822
전화 § 032-656-4452  팩스 § 032-656-4453
http://www.chungeoram.com
E-mail § chungeorambook@daum.net

ⓒ 미더라, 2014

ISBN 979-11-316-9291-2 04810
ISBN 979-11-316-9220-2 (세트)

# 즐거운 인생

**4**

FUSION FANTASTIC STORY

## A Bittersweet Life

미더라 장편 소설

도서출판 청어람

# CONTENTS

CHAPTER **18**
즐거운 휴식

아토 엔터테인먼트 정문 앞에서 주혁은 잠시 걸음을 멈추었다. 오랜만이라 그런지 살짝 낯선 느낌이 들어서였다. 사실 집에서 회사까지는 걸어서 십 분도 걸리지 않는다. 그런데 날짜를 정확하게 세어보지는 않았지만 거의 한 달 넘게 오지 못한 듯했다.

문을 열고 들어서니 만나는 사람마다 인사가 한결같이 왜 이렇게 오랜만에 왔느냐는 거였다. 그래도 익숙한 얼굴들이 전부 밝은 표정인 걸 보니 흐뭇하고 푸근한 마음이 들었다.

"얼굴 잊어먹을 뻔했어요."

"영화 찍고 학교 다니다 보니까 영 시간이 나질 않아서요. 두 가지를 한다는 게 정말 만만치 않더라구요."

주혁은 고개를 절레절레 저었다. 정말 체력이 받쳐 주니 망정이었지 아니었으면 도저히 버티지 못했을 것이다. 거기다 연예인이다 보니 수업 시간에 조는 건 상상할 수도 없었다. 이미지를 생각해야 하니 꾸벅꾸벅 졸 바에는 차라리 수업을 빠지는 편이 더 나았다.

"촬영하는 건 좀 어때요?"

"하이고, 말도 마세요. 거의 한 달 동안 밤에 잠을 잔 적이 없어요. 낮에 자니까 이게 똑같이 자도 피곤이 풀리질 않더라구요."

강철 같은 체력을 가지고 있는 주혁이었지만 요즘 들어서는 조금 피곤하다는 느낌을 받고 있었다. 참 이상한 게 똑같은 시간을 자더라도 밤에 자는 것과 낮에 자는 건 다른 듯했다. 아니, 한두 시간 더 자도 이상하게 더 피곤했다.

역시나 사람은 밤에 자고 낮에 일하도록 정해져 있는 듯했다. 주혁은 사람들과 이런저런 잡담을 나누기도 하면서 회포를 풀었다.

"대표님 계시죠?"

"예, 기다리고 계시니까 들어가 보세요."

주혁은 비서에게 물어보고는 사장실로 들어갔다. 주혁이

문을 열었을 때 기재원 대표는 조금 심각한 얼굴로 서류를 들여다보고 있었다. 주혁이 들어오자 애써 어색한 미소를 지어 보였는데, 다시 불편한 표정으로 돌아갔다.

주혁이 없었던 사이에 일이 순조롭지 않았던 모양이었다. 주혁은 자리에 앉아서 일단 너스레를 좀 떨었다. 그러자 기 대표의 표정이 조금 밝아졌는데, 그러자 근황에 대해서 물어보았다. 요즘 일이 어떻게 되어가는지 궁금하기도 했고 아는 바도 전혀 없었기 때문이었다.

"아이들 모으는 건 좀 어때요?"

주혁의 이야기에 기 대표는 한숨부터 쉬었다. 꽤 의욕적으로 일을 진행했는데 생각만큼 일이 잘 풀리지 않아서 그랬다.

"쉽지가 않네. 몇 명밖에 데려오지 못했어."

이야기를 들어 보니 엔터하이에서 방출된 아이들의 충격이 큰 듯했다. 하기야 잘 연습하고 있던 아이들을 갑자기 내쫓았으니 당하는 입장에서야 오죽 충격을 받았겠는가. 마음이 온통 시퍼렇게 멍들었을 터이다.

게다가 연습생 대부분이 십 대가 아닌가. 안 그래도 예민한 사춘기였는데 그런 일까지 당했으니 그 마음은 누구도 헤아리기 어려울 터이다. 그래서 기획사라고 하면 듣지도 않고 전화를 끊거나 내쫓았다고 했다. 이해를 못 하는 건 아니었지만 기 대표는 무척이나 섭섭한 듯했다.

"파이브 스타가 있는 곳이라고 해도 마찬가지던가요?"

"그 사람들이 보기에는 여기나 거기나 다 똑같이 보이는 거야. 아토가 어떤 곳인지 아는 애들이 몇 있어서 데려올 수 있었던 게 오히려 행운이었어."

특히나 실력에 자신 있었던 아이들일수록 상처가 컸다고 했다. 그런 일을 당했으니 기획사라고 하면 쳐다보기도 싫은 심정인 건 당연한 일. 아이도 아이지만 부모님도 엄청나게 화를 냈다고 했다. 기 대표는 아까운 아이들이 몇 명 있다면서 입맛을 다셨다.

"시간을 두고 공을 들이는 수밖에 없지, 뭐."

"그런가요? 그건 그렇고, 여기서 나간 애들은 좀 어때요?"

"아, 걔들은 모두 엔터하이로 갔는데 이번에 둘은 데뷔했어. K—노바라는 5인조 그룹으로."

주혁은 노래를 들을 새도 없어서 전혀 모르고 있었다. 학교 가고 잠잘 시간도 부족해서 정말 다른 거에 신경을 쓸 틈이 없었다. K—노바라는 그룹은 제법 인기가 있었는데, 기 대표는 무척이나 아쉬워했다.

"저 정도로 써먹기는 아까운 애들인데… 멍청하게 닭 잡는 데 소 잡는 칼을 쓴 거지. 잠깐만, 자네는 아직 못 본 것 같으니까 한 번 봐보라고."

기 대표는 모니터를 돌려 K—노바라는 그룹의 뮤직비디오

를 보여주었다. 주혁이 보니 나쁘지 않았다. 노래도 귀에 쏙
쏙 들어오고 춤도 보기에 좋았다.

"괜찮은데요?"

"당연히 괜찮지. 노래는 우리 애들이 대부분 커버하고 다
른 애들은 슬쩍슬쩍 목소리만 들려주는 정도니까."

그 이야기를 듣고 보니 노래에서 어려운 부분은 아토에서
나간 아이 둘이 맡아서 하고 있었고, 쉽고 편안한 부분만 다
른 애들이 번갈아 불렀다. 하지만 아주 절묘하게 섞어놓아서
마치 멤버 전원이 노래를 잘 부르는 것같이 느껴졌다.

"누군지 몰라도 아주 교묘하게 만들었어. 애들의 장단점을
아주 정확하게 꿰뚫고 있는 사람이 프로듀싱을 한 작품이
야."

하지만 기 대표는 두 아이에게는 절대 좋지 않은 일이라고
걱정했다. 아직 둘 다 노래가 완성되지 않았는데 기교만 너무
부리려 해 겉멋만 들어 보인다고 한숨을 내쉬었다. 저런 식으
로 하다가 망가진 경우를 자주 보았기 때문이었다.

"문제는 다음에 데뷔하는 애들도 비슷할 것 같다는 거야."

기 대표는 엔터하이에서 11월에 6인조 그룹을 또 데뷔시키
는데, 거기에도 두 명이 포함되어 있다고 했다. 그리고 K-노
바와 마찬가지로 아토 엔터테인먼트에서 빼간 아이들이 주축
이라는 거였다.

"반응은 나쁘지 않겠지. 하지만 그게 다 독이야. 당장 돈 몇 푼 더 벌겠다고 애들 수명 깎아먹는 짓을 하고 있으니, 원⋯⋯."

당장은 엔디하이에서 언론 플레이를 해서 실력파 그룹이라며 띄우고 있지만 기 대표는 어림도 없는 소리라고 했다. 게다가 K-노바 같은 경우에는 반응이 괜찮아서 그런지 미국에 진출할 계획도 있다고 했다.

외국에 진출하더라도 아시아권부터 차근차근해야 한다는 게 기재원의 지론이었다. 기 대표는 큰일 날 짓이라며 침을 튀겨가며 엔터하이를 성토했다. 성향이 완전히 다른 미국 시장으로 가는 건 자살행위나 마찬가지라면서.

"그만 잊어버리세요. 그깟 놈들 어떻게 되든 무슨 상관이에요. 그것보다 남은 아이들 어떻게 할 건지 그걸 더 걱정하셔야죠."

"그래, 그래야지."

그렇게 대답은 했지만 기 대표는 아이들이 나오고 있는 화면에서 눈을 떼지 못하고 있었다. 그래도 자기가 키운 새끼들이라고 어지간히 걱정되는 모양이었다. 주혁은 일부러 조금 큰 소리로 말했다.

"여기 남은 두 명은 어떻게 할 건데요?"

기 대표는 화들짝 놀라서 고개를 돌렸고, 목이 타는 듯 물

을 한 컵 단숨에 들이켰다. 그는 모니터를 다시 돌려놓고는
자리에 앉아서 말을 시작했다.

"일단 애들은 계획대로 내년에 데뷔시킬 예정이야. 다섯
명이나 여섯 명으로 해서.. 지금 두 명은 데려왔고 나머지도
이야기는 계속하고 있지. 그리고 여자 그룹도 하나 더 구성하
려고. 지금 네 명 있는데 몇 명 더 데려올 작정이야."

기 대표는 여자 그룹도 내년에 데뷔를 목표로 진행할 예정
이라고 했다. 그리고 파이브 스타는 내년에는 일본을 비롯한
아시아 시장 공략에 나설 거라고 포부를 밝혔다. 문제는 영입
이 잘 안 된다는 거였는데, 주혁은 그 문제로 잠시 고민하다
가 입을 열었다.

"대표님, 이렇게 해보면 어떨까요?"

"무슨 좋은 생각이라도 있어?"

"이게 아무래도 어른들이 이야기하면 잘 믿지 않을 것 같
아요. 그러니까 애들끼리 이야기를 하게 하죠."

"애들끼리? 호오, 그거 나쁘지 않은데?"

주혁의 제안에 기 대표가 연신 고개를 끄덕였다. 아무래도
파이브 스타나 새로 연습생으로 들어온 아이들이 직접 이야
기하면 훨씬 효과가 있을 듯했다. 어른들이야 다들 사기꾼처
럼 보일지 몰라도 또래 아이들까지 그렇게 보지는 않을 테니
까.

"그마저도 이상하게 보는 사람도 있겠지만 내가 계속 찾아가는 것보다야 좋겠지."

아이들과 같이 가서 어른들은 어른들끼리 이야기하고, 아이들은 아이들끼리 이야기하게 두면 될 것 같았다. 그나마 방법이 생기자 기재원은 자세부터 달라졌다. 아까는 의자 끄트머리에 앉아서 연신 손을 비비고 있었는데, 이제는 등을 기대고 커피를 홀짝이고 있었다.

"말이 나온 김에 내년 사업 얘기나 좀 하자고. 일단 스포츠 파트는 계속 소민이에게 집중하면 될 것 같아. 아직은 경험이나 노하우가 부족하니까."

"서두를 거 없죠. 저는 찬성이에요."

기 대표는 일단 내년까지는 사업을 안정화하는 과정으로 생각하고, 확장은 내후년부터 생각하면 될 것 같다고 했다.

"아, 배우는 어떻게 하실 거예요?"

"배우야 실력만 있다면 몇 명 더 있어도 상관없지. 지금은 자네하고 소영이 둘뿐이니까."

배우 파트는 사람이 더 들어오더라도 충분히 소화할 수 있었다. 주혁은 몸을 앞으로 숙이면서 말을 꺼냈다.

"제가 몇 명 추천할까요?"

"자네 안목이라면 믿을 만하지. 누군데?"

기 대표도 관심이 생기는지 몸이 앞으로 끌려왔다. 평소 주혁은 이렇게 적극적으로 나서는 편이 아니어서 더욱 궁금했다. 물론 절차상 최종 결정은 오디션을 보고 나서 결정할 것이긴 하지만.

"유정이라고 영화 같이 찍는 꼬맹이 있거든요. 얘가 싹수가 보여요. 아홉 살인데 벌써 캐릭터를 이해하고 연기를 하려고 한다니까요."

"그래?"

주혁은 추어탕 집에서의 연기를 보고 가능성이 있겠다 싶어서 추천했다. 체계적으로 가르치면 좋은 배우가 될 성싶었고, 아직 소속사가 없었으니 데려오기도 좋았다. 요즘은 아역도 드라마나 영화에 많이 나오는 것을 아는 기 대표는 구미가 당기는 표정이었다.

"그리고 얘는 좀 애매하기는 한데… 김지아라고 있거든요. 커피 프린스에 잠깐 나왔던 앤데……."

주혁은 김지아의 이야기를 꺼냈다. 사실 현재 무명이기는 해도 걸그룹으로 활동하고 있었으니 배우로 영입하기가 아주 모호한 케이스였다. 역시나 기재원은 이야기를 듣더니 고개를 갸웃거렸다.

"뭐 다른 이유가 있어서는 아니고?"

기 대표가 눈을 가늘게 뜨면서 물었다.

"다른 이유요? 어떤 이유를 얘기하시는 건지……."

"아니, 자네가 이렇게 애매한 사람을 이야기한 적이 없어서 말이야. 그리고 지금 소속사도 있고, 음악 활동을 하고 있기도 하고. 여러 가지로 걸리는 게 많네. 그렇다고 연기가 아주 특출 난 것도 아니라고 하고."

사실 뭔가 특별한 게 있어 보이기는 했는데, 아직 연기력은 특출 나다고 보기 어려웠다. 그런 생각을 하고 보니 주혁은 자신이 왜 김지아의 이야기를 꺼냈는지 스스로 의아해졌다. 하지만 기재원이 급히 화제를 돌리는 바람에 깊이 생각하지는 못했다.

"그것보다 내가 잊어먹고 있었네. 자네한테 들어온 대본이 있는데 한 번 보라고."

기 대표는 대본을 꺼내 주혁에게 넘겼다. 올해 말에 편성이 된 드라마였는데, 방송국은 '커피 프린스'를 방영한 바로 그곳이었다.

"그거 편성 받고 배우들 캐스팅하는 중인데, 아마 방송국에서 누가 자네 이야기를 한 모양이야. 그래서 제의가 온 거라더구만."

드라마를 만드는 제작사 대표가 그 방송국 출신이라서 이런저런 도움을 좀 받는 모양이었다. 주혁은 어떤 드라마인지 살피기 시작했다. 의학 드라마였는데, 처음 보는 순간부터 꽤 흥미로웠다.

"거기서도 조연이기는 한데 커프의 고선기보다는 비중이 더 커."

"드라마는 아주 좋은데요? 캐릭터도 좋고 내용도 끌어당기는 힘이 있구요."

자신에게 온 배역도 괜찮았다. 그런데 영화 배역과 너무 이질적인 게 아닌가 싶었다. 하기야 지금 영화에서 맡은 배역과 비교해서 이질적이지 않은 역할이 있긴 할까 싶었지만.

"이거 제작사에서도 아는지 모르겠네요? 지금 찍고 있는 영화요."

"아는데 상관없대. 오히려 좋아하더라고."

제작사에서는 오히려 화제가 될 수도 있겠다며 좋아했단다.

"주혁아, 하자. 이거 잘하면 이미지 세탁도 되고 좋을 거 같다."

"그럼요. 좋은 역할 왔는데 해야죠."

주혁은 쉬는 기간이 거의 없다는 게 조금 걸렸지만 어디 그런 게 문제가 되겠는가. 하고 싶은 게 있어도 할 수 없었던 지난날을 생각하면 그런 생각은 사치나 다름없었다. 주혁은 배역을 수락하는 걸로 하고는 시계를 보았다.

지아와 만나기로 약속한 시간이 다 되어가고 있었다. 주혁은 인사를 하고는 회사 밖으로 나왔다. 차가운 바람이 얼굴을 스치고 지나갔는데, 오히려 상쾌한 기분이 들었다. 오늘따라 거리의 풍경이 유난히 곱고 선명하게 보였다. 그냥 보고만 있어도 가슴이 들뜨고 설렐 만큼.

"컹컹!"

주혁이 밖으로 나오자 미래가 몽둥이만 한 꼬리를 흔들면서 다가왔다. 손안에 폭 들어오던 녀석이 이제는 주혁만큼 커졌다. 녀석 때문에 어쩔 수 없이 다시 단독주택을 사서 이사를 했는데, 미래가 마음껏 뛰어놀 수 있는 마당이 넓은 집이었다.

이제는 많이 커서 그런지 혼자서 자도 칭얼대지 않았다. 넓은 마당에서 이리 뛰고 저리 뛰면서 잘 놀았는데, 덩치에 맞지 않게 얼마나 재빠른지 쥐도 곧잘 잡곤 했다. 덕분에 집 근처에 쥐는 없는 듯했다. 그리고 얼마나 영특한지 어지간한 말은 다 알아듣는 것 같았다.

"나갔다 올 테니까 여기서 잘 놀고 있어."

"끼잉~"

미래는 자기를 데리고 나가지 않는다는 사실을 아는 듯 끼끼댔다. 그리고 앞발로 주혁을 자꾸 긁었다. 자기도 데리고 가라는 의사표시였다.

"안 돼. 갔다 와서 놀아줄 테니까 여기서 놀고 있어."

미래는 실망한 듯 바닥에 납작 엎드렸다. 그래도 잘 갔다 오라는 듯 꼬리는 살랑살랑 흔들어댔다. 미래는 힘도 엄청나게 좋아서 어디론가 막 달려가려 할 때면 목줄을 쥔 주혁이 끌려갈 정도였다. 순하니까 망정이지 저 덩치에 성질 있는 개였으면 정말 무서울 듯했다.

딩동.

주혁은 문자가 왔다는 소리에 핸드폰을 열었고, 표정이 환해졌다. 지아가 보낸 문자였기 때문이었다. 아직 사귀거나 그런 사이는 아니었지만 몇 차례 만난 이후로 부쩍 친해진 건 사실이었다.

―오빠, 제작사 가는 중?
―응, 지금 가는 중이야.

그리고 또 하나 변화가 있다면 문자를 보내는 속도가 빨라졌다는 거였다. 주혁은 손가락을 재빨리 놀려서 내용을 입력했다.

―이따가 거기서 봐용~
―그래, ^^ 끝나면 연락할게.

주혁은 씨익 웃으면서 핸드폰을 주머니에 집어넣었다. 사실 주혁은 왜 그렇게 김지아에게 호감이 가는지 알 수 없었다. 예쁘긴 하다. 하지만 예쁜 것으로만 따지면 훨씬 더 예쁜 사람이 주혁에게 먼저 접근한 적도 있었다.

'괴물' 회식 때 그에게 호감을 표시한 민세희가 미모로만 따지면 김지아보다 더 나았다. 그리고 학교 동기인 이유라도 김지아와 비교해서 전혀 떨어지지 않았다. 그런데도 이상하게 더 마음이 가는 건 김지아였다.

하지만 그게 뭐 어떻단 말인가. 호감을 느끼는 데는 이유가 없는 거다. 만약에 이유가 있다면 그건 순수한 호감이 아닐 것이고. 이런 감정에 머리는 필요 없다. 가슴이 판단하면 그것으로 끝이다.

주혁은 그렇게 이따 만날 생각을 하면서 길을 가다가 순간 어디서 본 듯한 얼굴이 스쳐 지나갔다는 느낌을 받았다. 그리고 상대방도 자신을 알아보고 고개를 돌리는 것 같았다. 그가 뒤를 돌아다보려는데, 낯익은 목소리 들렸다.

"어? 닥터 강."

뒤를 돌아다보니 '괴물' 촬영을 할 때 제법 친하게 지냈던 보조 출연자였다. 상대방은 한껏 반가움을 드러내며 다가왔고 주혁도 얼른 다가가서 손을 맞잡았다. 오랜만에 같이 고생한 얼굴을 보니 정말 반가웠다.

사실 자신이 참여한 작품 중에 애착이 가지 않는 작품은 없겠지만 '괴물'은 인생이 바뀌고 나서 처음 찍은 영화여서 더 기억에 강하게 남았다. 그리고 그 당시에 같이 고생했던 사람들도 더 친근하게 느껴졌고.

　"야, 정말 주혁 씨네. 이게 얼마 만이야."

　"성근 씨도 잘 지내셨죠? 무릎은 좀 어때요?"

　"뭐, 계속 그렇지. 그나저나 요즘 잘나가대? 내가 같이 있을 때부터 잘될 줄 알았다니까."

　성근은 마치 자신이 유명해진 듯 활짝 웃었다. 그는 '커피 프린스'에서 고선기가 주혁이라는 것을 알고는 다들 기뻐했다고 했다. 현장에서도 그렇게 틈만 나면 연습하고 하더니 이제야 빛을 본다면서.

　주혁은 근처 편의점에서 따뜻한 음료수를 사서 벤치에 앉았다. 미팅이 있어서 가던 중이긴 했지만 시간 여유가 조금 있었다. 거기다가 약속 장소가 바로 코앞이기도 했고. 그리고 반가운 사람을 만났는데 잠시 시간도 내지 못하겠는가.

　"요즘은 어떻게 지내세요?"

　"나야 뭐 별거 있나. 영화판에 계속 기웃기웃하는 거지."

　성근은 그래도 같이 고생하며 뒹굴던 배우 중에 잘된 사람이 있어서 기분이 좋다고 말했다. 그러면서 자기는 언제 그렇게 되나 하며 다소 자조 섞인 푸념을 늘어놓았다.

"나도 연기가 좋긴 하지만 이제는 정말 모르겠어. 나이도 이제 서른이 훌쩍 넘었고, 가능성은 점점 희박해지는 것 같고. 이 일에 계속 매달려야 할지, 아니면 그만 접어야 하는 건지……."

성근은 담배 연기를 하늘로 내보내면서 이야기했다. 흰색 연기는 짙어 보였지만, 순식간에 허공으로 사라져 버렸다. 분위기가 너무 침체되는 것 같아서 주혁은 분위기를 조금 바꾸었다.

"요즘은 어디 출연하셨어요?"

"나? 전반기에는 헨젤과 그레텔이라고 공포 영화 있는데, 거기 나갔지. 그리고 지금은 신기전이라고 있어. 거기 사람이 좀 많이 나오거든."

주혁은 출연한 영화에 관해 물어보았다. 아무래도 배우가 가장 즐거울 때는 자기가 출연한 영화 이야기를 할 때가 아니겠는가. 역시나 그런 이야기를 하게 되자 성근의 표정에 생기가 돌았다.

성근의 고민이 심각해 보이기는 했지만 이런 모습을 보니 쉽게 배우 일을 그만두지는 못할 듯했다. 그는 현장에서 있었던 일들을 이야기하면서 한껏 표정이 밝아졌다. 한참 지금 찍고 있는 영화 이야기를 하다가 예전에 '괴물' 현장에서 있었던 일도 말이 나왔다.

그러고는 바로 주혁이 출연한 '커피 프린스' 이야기로 넘어갔다. 주혁도 드라마 찍으면서 생긴 일을 이야기하니 감회가 새로웠다. 몇 달 전에 벌어진 일인데 이렇게 이야기하니 꽤 오래전에 있었던 일같이 느껴졌다.

아마도 낙엽이 바람에 굴러다니는 거리의 쓸쓸한 풍경이 그리 만들었는지도 모르겠다는 생각이 들었다.

"주혁 씨는 요즘 뭐 해?"

"아, 저요? 저는 지금 영화 찍어요. 추적자라고."

"으엑~ 추적자?"

성근은 눈살을 찌푸리면서 인상을 썼다. 주혁은 눈을 껌뻑이면서 의아하다는 표정을 지었다. 성근은 낄낄대며 웃고는 사연을 말해주었다.

"요즘 보조 출연자들 사이에 도는 이야기가 있거든. 다른 데는 다 가도 추적자 현장에는 가지 말라고."

말인즉슨 '추적자' 현장에 가면 너무 고생해서 어지간하면 가지 말라는 거였다. 주혁은 고개가 저절로 끄덕여졌다. 평창동 집에서 고생하는 걸 직접 두 눈으로 봤기 때문이었다. 살짝 시계를 보니 시간이 제법 지나 있었다.

가야 할 곳이 굉장히 가깝기는 했지만 여기서 더 지체했다가는 약속에 늦을 것 같았다. 그래서 주혁은 자리에서 일어났다. 성근도 눈치를 채고는 같이 일어서면서 작별 인사를 했다.

"그래도 이렇게 보니 참 좋네요."

"연락하세요. 그래도 같이 고생했던 사인데 술이나 한잔하죠."

주혁은 성근의 핸드폰 번호를 알려달라고 해서 입력하고는 곧바로 통화 버튼을 눌렀다. 성근도 주혁이 걸어온 번호를 저장했는데, 입력하면서 조금 놀란 눈치였다. 사실 '다음에 밥이나 술 한잔하자.' 는 이야기는 그냥 하는 소리일 경우가 대부분이었으니까.

하는 사람이나 듣는 사람이나 그런 자리를 마련할 거라고는 생각하지 않는다. 그리고 조금 유명해지고 그러면 어디 쉽게 번호를 알려주던가. 그런 눈꼴신 모습을 본 게 한두 번이 아니었다. 그런데 주혁이 먼저 번호를 입력하고 알려주니 뜻밖이었던 거였다.

"얘기 더 했으면 좋겠는데 저 지금 약속 있어서요. 연락하세요. 제가 술 한잔 살게요."

"그래, 주혁 씨. 내가 꼭 연락할게."

주혁은 손을 흔들고는 약속 장소로 향했다. 살짝 다리에 힘을 주어 걸음을 빨리했는데 그가 이렇게 여유를 부릴 수 있었던 건 순전히 위치 때문이었다. 이번 드라마 건으로 제작사와 미팅이 있었는데 공교롭게도 바로 집 근처였던 것이다.

아토 엔터테인먼트와는 거의 붙어 있다시피 했는데, 덕분에 성근 씨와 대화를 나눌 시간이 있었던 거였다. 제작사 사무실에 도착하니 약속 시각 이 분 전이었다. 주혁은 직원의 안내를 받아 회의실에 들어갔다.

"어서 와요, 주혁 씨."

제작사 대표가 주혁을 맞이했다. 이 대표는 작가와 PD를 소개했고 서로 가볍게 인사를 나누었다. 이 대표는 '커피 프린스'에서 고선기 역을 인상 깊게 보았다고 이야기해서 분위기를 가볍게 했다.

"국장님 칭찬이 자자하더라고. 김윤정 PD도 출연시키면 절대 후회하지 않을 거라고 아주 호언장담을 하더만."

"다 잘 봐주셔서 그런 거죠. 제가 맡게 되면 최선을 다하겠습니다."

제작사 사람들은 아주 기묘한 경험을 했다. 보통 사람들이 흔히 하는 말이었다. 굉장히 상투적이고 아무런 감흥도 받지 못하는 그런 말이었다. 그런데 사람들은 똑같은 생각을 머리에 떠올리고 있었다. '왜 저 말이 저렇게 믿을 만하다고 느껴지는 거지?'라는 생각을.

삼 초 정도의 정적이 흘렀는데, 그 정적을 깬 것은 작가였다. 그녀는 순발력 있게 주혁에게 대본을 보았느냐는 질문을 했다. 주혁은 그렇다고 대답했고, 덕분에 다시 편안하게 대화를 이어갈 수 있었다.

"첫 장면 봤죠? 갑자기 가슴을 잡으면서 쓰러지는 장면이요."

"에, 봤습니다. 부정맥으로 쓰러지는 장면이던데요."

"그래요. 어떻게 연기할지 좀 봐도 될까요?"

사실 제작사에서 주혁에게 이런 요구를 하는 데는 이유가 있었다. 다른 배우를 캐스팅하는 게 좋지 않겠냐는 의견이 있어서였다. 문제는 그런 의견을 낸 사람이 방송국에서도 상당히 힘이 있는 인물이라는 점이었다.

그러니 제작사 입장에서는 마냥 무시할 수만은 없는 일이었다. 그래서 그 배우도 불러서 연기를 본 상태였고, 오늘 주혁의 연기까지 본 후에 결정을 내릴 참이었다. 만약 연기력에 별다른 차이가 없다면 주혁에게는 미안한 일이지만 거절할 수밖에 없었다.

"에, 어떻게 서서 할까요? 아니면 그냥 여기 앉아서 할까요?"

사람들은 미리 대본을 준 상태에서 연기를 보겠다고 연락했으니 준비는 했으리라 생각했다. 그런데 앉아서도 가능하다고 하니까 궁금해졌다. 원래는 걸어가다가 쓰러지는 장면이었으니까.

"일단 앉아서 해보죠."

주혁은 예전에 병원에서 일하면서 본 것들을 떠올리면서 연기에 들어갔다. 연기란 건 반드시 실제와 똑같을 필요는 없다. 어떤 것은 실제와 똑같이 하면 오히려 느낌이 살지 않는 경우가 있다. 중요한 건 시청자들에게 어떻게 보이느냐가 중요한 거였다.

그래서 주혁은 가슴에 갑자기 통증을 느끼는 연기를 했다. 의사나 간호사들이 보면 '부정맥 환자가 저렇게 쓰러지지는 않는데.'라고 이야기할 수도 있었다. 하지만 그런 건 중요하지 않았다.

보통 사람들이 보기에 '아, 저 사람은 가슴에 통증을 느끼고 있구나. 그리고 그것 때문이 쓰러졌구나.' 하고 느끼면 된다. 주혁은 얼굴 근육부터 손짓까지 세세하게 신경 쓰면서 고통을 표현했다.

주혁을 보는 사람들의 표정이 일제히 찡그려졌다. 주혁을 보고 있자니 자기 심장도 어쩐지 이상한 것 같은 느낌이 들어서였다. 주혁은 잠시 고통스러운 표정과 몸짓을 보이다가 테이블 위에 쓰러졌다.

사람들이 일제히 몸을 부르르 떨더니 고개를 흔들었다. 이 대표는 확실히 많은 사람들이 칭찬하더니 뭔가 다르긴 다르다는 생각이 들었다.

"일어서서 하는 건 안 봐도 되겠는데요?"

PD가 이 대표의 귀에다 속삭였다. 대표는 고개를 살짝 끄덕였다. 저런 연기를 하는데 무슨 말이 더 필요하겠는가.

이후에도 다른 연기를 보긴 했다. 하지만 이미 결정은 첫 연기를 본 순간에 내려졌다고 보아야 했다. 이 대표는 주혁이 나간 뒤 사람들과 이야기를 나누었다.

"어때?"

"저 정도면 말할 필요가 없죠. 당연히 저 친구로 가야 합니다."

"저도요. 제가 그리고 있는 캐릭터하고는 조금 차이가 있는데, 그래도 주혁이라는 친구가 훨씬 좋네요."

PD와 작가가 모두 주혁에게 표를 던졌다. 대표야 두말할 나위도 없이 주혁을 생각하고 있었고.

"내가 어떻게든 얘기를 잘해볼 테니까 자네들은 그렇게 알고 준비들 해."

사람들이 나간 후에 이 대표는 중얼거렸다.

"그래, 그 버터를 한 사발은 들이킨 것 같은 친구보다야 이 녀석이 나아."

이 대표는 자기 선택이 틀림없다고 생각했다.


"도대체 한국 같은 나라에 왜 가시는 겁니까?"

턱수염이 더부룩한 남자는 비서이자 가장 믿을 수 있는 동료인 레냐의 질문에 그냥 싱긋 웃기만 했다. 아무리 그녀라고 해도 이 사실만큼은 말할 수 없었기 때문이었다. 레냐가 쳐다보고 있는 남자, 윌리엄 바사드는 가만히 눈을 감았다.

"아주 중요한 일이 있어. 그냥 그렇게만 알고 있으라고."

레냐는 고개를 흔들면서 의심이 가득한 눈초리로 그를 바라보았다. 도대체 이런 작은 나라에 무슨 중요한 일이 있다는 건지 알 수 없었기 때문이었다. 아니, 지금이 얼마나 중요한 시점인가. 전 세계가 한 치 앞을 내다볼 수 없는 위태로운 걸음을 하고 있는 상황이었다.

위기의 다른 말은 기회이다. 위기가 없다면 어떻게 기회를 잡을 수 있겠는가. 그러니 지금이야말로 로저 페이튼 회장을 누르고 만년 이인자라는 딱지를 뗄 수 있는 절호의 기회였다. 그런데 느닷없이 한국행이라니. 그것도 체류 기간에 대한 언급도 없이.

"좋아요. 믿겠어요. 다른 사람도 아닌 윌리엄 바사드니까. 그럼 언제까지 이 나라에 머무를 거죠?"

"중요한 일이 마무리될 때까지."

레냐의 이마에 핏줄이 돋았다. 아니, 어떤 문제인지는 모르겠지만 그것이 해결되지 않으면 언제까지라도 이 나라에 있겠다는 말이 아닌가. 그것은 조직의 수장으로서 할 말이 아니었다. 조직의 우두머리는 이런 식으로 움직여서는 안 된다는 게 그녀의 생각이었다.

"그건 곤란해요. 아무리 주요 인력을 데리고 왔다지만 본부를 그렇게 기약도 없이 비워둘 수는 없어요."

"레냐 폴런, 요즘은 말 탄 전령을 통해서 서신을 보내는 중세 시대가 아니야. 인터넷이란 굉장한 시스템이 있다고. 더구나 한국의 인터넷 속도는 세계 최고 수준이고."

레냐가 계속해서 말을 걸자 윌리엄 바사드는 눈을 뜨고 그녀를 쳐다보면서 대화를 나누었다. 온화한 표정을 하고 입가에는 부드러운 미소가 맴돌았는데, 유독 눈만은 날카롭게 빛나고 있었다.

"하아, 그래도 이런 건 아니에요. 다른 사람들이 어떻게 생각하겠어요? 안 그래도 당신을 내치지 못해서 안달인 사람들이 가득한데."

"걱정하지 말라고. 내가 언제 일을 허투루 처리하는 것 봤어? 그깟 조무래기 녀석들은 아무리 설쳐 봐야 내 상대가 되지 못해. 내가 있는 곳이 바로 본부이고, 내가 모든 것을 이끌어. 그러니 걱정하지 말고 지금 상황을 즐기라고."

윌리엄 바사드의 말에 레냐 폴런의 표정이 조금 풀렸다. 하지만 여전히 걱정이 가시지 않는 듯 이것저것 질문했다. 지금처럼 중요한 시기에 한국이라는 변방으로 간다는 것이 영 내키지 않아서였다.

"혹시 로저 페이튼 회장이 한국에 방문한 것 때문에 그런 거예요?"

"그것과 아주 무관하지는 않지만 직접적인 연관이 있는 건 아닐 거야."

레냐는 다소 모호한 답변에 의아해했지만 윌리엄 바사드는 거기에 대해서는 설명해 주지 않았다. 대신 정면을 응시하면서 생각에 잠겼다.

올해 초에 로저 페이튼 회장이 비밀리에 한국에 방문한 건 이미 알고 있는 사실이었다. 만난 사람은 몇 명의 정치인과 재벌. 만나서 논의한 내용은 한국에서의 헤지 펀드 허용과 몇 가지 분야에서의 협력에 관해서라고 파악하고 있었다.

하지만 그런 사소한 일 때문에 그가 한국으로 향하는 건 아니었다. 그런 일이야 흔하게 벌어지는 일이었고 자신이 신경 쓸 만한 일도 아니었다. 윌리엄 바사드는 얼마 전에 알게 된 훨씬 더 중요한 일 때문에 움직이고 있는 거였다.

그는 가방을 열었는데, 원하는 물건을 꺼낼 때까지 자물쇠를 여러 개 풀어야 했다. 그리고 그가 꺼낸 물건은 자그마한 금속 상자와 나무로 된 상자였다. 은색으로 반짝이는 금속 상자는 각 변의 길이가 10센티미터 정도 되는 작은 상자였다.

위쪽에는 두 자리의 숫자 판과 버튼 한 개가 있었고, 오른쪽 옆에는 동전을 넣는 투입구와 레버가 있었다. 그리고 나무로 된 상자를 열었는데, 그 안에는 알 수 없는 문양이 새겨진 동전이 들어 있었다.

별 모양이 그려져 있고 꼭짓점 부분에 홈이 있었는데, 남아 있는 동전은 딱 한 개였다. 나머지 네 개의 홈에는 아무것도 없었다. 윌리엄 바사드는 상자와 동전을 부드러운 천으로 정성스럽게 닦고는 다시 가방에 넣었다. 안전장치를 여러 번 해야 해서 넣는 데도 시간이 제법 걸렸다.

레냐는 자신에게 보여는 주었지만 한 번도 만지지 못하게 한 저 물건이 도대체 무얼까 궁금했다. 하지만 윌리엄 바사드는 단 한 번도 그 질문에 대답해 주지 않았다. 그리고 절대로 이 물건에 손을 대지 못하게 했다.

"지금 물어봐도 언제나 내가 들었던 대답을 듣게 되겠지요?"

"당신이 생각한 게 정확할 거야."

그의 대답에 레냐는 고개를 돌리면서 살짝 토라진 표정을 지었다. 하지만 윌리엄 바사드가 그녀의 손을 잡자 그녀는 얼굴을 돌렸고, 웃는 표정으로 그를 쳐다보았다.

"이번 기회만 잘 살리면 로저 페이튼을 무너뜨릴 수도 있어."

"맞아요. 지금은 어차피 파국으로 치달을 수밖에 없는 상황이에요. 그 아수라장에서 누가 더 많은 것을 얻느냐가 포인트가 되겠죠."

윌리엄 바사드는 빙긋 웃으면서 레냐 폴런을 바라보았다.
그녀의 이야기도 맞는 말이었다. 하지만 그런 게 문제가 아니
라는 사실을 그녀는 모르고 있었다. 그리고 굳이 알 필요도
없었다. 그런 건 상자를 가진 사람들만 알고 있어도 충분한
것이었으니까.

"저기가 인천공항인가?"

윌리엄 바사드가 전용기 창문 밖을 바라보면서 중얼거렸
다. 창밖 구름 아래로 푸른 바다와 깔끔하게 정리된 공항의
모습이 보였다.

"좋은 기회든 아니든 큰일이 벌어지겠지."

레냐는 그가 무슨 소리를 하는지 몰라 그냥 바라만 보고 있
었고, 윌리엄 바사드는 날카로운 눈에 더욱 힘을 주면서 아래
를 내려다보았다.

*　　　*　　　*

"너는 왜 또 죽을상이냐?"

"왜는요. 당연히 시험 때문에 그런 거죠."

중범이 얼굴을 잔뜩 구긴 채로 대답했다. 주혁은 피식 웃으
면서 중범의 어깨에 손을 얹었다. 아마도 다른 학생들이 들었

으면 재수 없다는 말을 했을 것이다. 매번 장학금을 받는 중범이었으니까.

마치 전교 1등을 하는 학생이 몇 문제 틀렸다고 짜증을 내는 것과 비슷하다고나 할까. 하지만 중범은 중범대로 고민이었다. 주혁과 비교가 되기 때문이었다. 아니, 어떻게 공부도 별로 하지 않는 것 같은데 성적은 항상 자기보다 위일 수가 있단 말인가.

중범은 살리에르가 모차르트를 만났을 때, 그리고 주유가 제갈공명의 존재를 알았을 때 어떤 기분이었는지 알 것 같았다. 하지만 어쩌겠는가. 정정당당한 승부에서 진 것을. 그래도 그런 사람이 정말 친한 형이라는 게 다행이라는 생각이 들었다.

"오빠, 오늘 뭐 할 거예요?"

수정이와 유라가 다가왔는데, 유라가 팔짱을 끼면서 물었다. 시험도 끝났으니 한잔하자는 이야기일 것이다. 정훈이도 보아하니 은근히 술이 마시고 싶은 듯했고 중범도 마찬가지 표정이었다.

그러고 보니 작년에는 가끔 술자리를 가졌는데 올해는 드라마다 영화다 해서 같이 술을 마신 기억이 거의 없었다. 여름에 놀러 가는 것도 촬영 때문에 애들끼리만 놀러 갔다 왔고, 최근까지는 영화 촬영에 바빴으니까. 주혁은 오랜만에 같이 한잔하는 것도 좋겠다고 생각했다.

"어이, 아저씨. 오랜만이네?"

역시나 반가운 목소리가 들렸다. 고개를 돌려 보니 역시나 야전 상의를 걸치고 껄렁껄렁한 포즈로 양선화가 서 있었다. 양선화 역시 오늘은 시험이 끝났다고 했다. 금요일이니 이제 다음 주에나 시험이 있다. 이런 날 술을 마시지 않는다면 언제 마시겠는가.

"그래, 오늘 한잔하러 가자. 내가 쏘지."

양선화는 주혁의 어깨를 툭 치더니 이야기했다.

"당연한 말을 뭘 그렇게 폼을 잡으면서 해? 돈 버는 사람이 이럴 때 사고 그러는 거지."

"그래, 알았다. 니들 먹고 싶은 걸로 오늘은 맘껏 먹어보자."

아이들은 서로 먹고 싶은 걸 이야기했는데, 주로 삼겹살이나 감자탕 이야기가 나왔다. 주혁은 녀석들이 학생은 학생이구나 하는 생각이 들었다. 조금 더 가격이 나가는 거라도 상관없었지만 결국 애들이 원한 삼겹살을 먹으러 가기로 했다.

주혁이 앞장서서 걷는데 자연스럽게 선화와 중범이 같이 걷고 있었다. 그런가 보다 하고 있었는데 수정이 슬쩍 주혁의 옆으로 다가왔다. 왜 그런가 봤더니 유라와 정훈이가 아주 즐겁게 대화를 나누면서 오고 있었다.

주혁이 눈짓으로 유라와 정훈이를 가리켰더니 수정이 고개를 살짝 끄덕였다.

"언제부터?"

"여름에 놀러 가서부터요. 아직 사귀는 것까지는 아니고 바로 그 선에 닿을락 말락 하는 사이예요."

주혁은 문득 생각이 나서 수정에게 나지막이 요즘도 잘 만나고 있느냐고 물었다. 누구라는 말을 넣지 않았지만 둘 다 상대를 알고 있었으니 대화는 자연스럽게 진행되었다.

"그럼요. 사람들 몰래 만나야 하는 게 좀 그렇지만 잘 만나고 있어요. 참, 언제 승우 씨하고 같이 오냐고 묻던데요?"

수정이는 '이얍!' 이라고 외치면서 공을 던지는 흉내를 냈다.

"이런, 내가 요즘 너무 일정이 빡빡해서 미처 챙기질 못했네. 조만간 내가 연락을 드린다고 전해줘."

"알았어요. 연락하면 무척 좋아하실 거예요. 드라마도 무척 좋아했어요. 커피 프린스요. 우리가 처음으로 밖에서 데이트한 데가 거기잖아요."

수정은 드라마를 보면서 황태자가 그 장소가 나올 때마다 손을 잡고 이야기를 한다고 했다. 이제는 워낙 명소가 되어서 둘이 데이트를 할 수는 없겠지만 그래도 좋은 추억을 간직한 장소를 화면으로 보니 감회가 남달랐다고 했다.

주혁은 사실 둘이 조금 걱정되기도 했다. 반대하는 사람들이 많을 것이라 결코 앞길이 순탄치 않을 터였다. 하지만 주혁이 보기에 황태자나 수정이나 서로에 대한 마음이 굳건해서 잘 헤쳐 나갈 수 있을 것 같았다.

"가만, 나도 아는 사람 한 명 부를까?"

주혁은 갑자기 지아 생각이 나서 수정에게 물어보았다. 수정은 눈을 가늘게 뜨고는 웃으면서 물었다.

"누군데요? 혹시 지금 만나는 사람?"

"음, 그 정도는 아직 아니고 나도 유라하고 정훈이랑 비슷한 정도?"

"오빠가 마음이 있으면 불러요. 원래 둘이 만나는 거하고 여럿이 만나는 거하고는 다르거든요. 그분도 마음이 있으면 아마 좋아할 거예요."

주혁은 그 말을 듣자 주저하지 않고 전화를 걸었다. 오늘 딱히 스케줄이 없다는 걸 알고 있어서였다. 그리고 바로 오겠다는 대답을 들었다. 어쩐지 이런 걸 기다리고 있었다는 느낌도 조금 들었다.

"형, 어디로 갈까요?"

어차피 가게들이 큰 차이는 없는지라 주혁은 큰길에서 가장 가까운 가게로 들어갔다. 왜 그랬는지 그때는 알지 못했는데, 나중에 생각나는 바가 있었다. 아마도 무의식중에 지아가오면 바로 마중 가려고 그랬던 것 같았다.

고기를 몇 점 먹지 않았는데, 지아가 도착했다는 전화를 받고 주혁이 바로 밖으로 나갔다. 지아는 길가에 캐주얼 한 차림으로 서 있었는데 주혁을 찾는 듯 고개를 이리저리 돌리고 있었다.

"지아야, 여기."

주혁은 크게 이름을 부르면서 손을 흔들었고, 지아는 주혁을 발견하더니 팔을 좌우로 흔들면서 달려왔다. 생글생글 웃고 있어서 눈이 초승달처럼 휘어 있었는데, 길가에 있는 다른 사람은 하나도 눈에 들어오지 않고 달려오는 지아의 모습만 주혁의 눈에 가득 들어왔다.

"저 괜찮아요?"

지아는 주혁 앞에 도착하자 옷을 이리저리 살피면서 물었다. 일부러 편한 차림으로 왔는데 어떠냐면서.

"내가 오늘 본 사람 중에서 제일 예뻐."

주혁의 말에 지아는 꼭 연기하는 것 같다면서 주먹으로 팔을 툭툭 때렸다. 하시만 눈과 입술은 활짝 웃고 있었다.

사람들은 주혁이 지아를 데려오자 온갖 질문을 퍼부었다. 사는 곳이나 둘이 어떻게 만났느냐는 건 시작에 불과했다. 너무 짓궂게 굴어서 주혁이 눈을 부라렸지만 이것들이 술이 좀 들어가서 그런지 멈추지를 않았다. 하지만 지아는 괜찮다면서 웃으며 잘 어울렸다.

가을밤. 풀벌레 소리가 귓가에 울리고 있었고, 뜨거운 숯 위로 지글지글 고기가 익어가고 있었다. 사람들의 웃음소리가 사방에 울려 퍼졌고, 모두 분위기에 취해 시간이 어떻게 흐르는지 잊고 있었다.

주혁은 인생이란 참 묘한 거라는 생각이 들었다. 사람들의 환호와 시선을 받는 것도 즐거운 일이었지만 지금 이 자리도 그에 못지않게 소중했다. 만약 누가 그 둘 중 어느 것을 선택하겠느냐고 묻는다면 쉽게 대답하지 못할 것 같았다.

"오빠, 뭘 그렇게 생각해요."

"아냐, 어. 그래, 내가 이번에 영화를 찍을 때 말이지……."

주혁의 이야기에 사람들의 눈동자가 모두 그를 향했고 그는 현장에서 있었던 일을 재미있게 풀어놓았다. 그리고 이야기를 하면서 주혁은 유난히 지아에게 눈길이 많이 가는 자신을 발견했다. 그리고 그가 쳐다볼 때마다 지아는 반짝이는 눈으로 그를 바라보고 있었다.

CHAPTER **19**
다시 시작된 영화 촬영

주혁은 촬영장을 찾았다. 자신의 촬영은 며칠 뒤였지만 한동안 쉬었더니 아무래도 감이 많이 떨어져 있는 듯해서였다. 현장에서 배우들이 연기하는 걸 보고 분위기를 잡으면 다시 연기에 들어갔을 때 빨리 몰입할 수 있을 것 같았다.

　주혁이 도착했을 때는 이미 촬영 중이라 조용히 있다가 컷 사인이 나자 주변에 있는 스태프들과 먼저 인사를 나누었다. 그리고 주연배우인 김준석에게 손을 흔들었다.

　"형, 잘 지내셨어요?"

　"야, 말도 마라. 아주 죽는 줄 알았다."

준석은 진저리를 치면서 너스레를 떨었다. 웃고는 있었지만 정말 고생이 심했던 듯 피부가 많이 까칠해져 있었고 얼굴에는 피곤이 덕지덕지 묻어 있었다. 그런데 옆을 보니 꼬맹이 유정이가 웬 아이랑 얘기를 하고 있었다. 주혁이 눈으로 아이를 가리키며 물었다.

"누구예요?"

"아, 쟤? 촬영기사 아들이야."

유정이만 있을 때는 워낙 어려서 마냥 아기같이 보였는데 누나라고 애를 챙기는 걸 보니 참 대견해 보였다. 자기보다 아기라고 누나 노릇을 하는데 어찌나 잘 챙기는지 그걸 보는 사람들은 모두 입가에 미소가 걸렸다.

"그나저나 걱정이네. 애기가 반팔 입고 있어서 추울 텐데……."

"왜요? 유정이가 자꾸 NG를 내요?"

"아니, 유정이보다 이놈의 날씨가 문제야."

편의점 앞에서 준석과 유정이 대화를 나누는 장면이었는데 오늘 날씨가 매우 춥다는 게 문제였다. 어른도 얇게 입고 있으면 몸이 덜덜 떨릴 정도였는데, 어린아이가 반팔을 입고 연기한다는 게 못내 마음에 걸렸다.

그런데 문제는 자꾸 입김이 나온다는 거였다. 영화 속에서는 여름인데 입에서 김이 확확 나오니까 자꾸 NG가 나는 거였다. 준석이 애기 때문에라도 안 되겠다고 생각했는지 얼음을 입에 물고 연기를 했는데도 소용이 없었다.

"이게 입김이 나오는 걸 어떻게 할 수가 없더라고. 용가리도 아니고… 나 참."

"어른들이야 어떻게든 참고 하겠지만 애기는 좀 아닌데……."

"그러게 말이야. 이거 대사를 어떻게 하든가 뭔가 방법을 찾아야겠어. 다른 날로 옮기든가."

주혁은 벌떡 일어나서 유정이를 쳐다보았는데 역시나 추위 때문인지 몹시 힘겨워하고 있었다. 다른 사람들도 다들 유정이를 걱정스러운 표정으로 쳐다보았고 어떻게 해야 할지 여기저기서 이야기를 나누고 있었다.

주혁은 예전에 하루가 반복되던 시기에 나이 많은 배우한테서 들은 이야기가 생각났다. 지금과 비슷한 상황에서 문제를 간단하게 해결한 방법이. 그는 바로 감독에게 달려갔다.

"감독님, 담배를 피우게 하죠."

"어, 주혁 씨. 응? 뭐라고?"

이야기를 나누고 있던 감독은 주혁의 말을 제대로 알아듣지 못한 듯했다. 주혁은 다시 차근차근 이야기했다. 이 상황을 타개할 방법에 대해서.

"지금 입에서 김이 나와서 문제인 거잖아요. 그런데 준석

선배가 담배를 피우면 해결될 것 같아요. 담배 연기가 입김을 가려줄 테니까요."

"호오, 담배. 그거 좋네. 좋아, 좋아."

준석도 이야기를 듣더니 주혁의 등을 팡 때렸다.

"이야, 역시 머리 좋은 사람은 뭐가 달라도 다르구만. 이거 촬영 없어도 이 녀석은 붙박이로 현장에 있어야겠는데?"

"안 그래도 앞으로는 계속 촬영 있잖아요. 이제 지겹게 봐야 할 텐데요, 뭐."

주혁의 이야기에 사람들의 표정이 모두 밝아졌다. 누가 아홉 살짜리 아이가 촬영 현장에서 고생하는 걸 보고도 마음이 편하겠는가. 다들 유정이가 고생하는 게 안쓰러웠는데 해결 방법을 찾았으니 마음을 짓누르고 있던 무거운 돌을 치운 기분이었다.

사람들은 서둘러 촬영 준비를 했다. 이제 겨울이니 날씨가 조금 풀린다 해도 거기서 거기일 터이다. 그러니 오늘 촬영을 마무리하는 게 가장 좋은 방법이었다. 준석도 혹시라도 NG를 내면 안 되겠다는 생각에 정신을 집중했다.

**"너, 아빠 어딨어?"**

**"파라과이요."**

**"파라과이?"**

준석은 대사를 하면서도 입김이 밖으로 나가지 않게 최대한 조심했다. 담배 연기로 자연스럽게 가려지기는 했지만 담배 연기란 것이 끝도 없이 나오는 건 아니다. 그러니 어느 정도 시간이 지난 뒤에 하는 대사는 아주 조심해야 했다.

그리고 담배를 줄곧 피워댈 수도 없었다. 어디까지나 대사를 하면서 아주 자연스럽게 담배를 피워야 하지, 시도 때도 없이 담배를 쭉쭉 빨아들이면 누가 봐도 어색한 장면이 되지 않겠는가. 그래서 대사를 할 때 손에 든 담배를 입 근처로 가져왔다.

입에서 김이 조금 나오더라도 담배 연기인 것처럼 보일 수 있게. 그리고 유정이도 대단히 추웠을 텐데 그 와중에도 훌륭한 연기를 보여주었다. 그렇게 추운데도 애가 감정을 끝까지 놓치지 않고 연기하는 걸 보니 마음이 다 짠해졌다.

그렇게 모두가 집중한 덕분에 촬영은 무사히 마무리되었다. 다른 사람들도 모두 수고했지만 특히나 준석과 유정의 열연이 돋보였다. 그렇게 촬영이 끝나자 유정의 어머니가 주혁에게 다가와서 인사를 했다.

"고맙습니다. 애가 힘들어 했는데 덕분에 빨리 끝낼 수 있었어요."

"아뇨, 제가 뭘요. 다른 분들이 수고하신 덕분이죠."

유정의 어머니는 다른 분들도 모두 감사하지만 특히 주혁에게 고마움을 표시하고 싶다고 했다. 주혁이 아이디어를 내서 촬영이 빨리 끝날 수 있었다는 걸 알고 있어서였다. 하지만 주혁은 그녀의 인사가 영 민망했다. 사실 고생한 건 스태프와 배우였으니까.

"저는 괜찮으니까 다른 분들한테 인사하시고 어서 들어가세요. 애기가 오늘 고생 너무 많았네요."

그녀는 주혁의 말대로 촬영장에 있는 사람들에게 인사를 했는데 다들 아이 걱정을 하면서 어서 들어가시라고 등을 떠밀었다. 유정이가 가고 나자 다들 한숨을 돌리고 본격적인 촬영이 시작되었다.

"다음 장소로 이동하겠습니다."

주혁은 준석과 같이 차를 타고 광명역 사거리로 이동했다. 대본에는 망원역 사거리라고 되어 있었지만 실제 촬영은 광명역 사거리에서 진행되었다. 이 촬영 역시 어려움의 연속이었다. 자동차와 사람이 엄청나게 오가는 장소에서 촬영을 하니 쉬울 리가 있겠는가.

통제도 통제였고, 반팔 차림으로 연기를 하는 출연자들 모두가 고생이었다. 그렇게 촬영 현장에서 주혁은 영화의 분위기에 조금씩 젖어들었다. 꿀맛 같았던 휴식에서 조금씩 벗어나 작품의 세계로 점점 깊이 들어가고 있었다.

　　　　　*　　　*　　　*


　주혁은 크게 심호흡을 했다. 이제부터가 진짜 영화 촬영이
라고 보아도 무방했다. 정말 힘들고 어려운 장면이 시작되는
건 바로 지금부터였으니까. 주혁은 며칠간 자잘한 장면들을
촬영하고 슈퍼에서의 장면을 촬영하기 위해서 성북동에 와
있었다.

　"이제 시작이네요."

　"괜찮겠냐? 이런·역할은 처음이지?"

　"이런 역할 해본 사람이 몇이나 되겠어요. 그냥 느낌대로
가야죠."

　아무리 연기라고 해도 살인을 하는 장면은 꺼림칙할 수밖
에 없다. 그것은 행하는 사람이나 당하는 사람이나 마찬가지
다. 그러니 최대한 집중해서 빨리 오케이를 받아내는 게 최선
이었다.

　촬영은 낮 장면부터 시작되었는데 마을버스가 워낙 자주
다녀서 애를 먹었다. 그래서 생각보다 주혁의 차례가 늦어졌
다. 주혁은 기다리면서 예전 생각에 잠겼다. 아주 오래전이라
고 할 수도 있고, 얼마 전이라고도 할 수 있는 그런 기억이었
다.

하루가 반복되는 시간 동안 별짓을 다 해보았다. 무슨 짓을 해도 없었던 일이 되니까 얼마나 좋은 기회인가. 그래서 평소에는 할 수 없었던 일을 마음껏 해볼 수 있었다. 싸움질은 물론이고 도둑질도 해보았다.

그리고 정말 이 영화에서처럼 똥을 잔뜩 가지고 가서 정치인들 면상에 뿌리는 것도 해보았다. 스스로 생각하기에 상상할 수 있는 거의 모든 걸 해보았다. 그리고 그 기록은 USB에 고스란히 저장되어 있었다.

주혁은 경험할 일들의 리스트를 만들었고, 거기에는 살인도 포함되어 있었다. 그리고 실제로 살인의 유혹에 빠진 적도 있었다. 하지만 실제로 실행하지는 않았다. 정말 죽이려 마음먹고 살인하기 직전까지는 가보았지만 결국 포기하고 말았다.

대신 살인 현장에 가본 적은 있었다. 경찰 무선을 듣다가 알게 된 현장이었는데, 정말 끔찍했다. 그 비릿한 피 냄새와 망가진 채 나뒹굴고 있는 시체. 주혁은 보자마자 구역질을 할 뻔했다.

그 현장은 쉽게 익숙해지지 않았다. 자주 경험하고 싶은 생각도 없었다. 그래서 몇 차례 가서 구석구석 잘 살폈고, 어떤 느낌인가를 확실하게 기억하고는 다시는 현장에 가지 않았다.

주혁은 그렇게 행동한 것에 대해서 후회하지 않았다. 비슷한 경험을 한 것만으로 만족했다. 유사한 경험만 있으면 얼마든지 상상력을 동원해서 연기할 수 있다는 게 그의 생각이었다. 그리고 그 생각이 옳은지는 오늘 확인할 수 있을 터였다.

밤이 제법 깊었고, 드디어 주혁의 차례가 되었다. 주혁은 모자와 선글라스를 쓰고 셔츠의 팔을 걷었다. 영화 속 계절은 한여름이었기 때문이었다. 하지만 현실은 완연한 겨울. 뒤로 보이는 눈 덮인 산이 참 아이러니하게 보였다.

"이거 영 찝찝하다. 먼저 죽은 장면 찍고 나중에 앞 장면 찍으려니까."

슈퍼 주인 역을 맡은 여배우가 분장을 받으면서 투덜거렸다. 그녀는 연기 경력이 상당했지만 이런 역할은 거의 해보지 않아서 잘할 수 있을지 모르겠다며 푸념했다. 하지만 부담감은 주혁이 훨씬 더하다고 보아야 했다.

여러 일정 문제로 먼저 살인 장면을 촬영하고, 슈퍼 안에서 벌어지는 일을 나중에 촬영하기로 했다. 주혁은 망치를 손에 들고 감정을 잡았다. 주혁은 점점 캐릭터에 몰입하기 시작했고 고개를 들었을 때는 소름 끼치도록 비정한 얼굴이 카메라에 나타났다.

"레디. 액션."

주혁이 방문을 열자 피범벅이 된 분장을 한 슈퍼 주인의 시체가 문지방에 떨어졌다. 주혁은 피가 뚝뚝 떨어지는 망치를 쥐고 방 안으로 들어갔고 아주 잔혹한 살인자의 연기를 빈틈없이 소화했다.

"컷."

감독의 컷 소리가 나자 주혁은 모니터링하기 위해서 움직였다.

"이 부분이 좀 이상하죠?"

"표정이 너무 과한 것 같아. 선글라스에 잘 비치게 얼굴도 약간 더 내려야 할 것 같고."

모니터링을 하면서 주혁은 스태프들과 이야기를 나누었다. 그런데 아무래도 어색한 느낌이 들었다. 왜 그런가 하고 자세히 살펴보니 방문을 열고 들어가는 장면이 이상했다. 피범벅이 된 시체가 있는데 피도 흐르지 않고 신발에 피도 묻어 있지 않아서였다.

지금과 같은 살인 현장이라면 그럴 수 없었다. 전에 현장에 갔을 때도 신발에 피가 묻어서 발걸음을 옮길 때마다 붉은 발자국이 남았었다. 그리고 시체가 쓰러졌을 때 피가 흘러나와야 할 것 같았다.

주혁은 그 부분에 관해서 이야기를 꺼냈다. 스태프들이 모두 고개를 끄덕였다. 그러는 편이 훨씬 더 현장감이 있겠다는 걸 쉽게 알 수 있었으니까. 추가로 손이 가야겠지만 완성도를 위해서라면 당연히 해야 하는 작업이었다.

주혁도 이 장면을 다시 찍는 게 싫었지만 그렇다고 대충 넘어갈 수는 없는 일이다. 그렇게 완벽을 기하다 보니 시간이 오래 걸릴 수밖에 없었다. 그래서 어느덧 시간은 동이 틀 무렵이 되었다.

"레디. 액션."

방문을 넘어간 주혁은 섬뜩한 대사를 던지고는 있는 힘껏 망치를 휘둘렀다. 앞에 있는 배우의 안전을 위해서 망치의 손잡이만 남기고 자루는 잘라냈지만 주혁은 마치 묵직한 망치를 휘두르는 듯 잔뜩 힘을 주어 휘둘렀다.

이때 앞에 있던 스태프가 끈적끈적한 핏빛 액체를 주혁에게 뿌렸는데 주혁의 표정을 제대로 쳐다보지 못하고 몸을 움츠렸다. 주혁의 행동을 보니 몸이 점점 마비되는 것 같은 느낌이 들어서였다.

주혁은 점점 이상한 감정에 파묻히는 느낌을 받았다. 점점 헤아릴 수 없는 깊은 구덩이로 떨어지는 기분이었다. 하지만 주혁은 악착같이 감정의 끈을 놓지 않았다. 그것마저 놓친다면 정말 무슨 일을 벌일 것 같은 기분이 들어서였다.

하지만 그의 기세는 섬뜩함을 넘어서 말로 표현할 수 없을 정도의 공포심을 불러일으켰다. 그래서 화면으로 이 광경을 지켜보고 있던 사람들은 모두 몸에 소름이 돋는 걸 느꼈다.

밤을 새워서 피곤함에 지친 육체였지만 처절하고 잔인한 광경에 정신이 번쩍 들었다.

그리고 자신도 모르게 침을 삼켰다. 만약에 살인마가 있다면 바로 저런 모습일까? 살인마를 직접 본 적이 없어서 어떤지는 알 수 없었지만 사람들은 공통되게 생각했다. 만약 정말 살인마가 있더라도 저 모습보다 두렵고 무섭지는 않을 거라고.

"오케이."

감독은 잘게 떨리는 목소리로 말했다. 감독의 사인이 떨어졌지만 주혁의 연기에 압도당해 촬영장은 여전히 정적에 휩싸여 있었고, 주혁이 몸을 움직이고 나서야 사람들은 움직일 수 있었다. 하늘에는 이미 해가 뜨고 있었지만 사람들은 심장이 서늘한 기운에 얼어붙은 것 같은 기분을 맛보았다.

주혁은 집에 오자마자 옷을 모두 벗고 샤워기를 틀었다. 수도꼭지를 이리저리 돌렸는데, 오늘따라 물 온도가 잘 맞춰지지 않았다. 갑자기 짜증이 확 솟구치면서 호흡이 가빠졌는데, 아마도 감정이 피폐해지는 연기를 한 후라서 유난히 예민해져 있어서 그랬던 듯했다.

"후우~ 후우~"

가볍게 심호흡을 했다. 가슴에 있던 공기가 천천히 빠져나갔다가 들어오기를 반복했고 날카롭던 신경이 조금 무뎌지고 안정되는 느낌이 들었다. 호흡이 정상으로 돌아오자 그는 대충 온도를 맞추고는 물줄기에 몸을 맡겼다.

따스한 물줄기가 머리와 어깨를 때렸고, 이내 바닥으로 흘러내렸다. 주혁은 눈을 감고 한참을 그렇게 서 있었다. 주르륵 흘러내리는 물줄기에 지저분한 감정의 찌꺼기까지 같이 씻겨 내려갈 수 있도록.

시간이 얼마나 지났을까? 주혁은 몹시 피곤하다는 느낌이 들었다. 하기야 밤을 꼬박 새우고 촬영을 했으니 멀쩡할 리가 있겠는가. 어제 아침 일찍부터 촬영을 했으니 시간상으로는 이십사 시간이 넘게 촬영을 한 거였다.

지금까지는 워낙 예민해져서 피곤함을 느끼지 못했었는데, 이렇게 몸이 축 늘어지는 걸 보니 이제는 몸도 감정도 정상으로 돌아온 것 같았다. 주혁은 몸에 남아 있는 물기를 닦아내고는 나무가 쓰러지듯 그대로 이부자리로 쓰러졌다.

그리고 오 초도 되지 않아서 코 고는 소리가 들렸다. 그렇게 주혁은 깊은 잠에 빠져들었고, 꿈속에서 환한 빛을 보았다. 그리고 자꾸 누가 자신을 불렀는데, 사방을 둘러보아도 보이는 것은 아무것도 없었다.

방에는 주혁의 코 고는 소리만 들렸는데, 얼마나 컸는지 마당에서 졸고 있던 미래가 깜짝 놀랄 정도였다. 하지만 피곤했던 것에 비해서 주혁이 잠을 잔 시간은 그렇게 길지 않았다.

"뭐야? 다섯 시간밖에 지나지 않았네?"

주혁은 시계를 보고는 고개를 갸웃거렸다. 분명히 잠이 들 때만 해도 온종일 잘 것 같았기 때문이었다. 이십사 시간이 넘게 촬영을 했고 그 촬영도 정신적으로 무척 피곤한 작업이었으니 당연히 그러리라 생각했다.

하지만 몇 시간 자지도 않았는데 몸은 아주 개운했다. 일어나서 몸을 이리저리 움직여 보았는데 몸 구석구석이 아주 상쾌하고 가벼웠다. 몸 전체에 활력이 넘치는 것이 에너지가 불끈불끈 솟아오르는 듯했다.

"오늘따라 뭔 일이래? 샤워를 오래 해서 그런가?"

휴식할 때 풀렸던 피로가 최근 연이은 밤샘 촬영에 다시 쌓이고 있었다. 그런데 오늘은 다른 날보다 적게 잤는데도 컨디션은 어느 때보다도 좋았다. 덕분에 촬영장에 가기 전까지 시간이 넉넉했다. 주혁은 고민하지 않고 바로 지아에게 전화를 걸었다.

다행히도 지아는 시간이 된다고 했다. 바로 약속을 잡았는데 사는 곳이 연희동이라 시간이 걸릴 이유도 없었다. 주혁이 먼저 약속한 카페에 도착해서 기다렸고 얼마 지나지 않아 지아가 도착했다.

"바쁜데 내가 부른 거 아니지?"

"신인이라 불러주는 데가 아무 데도 없어요. 이러다가 정말 우리 팀 망할 거 같아."

지아는 뺨을 부풀리면서 뾰로통한 표정으로 말했다. 오늘은 짙은 회색 코트에 안에는 베이지색 원피스를 입었는데, 굉장히 여성스러워 보였다. 그러고 보니 지아는 참 다양한 느낌을 주는 여자였다.

어느 때는 참 청순하다는 느낌이 들었다가 또 장난을 칠 때는 귀여운 장난꾸러기같이 보였다. 그리고 지금처럼 손으로 찰랑찰랑한 머리카락을 귀 뒤로 쓸어 넘길 때는 살짝 섹시한 느낌도 들었다.

"왜요?"

주혁이 아무 말도 하지 않고 계속 자신을 쳐다보자 지아가 살짝 웃으면서 물었다. 웃을 때 보이는 희고 가지런한 치아, 그리고 적당히 도톰한 입술이 주혁의 눈을 즐겁게 했다.

"예뻐서."

지아는 핏 하고 웃었는데, 살짝 코를 찡그린 모습이 너무나도 귀여웠다. 주혁은 그녀를 바라보면서 참 알 수 없는 여자라는 생각을 했다. 뭐라고 표현하기가 어려웠다. 상황에 따라서 아주 다른 매력을 보여주고 있었으니까.

하지만 이것 한 가지는 분명했다. 지아는 정말 순수하다는 것. 마치 때 묻지 않은 어린아이 같다는 생각이 들었다. 그래서인지 지아를 만나고 있으면 마음이 맑아지는 느낌을 받았다.

"영화 찍는 건 어때요?"

"요즘 좀 힘들어. 밤샘 촬영도 많고 워낙 감정 잡기 어려워서."

지아는 그 말을 듣더니 갑자기 양 주먹을 볼에 대고 눈을 깜빡이며 애교를 부렸다. 주혁이 활짝 웃었더니 이번에는 개구쟁이같이 주혁에게 장난을 쳤다. 덕분에 주혁은 모든 것을 잊고 즐거운 시간을 보낼 수 있었다.

지아가 하는 것만 보고 있어도 저절로 미소가 그려졌고 편안하면서도 상큼한 매력에 에너지가 충전되는 듯한 느낌이 들었다. 정말 마음껏 웃을 수 있었는데, 여자와 단둘이 있으면서 이런 기분을 느껴본 게 얼마 만인지 기억도 나지 않았다.

창문 밖으로는 사람들이 옷깃을 여미고 발걸음을 재촉하는 거리의 풍경이 보였지만 그것을 바라보는 둘 사이는 따스하고 아늑했다. 오늘따라 주혁은 촬영장에 가기 싫다는 생각이 들었다. 마치 추운 겨울날에 따뜻하고 푹신한 이불 속에서 나오기 싫은 것처럼.

*　　　*　　　*

"다른 옷 없어?"

감독은 짜증을 냈다. 주혁이 옷을 갈아입었는데 자신이 생각한 느낌이 나질 않아서였다. 참 이상했다. 분명히 아주 후줄근하고 추레해 보이는 옷이었다. 그런데 주혁이 입으니까 갑자기 그 옷이 빈티지가 되는 거였다.

"이상하네. 분명히 아주 후진 옷인데."

소품 담당은 고개를 갸웃거리더니 아예 옷을 여러 벌 가져왔다. 지금 있는 옷 중에서 가장 거지 같아 보이는 옷들이었다. 감독은 자신이 생각한 설정을 다시 한 번 떠올렸다.

경찰서에 온 지형민은 피 묻은 옷을 입고 있었다. 그래서 옷을 벗으라고 하고 경찰서에서 아무렇게나 굴러다니던 옷을 대신 입힌다는 설정이었다.

그러니 잔뜩 구겨져 있는, 아주 지저분하고 궁상맞은 그런 옷을 입은 느낌이 나야 하는 거였다. 감독은 소품 담당이 가져온 옷을 보고는 고개를 끄덕였다. 모두 자신이 원하는 느낌에 부합하는 옷들이었다.

"자, 갈아입어 보세요."

주혁은 가져온 옷으로 갈아입었다. 일부러 몸을 조금 찌워서 예전처럼 조각같이 갈라진 근육이 드러나지는 않았지만 그래도 꽤 좋은 몸이었다. 그래서인지 이번에 입은 옷도 제법 잘 어울렸다.

"하~ 미쳐 버리겠네."

감독은 머리를 쥐어뜯었다. 이번에도 멋져 보였기 때문이었다. 도대체 뭘 입혀놔도 그림이었다. 이런 걸로 고민할 줄 몰랐던 감독은 한숨을 푹푹 내쉬었다. 하지만 어쩔 수 없었다. 가뜩이나 촬영 기간이 늘어나서 압박을 받고 있는 상황.

그러니 이런 사소한 것 때문에 시간을 지체할 수는 없었다. 결국 있는 옷 중에서 그나마 가장 추레해 보이는 옷을 골랐다. 그것도 입혀놓으니 상당히 좋아 보여서 감독이 원한 이미지는 아니었다. 하지만 지금은 촬영이 더 중요했다. 그래서 그 옷을 입는 것으로 하고는 촬영에 들어갔다.


"그거 있죠? 발목 뒤에 힘줄?"

"아킬레스건?"

"예, 그거. 거길 따는 거죠."

"시체를?"

"예."

"뭐하러?"

"그래야 피가 빠지니까요. 시체가 생각보다 무겁거든요."


지형민과 이 형사는 대사를 주거니 받거니 했다. 디테일 한 설명에 한 건 했구나 하고 밝은 표정이 되는 이 형사. 그리고 아주 자랑스러운 표정으로 그걸 설명하는 지형민. 배우들의 연기는 호흡이 척척 맞았다.

그도 그럴 수밖에 없는 것이 벌써 이 장면만 반나절이 넘게 찍고 있었기 때문이었다. 이 장면만 버전이 수십 개도 넘게 나왔다. 하지만 좀처럼 오케이 사인이 떨어지지 않았다. 옷 때문에 감독이 까칠해진 탓인지, 아니면 정말 느낌이 오는 샷이 없어서 그런지는 모르겠지만.

"다시 가겠습니다."

배우들은 제자리로 돌아가서 감정을 잡았고, 감독의 액션이라는 소리와 함께 다시 연기에 들어갔다. 결국 그 신은 새벽이 되어서야 끝이 났다. 하지만 촬영은 그것으로 끝난 게 아니었다. 곧이어 다음 신의 촬영에 들어갔다.

"이거 나이 더 먹으면 이런 영화는 못 찍겠어. 지금도 이렇게 힘든데 말이야."

"에이, 왜 그러세요. 촬영만 들어가면 확 달라지시면서."

주혁은 준석에 푸념에 장난스럽게 대꾸했다. 사실 주혁은 그의 연기력에 감탄하고 있었다. 준석의 연기에는 아주 깊은 내공이 있었다. 장면 하나하나에 맛을 아주 잘 살렸다. 별다른 것도 아니었다.

그저 손가락질하는 타이밍, 대사를 하다가 휴지를 버리는 모습. 그런 사소한 게 분위기를 살리고 뉘앙스를 아주 풍부하게 만들었다. 역시 베테랑은 괜히 베테랑이 아니었다. 주혁은 '타짜'에서 강렬했던 아귀의 연기가 우연히 나온 것이 아니었다고 생각했다.

사실 대본에 모든 것을 다 써놓을 수는 없다. 배우가 알아서 해야 하는 부분도 있었다. 대본에 있는 정도만 하는 배우가 있는 반면, 그 이상을 보여주는 배우가 있다. 준석은 바로 그 이상을 보여주는 배우였고 주혁은 그의 연기를 보면서 그렇게 되겠다고 다짐했다.

하지만 준석은 주혁의 생각과는 조금 달랐다. 저 녀석은 이미 자기와 동급이었다. 어떤 장면은 보고 있으면 소름이 돋았다. 몰입하는 힘도 굉장했고 사람의 시선과 감정을 움직이는 파워도 엄청났다.

한마디로 관객을 쥐고 흔드는 배우라는 말이었다. 그리고 그런 느낌은 같이 연기하는 배우가 가장 많이 영향을 받는다. 바로 근처에서 보게 되니 당연하지 않겠는가. 더구나 주혁이 맡은 배역이 어떤가. 베테랑도 고개를 흔들 정도로 아주 복잡하고 특이한 캐릭터였다. 아마 준석 자신이 그 배역을 맡았어도 주혁만큼 잘해낼 수는 없었을 거였다. 그래서 더 자극받았다. 그래도 선배 된 입장에서 후배에게 뒤져서야 쓰겠느냔 말이다.

그리고 자신도 연기에 모든 것을 건 남자였다. 그러니 연기로 뒤처진다는, 그것도 어린 후배에게 그런다는 소리는 죽어도 듣기 싫었다. 그래서 연기를 할 때 엄청나게 집중했다. 그리고 그런 건 아마 자신뿐이 아닐 것이다.

이 촬영장에 있는 배우 모두가 그런 생각일 터였다. 그래서 모든 배우의 연기가 정말 살아서 팔딱거린다는 느낌이 들었다.

"슛 들어갑니다."

조감독의 말에 배우들이 준비했다. 다들 피곤한지 잠시 눈을 감거나 관자놀이를 누르고 머리를 흔들었다. 집중하기 위해서였다. 그리고 그들이 자세를 잡았을 때 그들에게서 잘 벼려진 칼처럼 날카로운 기세가 보였다. 이제 막 촬영을 시작한 사람인 것처럼.

'이게 다 저 녀석 때문이지. 스스로는 잘 모르는 것 같지만.'

그렇게 새벽 촬영은 계속되었고, 주고받는 연기의 호흡 속에서 작품은 점점 무르익어 갔다.


"컷."

감독의 사인에 주혁이 뒷머리를 긁으면서 자리에서 일어났다. 자기의 실수로 촬영이 중단되었으니 민망할 수밖에 없었다. 하지만 스태프나 다른 배우들은 전혀 개의치 않는다는 표정이었다. 좀처럼 NG를 내지 않는 주혁이 어쩌다가 낸 NG 였으니까.

"주혁 씨가 대사 NG 낸 건 이번이 처음 아냐?"

"아마 그럴 거예요. 저도 대사로 NG 내는 건 못 봤으니까요."

감독의 말에 촬영감독이 덩달아 동조했다. 주혁은 딱히 그런 걸 기억하고 있지는 않았지만 대사를 하다가 NG를 낸 적은 없는 것 같았다. 전부 주혁이 준비를 철저히 한 때문이었는데, 이번 장면은 그런 준비가 소용없었다.

너무 민망한 장면이어서 대사를 하다가 자기도 모르게 혀가 꼬이고 말았다. 준석이 다가오더니 낄낄대며 웃었다.

"이제야 이 형아 맘을 좀 알겠지?"

준석은 예전에 '타짜'를 찍을 때 여자 팬티를 끌어내리는 장면을 찍다가 혼쭐이 난 걸 언급하면서 웃었다.

"차라리 다 벗고 눈밭에서 구르라고 하면 구르겠어. 하지만 그 장면 같은 신은 다시는 찍고 싶지 않다고."

준석은 그때가 생각나는지 고개를 휘저으며 몸을 부르르 떨었고 주혁도 그의 말에 동감했다. 이게 여자를 보면서 생리라는 단어를 들먹여야 하니 보통 난감한 게 아니었다. 하지만 이 장면이 오늘의 마지막이 될 듯하니 깔끔하게 마무리하고 싶었다.

주혁은 또다시 여배우에게 민망한 대사를 치지 않으려고 집중했고 바로 다음 촬영에서 오케이를 받아냈다.

"수고하셨습니다."

촬영이 끝나니 갑자기 피곤이 몰려왔다. 연기하는 동안에는 그래도 이 정도로 피곤한지 몰랐는데 긴장이 탁 풀리니 등에 쌀을 두 가마니 정도는 메고 있는 느낌이었다. 하지만 기분만큼은 최고였다.

오늘 찍은 장면이 만족스러웠으니까. 그리고 그렇게 생각하는 건 자신만이 아니라는 걸 알 수 있었다. 다들 어깨가 축 처져 있고 눈은 반쯤 감겨 있었지만 얼굴에는 모두 뿌듯한 느낌이 나타나고 있었으니까.

주혁은 사람들이 피곤해서 어기적거리면서 움직이는 게 꼭 좀비 같아 보여서 혼자서 웃어댔다. 그렇게 무언가 해냈다는 표정을 한 좀비들이 뜨는 햇살을 맞으며 세트장에서 몰려나왔다. 그리고 주혁이 생각하기에 이런 광경은 당분간 계속될 것 같았다.

"컷."

감독은 촬영을 중단시켰고 배우들이 모니터하기 위해 감

독 주변으로 모였다. 너무나도 중요한 부분이었기 때문에 다들 이 장면에 굉장히 공을 들이고 있었다.

"이야기하는 톤이 너무 점잖으신 것 같은데요."

감독이 분석관 역할을 맡은 배우에게 의견을 말했다. 감독 성향에 따라 조금 다르긴 하지만 이 영화는 감독과 배우의 대화가 무척 많은 편이었다. 그리고 배우뿐 아니라 스태프도 자주 대화에 참여했는데, 그래서 좋은 아이디어가 많이 나오기도 했다.

그런 아이디어가 작품 곳곳에 녹아들어서 전체적인 분위기를 더욱 살리고 있었다. 모두의 힘으로 작품을 업그레이드 시키는 셈이었다. 머리가 희끗희끗한 노배우도 생각하고 있는 점을 털어놓았다.

"그런가? 내가 보기에는 나이도 많고 아주 노련한 분석관이라서 오히려 그렇게 점잖은 톤으로 범인을 살살 건드릴 것 같아서 말이지."

같은 대사를 하더라도 전혀 다른 분위기를 만들 수도 있다. 아주 깐족거리는 투로 말할 수도 있고 중후한 느낌으로 할 수도 있는 거다. 감독과 배우들은 서로 의견을 나누면서 어떻게 하는 것이 이 장면을 살리는 방법인지를 찾기 위해서 노력했다.

그리고 서로 의견을 나누는 것도 중요했지만 가장 중요한 건 해보는 거였다. 아무리 머릿속으로 생각하고 말로 떠들어 봐야 한 번 제대로 연기하는 걸 보는 것만 못했으니까. 그렇게 또 다른 버전으로 촬영이 시작되었다.

"지형민 씨, 여자하고 성관계를 맺어본 적이 없어요?"
"그, 그게 왜 궁금한 거야?"

분석관은 반말로도 해보고 존댓말로도 연기를 해보았다. 그리고 주혁은 상대방에 맞추어서 캐릭터를 잡았다. 그런데 지금은 연기하면서도 무언가 불편했다. 꼭 맞지 않는 옷을 입고 있는 느낌이었다.

"컷, 컷."
연기가 조금 더 진행되다가 역시나 감독의 컷 사인이 들렸다. 감독도 느낌이 잘 오지 않는다는 걸 느꼈을 것이다. 감독은 잠시 쉬었다가 다시 가겠다고 이야기하고는 스태프와 무언가 상의하기 시작했다.

배우들은 그 사이 잠시 휴식을 취했는데, 감독관 역의 노배우가 쉬고 있는 준석에게 다가갔다. 그는 성우 출신이라 영화 쪽에는 거의 아는 사람이 없었는데 이 촬영장에서 그래도 준석이 가장 안면이 있는 편이어서였다.

"어이쿠, 선배님, 힘드시죠?"

"뭘. 촬영하면 다 그렇지. 그런데 쟤는 누구야?"

노배우는 주혁을 가리키며 물었다. 영화 쪽으로 잘 아는 건 아니었지만 연기를 모르지는 않았다. 그런데 주혁은 나이도 많지 않아 보였는데 연기가 아주 인상적이었다. 나이답지 않게 능수능란하면서도 또 젊은 에너지도 느껴졌다.

아주 묘한 느낌의 연기를 하는 젊은이였다. 마치 노장의 경험과 신인의 패기를 같이 가지고 있는 배우라고나 할까. 그래서 지금 그 짧은 시간을 같이 연기하면서도 깜짝깜짝 놀랄 때가 많았다.

"아, 주혁이요. 저놈 연기 잘하죠?"

"잘하냐고? 내가 보기에는 잘한다는 말로는 부족할 것 같은데?"

준석은 선배의 이야기에 고개를 주억거리며 수긍했다. '타짜'를 찍을 때도 잘한다는 이야기를 듣기는 했는데 솔직히 이 정도일 줄은 몰랐다. 그래서 같이 연기하면서 많은 자극을 받고 있었다.

"괴물이 하나 나온 것 같지?"

"예, 정말 제대로 된 녀석이 하나 나온 것 같습니다."

둘의 이야기는 오래 진행되지 않았다. 촬영에 들어간다는 소리가 들렸으니까. 분석관은 끙차 하는 소리를 내면서 일어나 현장으로 향했다. 아무래도 나이가 있다 보니 뼈마디가 예전 같지 않았다.

가는 세월을 누가 잡을 수 있겠는가. 하지만 젊음을 시간 속에 흘려보낸 대신 현명함과 연륜이라는 걸 얻을 수 있었다. 노배우는 맡은 배역을 머릿속에 그리면서 젊음 대신 얻은 걸 캐릭터 안에 녹여내려고 애썼다.

촬영은 계속되었고 굉장히 디테일 한 부분까지 신경을 썼다. 감독이나 배우나 이 장면이 얼마나 중요한 장면인지 잘 알고 있었기 때문에 시간에 구애받지 않고 오로지 제대로 된 장면을 만드는 것에만 집중했다.

그리고 그런 과정을 거쳐서 조금씩 완벽한 장면이 만들어지고 있었다. 대본에 있던 대사 중에서 단어도 많이 바뀌었고 사이사이에 배우들이 하는 행동이나 분위기도 점점 완성도가 높아졌다. 처음에는 돌덩이였던 것이 조금씩 조각의 형체를 드러내는 광경을 지켜보는 듯한 느낌이었다.

**"대답하기 싫으면, 뭐."**

섹스에 관해 질문했던 분석관은 지형민이 대답을 하지 못하자 별거 아니라는 듯 무심하게 서류를 넘기면서 다른 질문을 하겠다고 했다. 하지만 지형민은 몸을 앞으로 당기고 눈을 번득이면서 물었다.

"묻는데 왜 대답을 안 해? 그게 왜 궁금한데?"
"지형민 씨가 성적으로 문제가 있나 해서요."

바로 지형민이 왜 살인을 하는지에 대해 보여주는 장면이었다. 분석관이 절대로 드러내고 싶지 않은 치부를 건드리자 주혁은 곧바로 반응했다. 마치 당장에라도 물어뜯을 것 같은 표정으로 말했다.

"내가 그쪽에 문제가 있는지 니가 어떻게 알아. 니가 봤어?"

주혁이 강하게 거부감을 드러내고 부정하면 할수록 그것이 살인 동기라는 걸 관객에게 말하는 것이다. 분석관은 주혁의 실감 나는 연기에 속으로 크게 감탄했다. 하지만 감탄만 하고 있을 수는 없는 일. 그는 다음 행동을 취했다. 주혁의 연기력이 받쳐 주니 자신의 배역에 몰입하는 게 굉장히 수월했다.

그는 굳은 표정으로 안경을 벗었다. 분석관의 주름진 얼굴에는 확신과 경멸이 뒤섞인 복잡한 감정이 드러났고 지금까지와는 다른 강한 카리스마가 느껴졌다. 지금은 그런 모습을 보여주어야 할 타이밍이었다.

**"너 같은 새끼들이 대개 그러거든."**

조용한 말이었지만 굉장한 무게감과 힘이 느껴졌다. 분석 관의 기에 눌린 지형민은 앞으로 잔뜩 숙였던 몸을 천천히 뒤로 젖혔다. 앞에서 카리스마를 보여주니 반말로 기싸움을 벌이는 것이 자연스럽게 느껴졌다.

많은 의논 끝에 이야기된 것이 처음에는 존댓말로 하다가 중간에 반말로 바꾸자는 거였다. 그리고 대사가 그렇게 흘러가면 행동이나 표정도 거기에 맞게 바뀌어야 한다. 그리고 지금 연기는 단연 최고라고 할 수 있었다.

좋은 연기인지 아닌지 확인하는 방법이 정해져 있는 건 아니지만 대부분 음향을 끄고 영상을 보면 알 수 있다. 대사 없이도 그 장면의 느낌이 그대로 전달되고 있다면 배우들의 연기가 아주 훌륭하다고 할 수 있다.

촬영장에 있는 사람들은 대부분 느끼고 있었다. 지금 귀에 대사가 들리지 않더라도 어떤 분위기의 장면인지 알 수 있을 거라는 사실을. 현장을 지켜보고 있는 사람들은 멀리 떨어져서가 아닌 바로 근처에서 이 장면을 지켜보는 것 같은 기분에 빠져들었다.

"맞지? 그렇지? 섹스를 하고 싶기는 한데 몸은 맘대로 되지 않고. 그래서 여자를……."

그 순간 주혁은 분석관에게 달려들었다. 광기 어린 눈을 희번덕거리면서.

"닥쳐! 니가 뭘 알아. 니가 뭘 아냐고? 당장 입 닥쳐. 당장 닥치라고!"

형사가 들이닥쳐 거칠게 주혁을 말렸지만 수갑을 찬 주혁은 끝까지 날뛰었다. 눈앞에 보이는 사람을 가만두지 않겠다는 생각만이 그를 움직이게 하는 듯했다. 결국 다른 형사까지 같이 주혁을 말려야 했다.

"오케이."

감독의 말이 떨어지자 사람들이 박수를 쳤다. 사람들은 배우들의 열연 덕분에 현장 속으로 쑥 빨려 들어갔다가 나온 기분이었다. 아주 묵직한 감동의 여운, 강렬한 연기가 사람들에게 던져준 그 느낌은 쉽게 사라지지 않았다.

주혁은 수갑을 풀자마자 분석관에게 다가갔다.

"선배님, 괜찮으세요?"

"내가 괜찮으면 니가 연기를 제대로 못 한 거지. 그런데 다행스럽게도 내가 지금 괜찮지가 않거든."

분석관은 주혁이 움켜쥐었던 목덜미를 주물렀는데 그러면서도 껄껄 웃으면서 주혁의 등을 쓰다듬었다. 연기가 아주 좋았다고 하면서. 주혁은 몇 차례나 더 고개를 숙였다. 아무리 연기라지만 아버지뻘 되는 분이셨으니까.

주혁은 노배우와 대화를 나누다가 그가 자리를 뜨자 바로 옆쪽에 있는 형사 역을 한 배우에게 다가갔다. 조금 전에 주혁을 뜯어말린 바로 그 형사였다. 주혁은 웃으면서 형사에게 투덜거렸다.

"선배님, 숨 막혀서 죽는 줄 알았잖아요. 그렇게 세게 하시는 게 어디 있어요."

"인석이? 니가 그렇게 해달라며. 난 해달라는 대로 해준 것밖에 없다. 그리고 너는 무슨 힘이 그렇게 세냐? 아주 수갑을 찼는데도 붙잡고 있을 수가 없더만."

형사는 다가와서 주혁의 양쪽 어깨를 손으로 만지더니 고개를 흔들었다. 일부러 살을 붙여서 예전 같지는 않았지만 그래도 만져보면 굉장히 몸이 다부지다는 걸 알 수 있었으니까. 형사는 한숨을 쉬면서 말을 내뱉었다.

"젊은 게 좋긴 좋구나."

"에이, 선배님. 말은 똑바로 하셔야죠. 젊어서 그런 게 아니라 주혁이가 특별하게 관리를 잘한 거잖아요."

"아니, 이거 왜 이래? 나도 쟤 나이 때는 몸뚱이가 조각 같았다니까."

"선배님, 왜 이러세요. 저 연극할 때부터 선배님하고 같이 굴렀거든요? 맨날 끝나고 술만 드서 가지고 이십 대 후반부터 배가 그냥……."

옆에 있던 형사가 툴툴거렸다. 오래전부터 알고 지낸 두 사람은 격 없는 농담을 주고받았는데, 주혁은 이런 게 다 너무 무거워질 수 있는 현장 분위기 때문에 그러는 걸 알고 있었다. 베테랑의 능력은 연기뿐 아니라 이런 곳에서도 힘을 발휘하는 거였다.

주혁은 이런 소중한 경험들을 하나하나 가슴에 새겼다. 자신의 경험이 적다고는 할 수 없지만 어떻게 보면 박제된 경험이었다. 이렇게 날것으로 팔딱거리는 생생한 경험은 주혁의 능력을 더욱 풍성하게 만들고 있었다.

"어? 선배님, 머리가 좀 하얘지신 거 같은데요?"

"그래? 이거 며칠 되니까 염색이 빠진 건가?"

주혁의 말에 다른 형사 역을 맡은 배우가 카메라에 머리를 슬쩍 비춰 보더니 입맛을 다셨다. 다들 연이은 밤샘 촬영에 지쳐 있었는데, 그래도 촬영장에 느슨한 기운은 보이지 않았다. 모두가 무언가를 이루겠다는 목표를 향해서 움직이고 있었기 때문이었다.

*　　　*　　　*

"형, 이번에는 머리 잡기 없기예요."

"글쎄다. 싸우다 보면 뭐가 어떻게 될는지 누가 알겠냐?"

"형, 그때 아주 난리가 났었다니까요. 한 달 동안 아파서 죽는 줄 알았어요."

격투 신 촬영을 앞두고 주혁과 준석은 농담을 주고받았다. 평창동 집에서 머리를 잡혀 끌려들어 가는 장면까지 찍고, 그 뒷부분을 지금부터 촬영할 예정이었다. 대역을 쓰자는 말도 있었지만 둘 다 단호하게 거절했다.

제정신이 박힌 배우라면 이런 중요한 장면을 대역에게 넘기고 싶지는 않을 것이다. 게다가 지금처럼 호흡이 잘 맞는 사이라면 더욱더 그러할 터이다. 둘이 하는 느낌을 대역은 절대 낼 수 없다는 걸 알기 때문에.

그래서 주혁과 준석은 그 당시와 똑같은 분장을 받았고 준비가 모두 끝나자 감독과 무술 감독, 그리고 주혁과 준석이 회의를 했다. 실제로 촬영에 들어가기 전에 어떻게 액션을 할 것인지 정하는 작업이었다.

그리고 시작된 촬영.

불이 꺼진 어두운 방에서 검은 양복을 입은 두 남자가 뒤엉키기 시작했다. 발로 차는 다리에 잔뜩 힘이 들어가 있었다. 팔을 꺾는 손길도, 그걸 빠져나오려는 몸짓도 모두 필사적이었다. 상대방을 힘껏 누르는 손아귀, 일그러진 얼굴과 목이 졸려 튀어나올 것 같은 눈알.

연기이기는 했지만 연기가 아니기도 했다. 가장 클라이맥스가 되는 장면이었다. 끓어오르는 분노에 가슴이 터질 것 같은 엄중오와 어떻게든 살아남으려는 지형민의 격투. 어설프게 해서는 절대로 이 장면을 살릴 수 없다.

그래서 온 힘을 다해서 싸웠다. 힘이 제대로 들어가지 않으면 좋은 장면이 나올 수가 없으니까. 그러니 무지막지하게 격렬한 상황이 펼쳐지는 게 당연했다. 하지만 실제로 차고 때리면 그게 어디 연기인가. 전부 약속된 상황 내에서 잘 표현해야 하는 거였다.

뭐든지 말로 하는 건 쉽다. 하지만 그걸 직접 보여주는 건 절대 쉽지 않다. 그런데 주혁과 준석은 그런 어려운 연기를 직접 보여주고 있었다. 이런 위험한 연기는 서로에 대한 신뢰가 없으면 할 수 없는 거였다.

하지만 두 사람은 거침없었다. 힘껏 발로 차면서도, 팔을 휘두르면서도, 그리고 벽으로 밀어붙이고 목을 조르면서도 전혀 망설임이 없었다. 상대라면 내 연기를 반드시 제대로 받아줄 거라는 믿음이 있었으니까.

두 사람이 내뿜는 미칠 것 같은 열기는 어두운 방 안을 가득 채웠다. 순간순간 조명에 비치는 얼굴과 눈동자는 야수의 것처럼 보였고 둘의 움직임은 사나운 맹수의 느낌을 풍겼다. 감독은 잔뜩 숨을 죽이고 두 배우가 격렬하게 충돌하는 장면을 지켜보았다.

그리고 머릿속에 이 영화의 예전 제목이 생각났다. '밤의 열기 속으로' 아주 촌스러운 제목이었다. 하지만 지금은 그 제목이 더 잘 어울리는 게 아닌가 하는 생각마저 들었다. 두 배우가 뿜어내는 열기 속으로 모두가 빨려 들어가고 있었기 때문이었다.

"그러니까 강주혁이란 이 녀석이 생각보다 중요한 인물이라 이거네."

"예, 그렇습니다. 김소민 선수도 그렇고 서교동 멍멍이도 이 사람이 아토로 데려온 거나 마찬가지랍니다."

백정우는 입가와 턱을 살살 쓰다듬었다. 꽤 흥미로운 일이었다. 어떻게 하면 아토 엔터테인먼트를 먹을 수 있을까 궁리하던 차에 아주 재미있는 사실을 발견했다. 바로 강주혁이란 존재였다.

적을 이기기 위해서 적을 잘 알아야 하는 건 고금의 진리이다. 그래서 아토 엔터테인먼트에 대해서 싹 다 뒤지기 시작했다. 처음에는 주혁을 그냥 소속된 배우라고 생각했었다. 그런데 이게 내부 사정을 파다 보니까 그게 아니었다.

사실 잘하면 아토 엔터테인먼트를 집어삼킬 수도 있었다. 그런데 일이 아주 이상하게 풀리는 바람에 실패한 거였다. 그런데 알고 보니 그게 다 강주혁이라는 인물과 관련이 있는 게 아닌가. 갑자기 자금이 생긴 것도 그랬고, 파이브 스타가 데뷔를 한 것도 그랬고.

"작은 빌딩 하나에 카페가 하나 있고, 연희대학교 학생이라. 거기다가 아토의 스포츠 파트는 이 녀석 자금으로 굴러간다 이거지."

"예, 그래서 기재원 대표도 무슨 일이 있으면 이 사람과 상의를 자주 한답니다."

"그래야지. 이 정도 투자를 했으면 당연히 그만한 대접은 해줘야지. 거기다가 아토가 들어 있는 건물이 얘 거라며."

백 대표가 문자 조사한 사람이 자세한 정보를 풀어놓았다. 백정우는 이야기를 들으면서 먼저 강주혁을 요리해야 아토를 삼키기가 수월해질 거라고 생각했다. 일단 팔다리부터 잘라놓아야 반항이 적을 것 아닌가.

백정우는 탐이 났다. 파이브 스타와 김소민. 저 둘만 가질 수 있다면 뭐가 부럽겠는가. 자신이 보기에도 저 둘은 지금도 지금이었지만 앞으로도 황금 알을 쑥쑥 낳을 보물들이었다. 그러니 반드시 아토 엔터테인먼트를 집어삼키고 싶었다.

"그런데 이 새끼는 뭐가 이렇게 깨끗해?"

서류를 살피던 백 대표는 짜증을 냈다. 보통 돈 많은 놈들은 뭔가 구린 데가 있게 마련이다. 탈세를 했거나 마약을 하거나. 아니면 도박에 빠져 있다거나 여자 관계가 복잡하다거나. 그런데 이놈은 그런 게 하나도 없었다. 거기다 군대도 다 녀왔단다.

"지가 무슨 수도승이야?"

백 대표는 툴툴거렸다. 집중적으로 캐보았지만 딱히 나오는 게 없었다. 일단 저 녀석만 아토 엔터테인먼트에서 떼어놓아도 훨씬 공략하기가 쉬울 것 같은데 보이는 약점이 없었다. 하지만 그런 게 문제가 되지는 않는다.

"뭘 그리 고민하십니까. 없으면 만들면 그만인데요."

"야, 이 새꺄, 내가 그런 걸 몰라서 지금 이러고 있는 줄 알아?"

다른 사람은 몰라도 이종준 공작은 골치가 아픈 상대였다. 어설프게 작업을 했다가는 오히려 곤란해질 여지가 있었다. 그러니 엔터하이와는 아무런 상관이 없는 녀석들을 써야 했고 공작이 나서도 어떻게 할 수 없는 일을 벌여야 했다.

그런 일일수록 비밀이 생명이다. 그러니 앞에 있는 이 녀석에게도 이야기하지 않는 편이 좋다. 입이 적을수록 비밀이 새어나갈 확률도 낮아지니까. 백정우는 사람을 내보내고는 일을 시킬 적당한 놈들을 추렸다. 입도 무겁고 일도 깔끔하게 하는 녀석들로.

백정우는 그중에서 한 명을 선택했다.

"그래도 이 새끼가 가장 일처리가 깔끔하지. 머리도 아주 스마트하고."

백 대표는 그 녀석을 찾아가기로 마음먹었다. 그놈은 통화 같은 걸 해서 흔적을 남기는 녀석이 아니었다. 그러니 번거롭더라도 직접 움직여야 했다.

＊　　　＊　　　＊

힘에 겨웠다. 잠도 자지 않고 이틀 넘게 이런 격투 장면을 촬영한다는 건 정말 한계와의 싸움이었다. 그나마 준석과의 호흡이 잘 맞으니 망정이지, 그러지 않았더라면 절대로 이렇게 버티지 못했을 터였다.

아니, 그랬다면 아마 하루 촬영하고 바로 쉬었을 것이다. 쉬지 않고 잘하면 갈 수 있겠다는 느낌이 와서 강행한 거였다. 거의 모든 장면을 단번에 해치웠으니까. 그만큼 주혁과 준석, 둘의 몰입이 굉장했던 거였다.

사실 피곤은 이루 말할 수 없을 정도였지만 그것보다는 희열이 온몸을 휘돌고 있었다. 주혁과 준석은 일단 촬영이 시작되면 거의 같은 생각을 하는 것처럼 움직였다. 상대가 어떻게 움직일지 알 수 있었고 나의 움직임도 상대가 미리 알고 있었다.

격투 장면을 촬영하는 건 공식적으로는 처음이었는데 이렇게 잘 맞는 배우와 함께하니 피가 끓어오르고 아드레날린이 용솟음치는 느낌이었다. 이런 느낌이 중단된다는 건 상상하기도 싫었다. 그래서 무리를 해서라도 끝까지 찍을 작정이었다.

"이제 어항은 깼고, 마지막만 남은 건가?"

"아마도요. 이제 정말 끝이 보이네요."

둘은 계속 걸으면서 대화를 나눴다. 어디에 앉아 있거나 누웠다가는 잠이 들 것 같아서였다. 그랬다가는 지금까지 유지하고 있던 이 굉장한 감정이 전부 사라질 것 같았다. 그래서 둘은 쉬는 시간에도 계속 걸었다. 이 폭발할 듯한 기분을 잠에 빼앗기지 않기 위해서.


"슛 들어가겠습니다."

둘이 걸으면서 이야기를 하는 사이에 주변 정리가 끝났다.

스태프들도 눈을 부릅뜨고 촬영에 집중했다. 그들도 피곤하기는 마찬가지였지만 이런 연기는 영화판에 오래 있었던 사람도 쉽게 접하기 어려운 거였다. 그래서 그 장면을 제대로 담으려고 갖은 애를 썼다.

퍽! 퍽!

주혁은 손에 든 트로피로 사정없이 준석을 내려쳤다. 사실 트로피처럼 보이지만 윗부분은 말랑말랑한 재질로 만들어진 안전 소품이었다. 하지만 전체가 그런 건 아니니 잘못 맞으면 위험할 수도 있었다.

피투성이가 된 준석은 거의 뇌진탕 상태가 된 것 같은 모습을 보여주고 있었다. 경련 비슷한 것까지 섬세하게 표현하는 걸 보면 정말 대단하다는 생각이 들었다. 그렇게 주혁은 트로피를 휘두르고 준석은 처참하게 얻어맞았다.

빽!

그때 준석이 망치를 휘둘렀고 망치는 주혁의 머리를 강타했다. 원래는 안전 소품이라서 저런 소리가 나면 안 되는 거였다. 그런데 잘못 맞아서 나무 부분에 머리가 맞았다. 스태프가 깜짝 놀라서 벌떡 일어났다.

주혁은 눈앞에 정말 별이 보였다. 하지만 연기를 멈출 수는 없었다. 그는 몸을 비틀거리면서 연기를 이어나갔다. 준석도 순간 고민을 했다. 소리를 들으니 잘못되었다는 걸 알 수 있었으니까.

멈추어야 하나 생각했는데, 그때 주혁이 계속해서 연기하는 게 보였다. 손의 감촉으로 봐서는 엄청난 고통이 있었을 텐데도 멈추지 않고 있었다. 준석은 주저하지 않고 미리 정해진 대로 망치를 다시 한 번 휘둘렀다.

빽!

'니미.'

준석은 속으로 욕이 튀어나왔다. 또 잘못 맞은 거였다. 이정도면 음향효과를 따로 넣을 필요도 없을 듯했다. 아니, 오히려 소리를 줄여야 할지도 몰랐다. 그 정도로 주혁이 강하게 맞은 거였다.

감독은 재빨리 오케이 사인을 냈고 사람들이 우르르 주혁에게 몰려들었다. 정통으로 두 방이나 맞은 주혁은 머리가 어질어질하고 정신이 하나도 없었다.

"야, 괜찮아?"

준석이 달려들어 물었다. 정말 제대로 맞아서 뇌진탕이 왔을 수도 있겠다는 생각이 들었다. 감독과 스태프도 걱정스러운 표정으로 주혁을 쳐다보았다. 주혁은 천천히 눈을 뜨면서 말했다.

"전 이제 누워 있는 장면만 있죠? 형은 고생 더 하세요. 저는 누워서 푹 쉴라니까."

사람들이 픽픽거리면서 웃었다. 준석도 못 말린다는 표정으로 껄껄 웃더니 어깨를 툭툭 건드렸다. 이제는 자신에게 맡기고 푹 쉬라는 의미로.

이렇게 후배가 열정을 보이는데 신배가 가만히 있을 수 있으랴. 그 덕인지 몰라도 이후 촬영에서 준석의 연기는 정말 놀라웠다. 진한 감정이 물씬물씬 풍겨 나와서 보는 사람들이 다 뭉클해지는 그런 연기였다.

주혁은 누워서 그 모습을 지켜보았는데, 집중해서 감정을 폭발시키는 모습이 너무나도 인상적이었다. 저런 연기는 정말 연륜이 쌓이고 쌓여서 나오는 거라는 느낌이 들었다. 온갖 고생을 하고 세상의 풍파를 견디면서 살아온 중년 남자의 진솔한 애처로움이 드러난 연기였다.

그렇게 촬영은 성공적으로 마무리되었다. 그리고 아무런 기억도 나지 않았다. 분명히 집에 와서 쓰러지듯 잠이 들었는데, 마치 술에 취해서 기억이 나지 않는 것처럼 어떻게 집까지 왔는지 기억이 잘 나지 않았다.

그 촬영이 너무 힘들어서 그랬는지 이후로는 크게 어렵다는 생각이 들지 않았다. 영하 삼십 도를 경험하고 나니 영하 이십 도는 그냥 견딜 만하게 된 것 같은 느낌이랄까. 화장실에서 여배우와의 촬영도 상당히 힘들고 까다로웠지만 주혁은 크게 힘들지 않았다.

오히려 계속 묶여 있으면서 연기를 해야 했던 여배우가 고생이 많았다. 하지만 그녀는 감정이 흐트러질까 봐 일부러 모니터링도 하지 않고 계속 차가운 바닥에 누워 있는 투혼을 발휘했다. 덕분에 촬영은 생각보다 일찍 마무리되었다.

　주혁은 그렇게 촬영이 마무리되자 개운하면서도 섭섭한 기분이 들었다. 이런 사이코패스 역을 해보는 게 자신의 연기력에는 굉장한 도움이 된다고 생각했지만 다시는 하고 싶지 않았다. 그 끈적거리고 역겨운 감정 속에 들어갔다 나온다는 건 정말 끔찍한 일이었으니까.


　주혁은 당연히 촬영이 끝났다고 생각했다. 그래서 집에서 아주 편한 자세로 휴식을 취하고 있었다. 한 이틀 정도는 그냥 먹고 잠만 자고 싶었다. 아무 일도 하지 않고. 하지만 하루 자고 일어나자 몸이 거뜬했다. 몸에서 활력이 넘치고 뭐라도 해야 할 것 같은 기분이 들었다.

　그래서 오랜만에 헬스장이나 가서 운동이나 할까 하는 생각을 했다. 그동안 몸을 좀 불렸으니 이제 다시 정상으로 되돌리려는 생각에서였다. 그런데 한 통의 전화가 주혁의 기대를 무너뜨렸다.

　"예? 재촬영이요?"

―예, 북아현동에서 추격하는 장면이요. 거기를 다시 찍어야 해서요.

조감독이 조심스럽게 설명을 했는데, 뭐라고 했는지 들리지도 않았다. 하지만 재촬영을 해야 한다면 다 이유가 있을 터. 주혁은 시간을 정하고 거기에 맞춰 촬영 장소로 나갔다. 북아현동은 집에서 멀지도 않아서 그냥 조금 일찍 나와서 걸어갔다.

"뒤쪽에 비해서 힘이 안 들어간 것 같아서 말이야."

워낙 후반부의 연기가 강렬해서 앞부분이 너무 매가리가 없어 보인다는 거였다. 주혁과 준석도 그 점에 대해서는 동의했다. 실제로 봐도 좀 그런 면이 있어 보였으니까. 그래서 재촬영에 들어갔다.

사실 재촬영은 어렵지 않았다. 둘의 호흡이 기가 막히게 잘 맞아서 촬영이 척척 진행되었다. 주혁은 12월 말인데 반팔을 입고 바닥에서 뒹굴어야 했지만 그다지 힘들지 않았다. 그리고 신기하게도 바닥에 누워서 그렇게 치열하게 몸싸움을 했는데도 상처가 하나도 없었다.

게다가 우연인지는 몰라도 의도하지 않았던 모습이 오히려 좋은 장면을 만드는 경우가 유난히 이번 촬영에서 많았다.

"오케이."

감독은 이보다 더 흡족할 수가 없었다. 준석이 발로 차다가 넘어진 건 설정에 없었던 우연이었는데, 그런 모습이 들어가니 현장감이 확 살아났다. 거기에다 나중에 전봇대를 붙잡고 헛구역질을 하는 장면까지. 아주 최고였다.

"어휴, 이 짓도 못 해먹겠다. 이제는 이렇게 뛰는 건 다시는 못해."

준석은 숨을 헐떡이며 말했다. 많이 힘들어 하지 않는 주혁을 보니 다시 젊어졌으면 하는 생각이 간절했다. 저 나이로 돌아갈 수만 있다면 전 재산이라도 다 내놓을 수 있을 것 같았다. 전 재산이 그리 많지는 않았지만.

"주혁 씨, 이때 기침하는 것도 아주 좋은데요? 실제 같아 보여."

"아, 그거요. 그게 핏물을 물고 있다가 목으로 넘어가는 바람에 기침이 난 건데……."

준석의 주먹질에 피가 흘러나와야 해서 입에 조금 물고 있었는데, 그게 목으로 넘어가는 바람에 기침이 난 거였다. 의도한 건 아니었지만 훨씬 좋은 장면이 되었다. 되는 집은 가지 나무에 수박이 열린다더니 딱 그 짝이었다.

"이제 정말 끝이군요."

"그러게요."

사람들 사이에 잠시 정적이 흘렀다. 아무 말도 할 수가 없었다. 정말 수많은 상념이 머릿속을 스치고 지나갔다. 주혁은 처음 이 영화를 선택했을 때가 생각났다. 만약 그때 이 영화를 선택하지 않았다면 어땠을까 하는 생각을 해봤다.

아마도 땅을 치고 후회했을 것 같았다. 정말 힘들고 이가 갈릴 정도로 끔찍한 경험이었지만 다시는 경험하기 어려운 그런 촬영이었다. 배우로서 이런 배역을 해볼 수 있었다는 데 정말 감사했다.

하지만 이제 이런 역할은 하고 싶지 않았다. 사람들에게 메시지를 던져 주는 것도 좋지만 이제는 조금 더 밝고 따스한 기분을 느낄 수 있게 해주고 싶다는 게 주혁의 생각이었다. 그리고 이런 역을 해보았기 때문에 반대로 밝고 따스함을 줄 수 있는 역도 잘할 수 있을 거라는 확신도 들었다.

"형은 이제 뭐 할 거예요?"

"일단 스무 시간쯤 자야지. 그리고 생각은 그 뒤에 할란다."

"그래요? 그럼 오늘 한잔하기 힘들겠네요?"

"너, 술 한잔하면 잠이 얼마나 잘 오는 줄 알아? 빨리 가자고."

주혁과 준석은 어깨동무를 하고 언덕길을 내려갔다. 나이 차가 제법 나는 둘이었지만 지금 이 순간만큼은 세상에서 둘도 없는 친구였다. '추적자'라는 힘겹고 처절했던 전장을 같이 헤치고 나온, 그 험난한 전장에서 서로의 등을 믿고 맡겼던 전우였으니까.

그리고 오늘은 코가 삐뚤어질 때까지 술을 함께 마실 동료
이기도 했다. 둘의 웃음소리가 가로등이 희미하게 켜진 북아
현동의 골목길에 울려 퍼졌다.

CHAPTER **20**

커지는 사건

"그렇게 좋아할 때가 아니라니까 그러네."

"저야 이제 조금 비중 있는 역할 하나 맡은 건데 뭘 그렇게 신경을 쓰세요. 지금 파이브 스타 천하 아닙니까. 거기다가 소민이도 잘나가고 있고요. 그런데 무슨 걱정이 있다고 그러세요."

김소민은 얼마 전에 그랑프리 파이널에서 200점을 넘기면서 우승해서 2연패를 달성했다. 우승의 여파는 대단했다. CF를 찍자는 제의가 쏟아졌고 스케이트 판매가 급증했다. 그리고 슬슬 동계 올림픽 금메달 이야기가 나오기 시작했다.

그리고 파이브 스타의 인기도 끝을 모르고 치솟았다. 그녀들의 노래와 춤을 모르는 국민이 없을 정도였다. 그래서 국민 여동생의 타이틀을 놓고 김소민과 파이브 스타가 각축을 벌이는 상황이었다.

기 대표는 춤이라도 추고 싶은 심정이었다. 회사에 소속된 아이들끼리의 경쟁이니 누가 국민 여동생으로 불려도 좋았으니까. 그리고 소영이도 내시가 주인공인 드라마에서 아역으로 나와 상당한 호평을 들었다.

게다가 다들 아직 어린 나이. 앞으로 얼마나 성장할지 기대되는 아이들이었다. 그렇게 다들 잘나가고 있는데 딱 하나 걸리는 사람이 있었다. 바로 강주혁이었다. '추적자'에 출연하지 않고 좋은 배역을 잡아서 갔더라면 정말 대박을 칠 수 있는 배우였는데, 하필 연쇄 살인마 역이라니.

게다가 그 연쇄 살인마 연기도 아주 잘했단다. 그럼 뭐하나? 아무리 잘해봤자 살인마인데. 이제 CF와는 영영 이별인 셈이다. 그런 결정을 한 걸 이해 못 하는 건 아니지만 그래도 아까운 건 아까운 거였다.

"그래, 영화는 잘될 것 같고?"

사실 기재원은 영화가 아주 망했으면 좋겠다는 생각도 있었다. 주혁이 그 역을 했는지 아무도 기억하지 못하게. 그러면 아직도 가능성이 있는 거였다. 하지만 그의 바람과는 전혀 다른 대답이 주혁의 입에서 흘러나왔다.

"괜찮을 것 같아요. 스릴러 장르가 취향을 많이 타긴 하는데 그래도 분명히 반응이 있을 겁니다."

주혁은 확신에 찬 표정으로 말했다. 같이 호흡을 맞춘 배우들이 얼마나 훌륭한 연기를 선보였는지 아는 주혁은 확신할 수 있었다. 그리고 또 다른 이유로 이 영화가 크게 성공하기를 바라고 있었다.

이 영화에는 수억 원을 받는 톱스타가 출연하지 않았다. 안 그래도 요즘 배우들의 개런티 문제가 영화나 드라마의 발목을 잡고 있다는 말이 나오고 있는데 비싼 배우를 쓰지 않더라도 충분히 성공할 수 있다는 걸 보여주고 싶었다.

"애들은 전부 국민 요정이니 국민 여동생이니 하는데 자네도 뭐 하나 붙어야 하지 않겠어? 좀 무난한 쪽으로 갔으면 잘하면 내년쯤에는 노려볼 수도 있었잖아."

기 대표는 여전히 아쉬움이 남는지 투덜거렸다. 주혁의 외모와 연기력이 아까워서 하는 소리였다. 번듯한 이미지로만 밀어붙였어도 충분히 성공할 수 있는 배우였으니까. 하지만 주혁이 어디 그런 것에 신경이나 쓰는 사람이던가.

"이번에 잘하면 붙을 수도 있겠어요. 제가 봐도 정말 이번 연기는 만족스러웠거든요. 그럼 뭐라고 해야 하지? 국민 살인마? 하하. 그건 좀 이상한가요?"

주혁은 웃으면서 농담으로 툭 던졌는데 받아들이는 기 대표는 기가 찼다. 돈 버는 것과는 완전히 멀어졌는데 저렇게 좋아하는 사람은 주혁뿐일 것이다. 하지만 이내 수긍할 수밖에 없었다. 어디 저런 모습을 보는 게 하루 이틀이던가. 그냥 연기만 마냥 좋아하는 연기 바보였다.

"옆에 사무실 가봐. 황 작가가 좀 보자고 하더라고."

"무슨 일이래요?"

"대본을 조금 바꿀 모양이야. 그것 때문에 얘기를 좀 하자고 하더라고."

기 대표는 일정 이야기를 하다가 이곳에 주혁을 오라고 한 본론을 꺼냈다. 인터뷰 건이나 회사 일로 얘기할 것도 있어서 겸사겸사 사무실에 들렀다가 가라고 부른 거였다.

요즘 영화 개봉 날짜가 잡혀서 마케팅이 들어가고 있었다. 화제가 될 게 그리 많지 않아서 주혁의 이야기도 상당히 부각하려고 했다. 김준석은 '타짜'의 아귀 역을 하고 바로 이 영화로 왔다면 참 좋았을 텐데 중간에 '즐거운 인생'이라는 제목도 이상한 영화에 출연하는 바람에 강렬한 이미지가 조금 희석되었다.

그래도 역시나 사람들은 '타짜'로 그를 많이 기억하고 있어서 마케팅의 주력은 그였다. 하지만 효과로만 본다면 주혁이 가장 좋았다. '괴물'이나 '타짜'에 단역으로 출연했다는 것이나 '커피 프린스'에서 고선기 역을 했다는 사실이 사람들의 시선을 끌기에는 좋았으니까.

고선기가 살인마 역할을? 사람들이 호기심을 가질 만하지 않겠는가. '커피 프린스'의 여운을 아직 기억하는 사람이 많았으니 상당한 효과가 있었다. 그래서인지 인터뷰 요청이 많이 와서 회사에서 일정을 조정하고 있었다.

"그래요? 그럼 저는 가볼게요."

통화를 해보니 당장에라도 가능하단다. 드라마 제작사 사무실이라고 해봐야 걸어서 오 분이면 충분한 거리다. 주혁은 전화를 하고는 곧바로 움직였다. 안내를 받아 방에 들어갔는데 통화하고는 바로 나타나자 작가가 조금 신기해했다.

"안녕하세요, 작가님. 부르셨다고요."

"예, 어서 와요. 가까이 있으니까 이런 건 편하네요."

황 작가는 주혁이 자리에 앉자 편안한 미소를 지으면서 부른 이유를 설명했다. 동건이라는 캐릭터에 관해서 이야기를 나누고자 하는 거였다.

저번에 주혁이 연기하는 걸 보고 나서 고민이 되는 부분이 있었는데 제작진과 상의해서 수정이 결정된 상태였다. 그리고 마지막으로 작업에 들어가기 전에 배우와도 한번 이야기를 해보고 싶어서 부른 거였다.

사실 이런 경우는 흔치 않은 일이었다. 주인공도 아니고 작가가 굳이 배우와 이야기를 할 이유는 없었으니까. 하지만 황작가는 지금 수정을 결심하게 된 것이 주혁의 연기를 보고 그리된 거라서 한 번 이야기를 나눠보고 싶었다. 물론 젊고 잘생긴 데다 몸매까지 죽인다는 사실도 결정에 영향을 약간 미치긴 했다.

"주혁 씨 생각을 좀 들어보고 싶어요. 동건이라는 캐릭터에 대해서 어떻게 생각하는지."

"동건 캐릭터요? 일단 저는 주인공들의 사랑을 연결하는 메신저 같은 인물이라고 봤습니다. 그리고 완벽해 보이지만 가슴이 따뜻한 인물은 아니어야 한다고 생각했구요."

주혁의 이야기에 황 작가가 몸을 앞으로 숙였다. 가슴이 따뜻한 인물이 아니어야 한다는 말이 상당히 흥미로웠기 때문이었다. 왜 그러냐고 묻자 주혁은 그래야 여주인공인 예석이 민성을 선택할 거 아니냐며 웃었다.

"저는 읽다가 보니까 동건이라는 캐릭터가 좀 뜬금없다는 생각이 들더라고요. 병원 이야기가 굉장히 흥미진진했는데 갑자기 연예인이 나오고 게다가 초등학교 동창이라고 갑자기 좋아한다고 그러는 게 좀 이해가 안 되더라구요."

그래서 주혁은 동건도 여주인공인 남예석을 좋아할 만한 무언가가 필요한 것 같다는 이야기를 했다. 지금은 꼭 주인공 사이를 엮어주려고 일부러 만들어 넣은 것 같은 캐릭터 느낌이 난다면서.

황 작가는 추임새를 넣으며 계속 이야기해 보라고 했다. 그래서 주혁은 동건 캐릭터에 대해서 생각하고 있는 바를 모두 이야기했다. 그리고 대본에서 조금 어색하게 느꼈던 부분도 모두 말했다.

"주혁 씨, 드라마 쓰는 거 공부한 적 있어요? 분석하는 게 배우가 하는 거하고는 조금 다른데?"

"아뇨, 배운 적은 없는데요."

거짓말이다. 배웠다. 그것도 제법 유명한 작가에게서. 물론 연기에 도움이 되는 정도만 필요하다고 생각해서 다른 일 하면서 틈틈이 사 년 정도 배웠다. 하지만 공식적으로는 주혁이 대본 쓰는 걸 배운 적은 없는 거였다.

황 작가는 고개를 갸웃거렸다. 이야기하는 걸 들어 보니 분명히 작가의 냄새가 났다. 그런데 아니라고 하니 의아할밖에. 하지만 그런 걸 굳이 숨길 이유도 없었으니 사실일 터였다. 만약 그렇다면 이 사람은 천재였다.

그렇게 생각하니 그날 그렇게 연기한 게 우연이 아니라는 생각이 들었다. 전체적인 분위기를 보고 거기에 맞는 캐릭터로 재창조해서 연기한 거였다. 생각이 거기까지 미치자 갑자기 소름이 쫙 돋았다.

그게 사실이라면 자신이 이 바닥에서 일하면서 본 배우 중에서 최고의 천재가 지금 눈앞에 있는 거였다. 이런 배우가 있다는 이야기는 들은 적이 없었다. 하지만 놀란 건 놀란 거였고 일단 일을 해야 했다.

"맞아요. 전체적인 분위기하고는 조금 따로 노는 것 같은 느낌이 있었어요. 그런데 그날 연기하는 걸 보고 그런 캐릭터도 좋겠다는 생각이 들었거든요."

그래서 지금 대본을 수정하는 작업을 들어갈 거라고 했다. 사실 주혁이 이야기한 방향으로 수정할 예정이었다. 긴장감 넘치는 드라마의 분위기에 어울리게 너무 가볍지 않은 캐릭터로. 그리고 자신을 스타가 아닌 그냥 일반인 환자 취급하는 남예석에게 점점 호감을 느끼는 것으로.

원래는 캐릭터를 이해시키고 거기에 맞게 준비를 해달라고 이야기할 생각이었는데 그럴 필요는 없어졌다. 이미 주혁의 머릿속에는 자신이 그리려고 하는 캐릭터가 살아서 움직이고 있었으니까.

용무는 끝났지만 황 작가는 주혁과 드라마 전반에 관해 이야기를 더 나누었다. 그리고 주혁이 확실히 안목이 뛰어나다는 걸 알 수 있었다. 왜 김윤정 PD가 주혁 이야기가 나오면 그렇게 마녀 웃음을 웃었고, 쉬지 않고 칭찬을 했는지 알 것 같았다.

                    *       *       *

"주혁 씨? 강주혁 씨?"

주차장에 차를 넣고 아토 엔터테인먼트의 사무실로 올라
가려는데 누군가 자신을 부르는 소리를 들었다. 돌아다보니
나이가 좀 있어 보이는 여자가 자신을 부르고 있었다. 그리고
뒤쪽으로 남자도 한 명 보였다.

"저기, 인터뷰 좀 할 수 있을까요?"

여자는 다급하게 다가오면서 이야기했다. 주혁은 가볍게
웃으면서 이야기했다.

"회사에 이야기를 하셔서 일정을 잡으시지요. 그럼."

그런데 주혁이 사무실로 들어가려는데 여자가 아주 끈질
기게 달라붙었다. 여기까지야 이상할 게 없었다. 기자들 끈질
긴 거야 당연한 거니까. 그런데 인터뷰를 요청한다면서 이상
하게 자꾸 몸을 주혁에게 붙여왔다.

주혁은 계속 몸을 빼면서 여자를 보다가 갑자기 섬뜩한 생
각이 들었다. 여자의 눈이 아주 요사스럽게 보였기 때문이었
다. 표정은 아주 평범한 기자처럼 하고 있었는데 눈에서는 굉
장히 악독하고 간사한 느낌이 흘러나오고 있었다.

배우는 거짓말을 해야 하는 사람이다. 시청자나 심지어는
같이 연기하는 배우까지도 속여야 한다. 그것이 정말 훌륭한

연기인 것이다. 주혁은 그렇게 되기 위해서 그 많은 시간을 노력했고 그래서 알 수 있었다. 이 여자에게 지금 다른 목적이 있다는 것을.

주혁은 찬물을 뒤집어쓴 것처럼 정신이 번쩍 들었다. 그녀가 무언가 불순한 의도로 접근했다고 생각하니 자신에게 자꾸 달라붙는 것도 이해가 되었다. 그래서 이 상황을 피하기로 마음먹었다. 주혁은 웃는 표정으로 일단 그녀를 안심시켰다.

"좋습니다. 그러면 길게는 못 해드리고."

그가 마치 여기서 잠깐 인터뷰를 할 것처럼 굴자 여자는 미소를 지으며 가방에서 무언가를 꺼내려 했다. 그러나 그녀가 그러는 사이에 주혁은 재빨리 현관을 향해서 내달렸다. 남자의 움직임을 여자가 따라올 수 있겠는가. 게다가 운동 능력도 남보다 뛰어난 주혁인데.

카드로 문을 연 주혁은 현관문 안으로 들어갔고 달려온 여자는 주혁의 뒷덜미를 잡으려고 했지만 아슬아슬하게 놓쳤다. 현관문이 닫히려면 시간이 조금 있어야 해서 주혁은 문을 꽉 잡고 있었다. 여자는 어떻게든 문을 열려고 했지만 주혁의 힘을 당할 수는 없었다.

찰칵.

문이 닫히자 주혁은 웃으면서 회사에 연락해서 일정을 잡으라고 이야기했다. 그리고 뒤돌아 사무실로 가려고 했다. 만약 여자가 비명을 지르면서 쓰러지지 않았다면 그렇게 했을 것이다. 그런데 엄청난 비명에 놀라 뒤를 돌아다보니 여자가 바닥에 쓰러져 뒹굴고 있었다.

입가에는 약간 핏자국 같은 것도 보였다. 뒤쪽에 있던 기자로 보이는 사람과 경비원이 달려왔고 여자는 계속해서 소리를 지르고 있었다. 주혁을 가리키면서 저 사람이 자신을 때렸다고 하면서.

주혁으로서는 황당할 수밖에 없었다. 아니, 자신은 현관문 안에 있었고 여자는 현관문 밖에 있는데 어떻게 자신이 그녀를 때릴 수 있었겠는가. 그래서 다시 밖으로 나가서 해명하려고 했다. 하지만 그 여자의 눈을 보고는 그런 생각을 접었다.

아프다며 비명을 지르고 있었지만 그녀의 눈은 웃고 있었다. 그리고 그녀의 차가운 눈동자는 어서 주혁이 나오기만을 열망하고 있는 것처럼 보였다. 주혁의 귀에는 '곤란하지? 그러니까 빨리 나와. 나와서 아니라고 말해.' 라는 여자의 목소리가 들리는 듯했다.

주혁은 현관문에 손을 얹었다가 다시 손을 뗐다. 자세히 보니 지금 나가면 당장에라도 멱살을 잡고 자신에게 달려들 태세였다. 누워 있기는 했지만 손으로 바닥을 짚고 발바닥도 땅에 닿아 있는 게 분명히 다른 의도가 있는 거였다.

그래서 주혁은 그냥 사무실로 올라갔다. 그리고 기 대표에게 지금 벌어진 일을 이야기했다.

"그래? 일단 사람을 보내야겠네."

"저기, 혹시 모르니까요. CCTV 화면도 업체에 이야기해서 모두 받아놓죠."

기 대표는 그렇게 심각한 일이냐며 되물었지만 주혁은 거의 확신하고 있었다. 아니라면 다행이겠지만 분명히 무슨 짓을 해올 거라는 예감이 들었다. 잠시 후에 사람이 내려갔을 때 이미 여자는 사라지고 난 뒤라는 연락을 받고는 더욱 불길한 생각이 들었다.

그리고 다음 날 불안했던 우려가 현실로 드러났다. 어이없는 기사가 인터넷을 뜨겁게 달구고 있었다.

배우 강주혁, 폭행 시비. 상대 기자는 전치 6개월.

강주혁, 월간지 여기자 폭행. '전치 6개월 부상.'

아토 엔터테인먼트에서 대응을 준비하는 동안 주혁에게 부정적인 기사들은 계속 올라오고 있었다. 아토 엔터테인먼트에 문의 전화를 하고 기사를 내보내는 언론사도 있었지만 그 여자가 준 소스만으로 기사를 작성해서 올린 곳도 있었다.

"이거 생각보다 심각한데?"

기재원 대표의 이마에 주름이 잔뜩 생겼다. 여론이 좋지 않았다. 건장한 남자 배우가 여기자를 때려서 전치 육 개월이나 되는 상처를 입혔다? 사람들이 비난하기 딱 좋은 소재였다.

그 때문인지, 사실인지 아닌지는 확인하지도 않고 무조건 달려들어 물어뜯는 사람들이 생겼다.

게다가 주혁이 이번에 촬영을 마친 영화 '추적자'에서 맡은 배역도 문제가 되었다. 하필 사이코패스 연쇄 살인마 역할이라니. 그래서 거기에 빗대서 원래 좀 그런 사람 아니냐는 투로 몰아가는 사람도 있었다.

주혁은 어느 정도 각오는 하고 있었지만 도를 넘어선 내용을 보면 그 글을 쓴 사람을 죽여 버리고 싶다는 충동이 일기도 했다. 직접 대면하면 한마디도 못 할 것들이 인터넷이라고 멋대로 지껄이는 꼴을 보니 울화가 치밀었다.

하지만 좋지 않은 일만 있는 건 아니었다. 자신을 생각하고 있는 사람이 얼마나 많은지도 알 수 있었다. 그런 사실을 아침부터 쉴 새 없이 울리는 전화기가 대변해 주고 있었다. 그를 염려하는 사람들의 연락이 끊임없이 왔던 거였다.

주혁은 사정을 설명하고 안심시켰지만 전화는 끝도 없이 울렸다. 하지만 모두가 고마운 사람들이라 일일이 전화를 받고 사건에 관해 이야기했다. 모두 정황을 말해주면 화를 내면서 반드시 잘 해결될 거라고 위로해 주었다.

"CCTV는 어떤가요?"

"지금 보낸다고 했어. 어제 이야기를 해서 원본 말고 복사본도 준비했다고 하더라고."

일단 조심한다고 하기는 했는데 이런 사건은 증거가 중요했다. 아무래도 상대가 여자이니 일단 그쪽으로 동정의 시선이 쏠리게 되어 있다. 그러니 잘 대응하지 않으면 덤터기를 제대로 뒤집어쓸 수도 있는 일이었다.

그런데 기 대표와 주혁이 CCTV 자료를 기다리고 있는 동안 또 다른 소식을 들을 수 있었다. 그 여기자가 주혁을 검찰에 고소했다는 소식이었다. 이 정도 되면 정말 일을 제대로 벌이자는 거였다.

주혁은 일단 CCTV 자료를 가지고 미스터 K를 만나러 움직였다. 보통은 다른 방법으로 서로 연락을 했지만 지금은 사안이 급박해서 직접 만나려는 거였다. 미스터 K도 사태의 심각성을 고려해서 바로 만날 장소를 알려주었다.

허름한 빌딩 지하에 있는 체육관으로 들어가니 미스터 K가 주혁을 맞이했다. 처음 계약을 했을 때를 제외하고는 처음 만나는 거였다. 체육관은 영업을 하지 않는지 먼지가 뽀얗게 쌓여 있었는데, 그는 문을 잠그고 주혁을 관장실로 안내했다.

관장실은 먼지 하나 없이 깔끔했는데 유독 한 개의 의자만 색깔이 아주 짙었다. 하지만 관장실에 있는 벽을 통해 다른 공간으로 이동해야 해서 방 안을 구경하는 건 거기서 그쳐야 했다. 들어간 방에는 온갖 신기한 장비들이 갖춰져 있었는데 개중에는 저격용 라이플도 있었다.

"잘 아시겠지만 이곳에서 있었던 일은 잊어주시면 좋겠습니다. 이곳의 위치에 대한 걸 포함해서 말이죠."

"그건 염려하지 않아도 됩니다. 그것보다 이번 사건을 어떻게 처리하는 게 좋겠습니까?"

평범한 회사원처럼 보이는 미스터 K는 키와 몸이 주혁과 엇비슷했다. 몸은 좋은 편이었지만 얼굴은 아주 평범하고 순해 보였다. 겉으로 보기에는 지금껏 살아온 길이 온통 피로 물들어 있었다는 사실을 절대로 알 수 없었다.

"일단 제가 좀 알아보겠습니다. 그리고 제가 언론 쪽으로 전문가는 아니지만 사건의 특성상 남자가 불리한 게 사실입니다. 그러니 아주 강경하게 대응해야 합니다."

미스터 K는 다른 루트를 통해서 조언을 구한 결과 이런 케이스는 가만히 있으면 오히려 의혹만 커진다고 했다. 그러니 아예 맞고소를 해서 강하게 결백을 주장해야 한다고 했다. 주혁은 그 방법이 일리도 있고 자기 스타일에도 맞는다고 생각했다.

"일단 CCTV를 빨리 확보하신 건 잘하신 일입니다. 제가 여러모로 알아보고 연락드리도록 하겠습니다."

"가능한 한 빨리 처리가 되었으면 좋겠습니다."

"그렇게 하죠. 조금 거친 방법을 쓰더라도 시간을 줄이는
데 주력하겠습니다. 만약 클라이언트께서 원하시면 세팅을
할 수도 있습니다만."

증거나 증인을 조작해서 상황을 유리하게 만들 수도 있다
는 뜻이었다. 하지만 주혁은 굳이 그렇게까지는 하지 않아도
충분하다고 여겼다. 진실만 제대로 확인되면 문제가 될 건 없
었으니까. 그리고 만약 그랬는데도 문제가 생기면 그때 다른
방법을 동원해도 되었다.

주혁은 확실히 전문가에게 일을 맡기니 든든하다는 느낌
이 들었다. 그동안 해온 일처리가 워낙 깔끔했었기 때문에 이
번 일도 잘 처리하리라는 믿음이 있었다. 주혁은 CCTV 복사
본을 넘기고 다시 아토 엔터테인먼트로 돌아왔다.

돌아오니 회사 앞에 벌써 기자들이 몰려와 있었다. 그냥 들
어갈까 생각도 했지만 어떤 말을 할지 준비도 되지 않은 상태
에서 도망치듯 안으로 들어가는 모습을 보이기는 싫었다. 주
혁은 어디로 갈까 고민하고 있었는데 문자와 전화가 선보나
몇 배는 더 쏟아지기 시작했다.

뒤늦게 소식을 접했거나 여기자가 고소했다는 기사를 보
고 또 연락해 온 사람도 있었다. 정말 세상에 태어나서 이렇
게 전화를 많이 받은 적은 없었던 것 같았다. 전화 때문에 정

신은 없었지만 주혁은 자신을 믿어주는 사람들이 이렇게 많다는 사실에 감동받았다.

'괴물'을 찍을 때 알았던 봉 감독과 손강호 선배를 비롯한 스태프와 같이 고생했던 단역 배우들. 같이 몰려다니는 학교 동기들. '타짜'와 '커피 프린스', 그리고 이번에 촬영한 '추적자'에서 알게 된 사람들이 연락을 해왔다.

큰아버지와 외삼촌도 몇 번이나 괜찮으냐면서 연락을 했고 이종준 공작과 황태자와도 통화했다. 안형진과 박소영은 물론이고 소민이도 연락을 해서는 힘내라며 이야기를 해주었다. 특히나 이지언은 씩씩대면서 당장 달려오겠다는 걸 뜯어말려야 했다.

주혁은 통화를 하면서 점점 미소를 짓고 있는 자신을 발견했다. 새로운 삶을 살아보겠다고 결심하고는 지금까지 이 년 반 정도가 지났다. 그 시간을 정말 헛되게 보내지 않았구나 하는 생각이 들어서였다.

주혁은 차를 돌려 근처 주차장에 세워놓고 회사로 전화를 걸었다.

"예, 대표님. 접니다. 기자회견을 준비해 주세요."

―기자회견? 너무 일을 크게 벌이는 거 아닌가? 어차피 조사가 진행되면 다 밝혀질 텐데.

"아니요, 일방적으로 이렇게 당할 수는 없습니다. 당당한

데 뭐 거리낄 게 있나요. 바로 맞받아치겠습니다."

주혁은 당당하게 이야기했다. 상대가 그렇게 나온다고 움츠러들 이유가 하나도 없었다. 오히려 자신을 잘못 건드리면 어떻게 된다는 걸 보여주어야겠다고 결심했다. 그래서 아토 엔터테인먼트와 주혁은 이 사건에 대해서 적극적으로 움직이기 시작했다.

*     *     *

원래는 바로 다음 날 기자회견을 잡으려고 했는데 경찰 조사가 있는 바람에 하루를 늦추어야 했다. 워낙 세간을 떠들썩하게 하는 사건이라 경찰도 기민하게 움직였고 주혁도 사건이 빨리 해결되길 원해서 바로 조사에 응하겠다고 했다. 그러는 사이에 사건 내용은 점점 자세히 알려졌다.

여기자는 아토 엔터테인먼트 건물 지하 주차장에서 주혁에게 취재를 요청했다가 거절당했다. 현관문으로 들어가려는 주혁을 붙잡으려 했는데 주혁이 그녀를 뿌리쳤고 그 과정에서 주혁의 팔꿈치에 맞았다. 그런데 자신이 다친 걸 보았으면서도 나와서 아무런 조치나 사과도 하지 않고 안으로 들어가 버렸다는 게 그녀의 주장이었다.

그 주장만 보면 아주 그럴듯하게 들렸고 더구나 여자라는 게 여론에 유리하게 작용했다. 아토 엔터테인먼트는 전혀 사실무근이며 조사가 진행되면 모든 것이 밝혀질 거라고 이야기했지만 오히려 비난만 받았다. 기자회견을 하겠다는 것도 전부 쇼라면서 엄청난 비난이 쏟아졌다.

"당분간은 글 올라오는 거 보지 마. 어차피 결론을 정해놓고 떠드는 사람들이야. 무슨 말을 해도 듣지 않을 거라고."

"그걸 아는데도 자꾸 보게 되네요. 그리고 계속 상처만 받고요."

주혁은 씁쓸한 마음을 토로했다. 이런 상황이면 기자회견을 한다고 해서 상황이 바뀔 것 같지도 않았다. 사람들은 아예 주혁을 범인으로 확신하고 떠들어대고 있었다. 그 사람들은 어떤 말을 해도 모두 변명이라고 생각할 것이다.

그리고 이 사건이 시끄러워지자 곤란해진 곳이 있었다. 바로 '네오하트'의 제작사와 방송국이었다. 직접 이야기하지는 않았지만 배우의 교체도 염두에 두고 있는 듯했다.

"아, 글쎄. 전혀 그런 일 없었다니까요. 어차피 조금 지나면 다 밝혀질 일인데 뭐하러 거짓말을 하겠습니까."

주혁은 기 대표의 통화를 듣고 있으면서 조금 씁쓸한 생각이 들었다. 하지만 그 사람들 입장에서야 당연한 일일 것이다. 어느 정도 비중이 있는 역할을 맡은 배우가 이런 일에 휘말리니 드라마에 당연히 좋지 않은 영향을 줄 거로 생각할 터였다.

재미있는 건 '추적자'의 제작사와 배급사는 이번 사건을 오히려 반기고 있다는 거였다. 어찌 되었든 간에 주혁의 기사가 나감으로써 '추적자'는 공짜로 홍보가 되고 있었으니까. 그렇게 같은 사건을 가지고도 입장에 따라서 다른 생각들을 하고 있었다.

주혁은 사건을 겪으면서 이런 게 세상이구나 하는 생각이 들었다. 주혁은 씁쓸한 기분으로 내일 기자회견에서 이야기할 내용을 정리하고 있었는데 갑자기 문자가 왔다. 지금 인터넷에서 주혁을 지지하는 글들이 올라오고 있다는 거였다.

주혁이 인터넷을 보니 이지언이 검색 순위에 올라와 있었다. 처음 내용은 별거 아니었다. 주혁이 이야기해 준 대로 아무런 신체 접촉이 없었다고 들었고 자신은 그 말을 믿는다는 거였다. 당연히 비난하는 댓글이 엄청나게 달렸다. 너도 똑같은 놈이냐면서.

그랬더니 이지언은 주혁의 말을 믿으며 만약 주혁이 정말 여기자를 때린 거면 자기는 은퇴하겠다고 선언했다. 그러면서 악플을 단 인간들에게 메시지를 던졌다.

나는 내가 믿는 사람을 위해서 내 미래를 걸었다. 너희는 뭘 걸 테냐.

그러자 갑자기 악플이 확 줄어들었다. 이지언의 발언은 전혀 예상치 못한 거였기 때문이었다. 사실 자기가 무슨 짓을 해도 전혀 손해 볼 일이 없다고 생각해서 날뛰는 게 악플러다. 그런데 상대가 강하게 나오자 갑자기 기가 죽은 거였다.

오히려 이지언이 상남자라며 응원하는 사람들이 늘어났다. 이지언이 글을 올린 게 점심때쯤이었는데 이 글을 본 다른 사람들도 호응하기 시작했다. 박소영과 김소민이 주혁을 옹호하는 글을 올렸고 같이 일했던 사람들도 하나둘 글을 올렸다.

거기다가 상당수 연예인이 이런 세태를 꼬집으며 동참했다. 연예인이라고 무슨 일만 생기면 무조건 죄인 취급당하는 것에 질린 사람들이었다. 그러자 인터넷은 양측의 격렬한 격투장같이 되어버렸는데 점차 주혁을 옹호하는 쪽이 힘을 얻고 있었다.

"이 녀석은 왜 쓸데없는 일을 해가지고는."

주혁은 슬쩍 눈가를 훔쳤다. 물기가 고여서 앞이 잘 보이지 않았기 때문이었다. 주혁은 자신을 응원해 준 이지언을 비롯한 사람들을 위해서라도 반드시 이 문제를 확실하게 해결해야겠다고 다짐했다.

다음 날 오전에 주혁은 기 대표와 계속해서 문구를 조율했다. 그런데 경찰 쪽에서 아는 사람이 뜻밖의 말을 전해왔다. CCTV 자료만 가지고는 누구의 말이 사실인지 판단하기가 어렵다는 거였다.

"아니, 그게 무슨 말이죠? 정확하게 다 찍혀 있잖아요."

주혁은 아무리 봐도 자신의 결백이 그대로 드러나는 화면이라고 생각되었다. 그런데 기 대표는 유심히 살피더니 조금 다른 의견을 말했다.

"경찰의 판단도 일리가 있어. 이게 자네 이야기가 맞는 것처럼 보이기는 하는데 단언할 정도는 아니란 거야."

기 대표는 화면을 천천히 돌리면서 이야기했다.

"여기서 자네가 들어갈 때 그 여기자도 바로 뒤에 있었고 옷이 펄럭거렸어. 그러니까 맞은 건지 아닌지 판단하기가 어렵다는 거지."

주혁은 그 말을 듣고 가만히 생각에 잠겼다. 그리고 자기가 여기자의 편이라고 생각하고 영상을 찬찬히 보았다. 그랬더니 정말 살짝 충돌이 있었던 것처럼 보일 수도 있겠다는 생각이 들었다.

더구나 CCTV의 화질도 좋지 않았고 화면도 뚝뚝 끊겨서 더 그렇게 보이는 듯했다. 사실 기자회견에서 이 영상을 보여주려고 했었는데 이렇게 되면 그 계획은 어렵다고 보아야 했다. 갑자기 일이 틀어지니 주혁은 당황스러웠다.

그런데 그 순간 마치 어디선가 보고 있었다는 듯 전화가 울렸다. 미스터 K의 전화였다. 주혁은 기 대표에게 양해를 구하고 밖으로 나와서 그와 통화했다.

"뭐 좀 건진 게 있습니까?"

—빨리 처리해 달라고 부탁하셔서 시간을 줄이는 데 중점을 뒀습니다. 덕분에 좋은 소식을 전할 수 있게 되었군요.

"그래요? 어떤 겁니까?"

미스터 K는 조금 있으면 회사로 택배가 갈 거라고 했다. 그리고 거기에 주혁이 무죄라는 증거가 들어 있다고 했다. 그런데 그 증거가 CCTV에서 찾은 거라는 말에 주혁은 고개를 갸웃거릴 수밖에 없었다.

"저도 보았지만 이게 다소 논란의 여지가 있던데요?"

—아마 그럴 겁니다. CCTV 화질이 좋지 않아서 그렇게 보일 수도 있으니까요. 하지만 제가 보낸 자료를 보시면 안심하시게 될 겁니다.

"그래요? 일단 보면 알겠죠."

—그리고…….

미스터 K는 잠시 뜸을 들였다. 그는 어두운 체육관 관장실에 있었는데, 등 뒤로 누군가의 신음 소리가 들렸다.

—그리고 뭐죠?

"배후가 있습니다. 짐작하고 계시는지 모르겠지만 엔터하이의 백정우 대표가 이 일의 의뢰인입니다."

미스터 K의 중후한 음색이 방 안에 울렸는데, 전화하는 그의 뒤로는 피투성이가 된 남자가 의자에 묶여 있었다. 주혁이 며칠 전에 보았던 유난히 색이 짙었던 그 의자에.

얼마 지나지 않아 택배가 도착했다. 아직 점심시간 전. 기자회견까지는 두어 시간이 남아 있었다. 그는 재빨리 내용물을 확인했다. 일단 눈이 간 것은 지하 주차장 사진이었는데 주혁은 처음 보는 사진이었다.

주혁이 내용물을 살피는 사이에 언제나처럼 전화기가 울렸다. 미스터 K의 전화였다. 주혁은 사진을 테이블 위에 올려놓고 전화를 받았다. 테이블에는 지하 주차장 사진 몇 장과 여기자가 어떤 남자를 만나는 사진 여러 장이 흩어졌고 묵직한 덩어리가 하나 있었다.

―자료는 보셨습니까.

"예, 그런데 여기자와 제가 찍힌 사진은 처음 보는 거네요?"

분명히 CCTV 화면을 확대해 놓은 것 같은 사진이었는데 CCTV를 확인할 때는 보지 못한 장면이었다. 또 다른 CCTV가 있나 생각해 보았지만 지하 주차장 현관에는 한 개의 CCTV만 있었다. 주혁은 순간 감쪽같이 조작한 게 아닌가 하는 의문이 들었다.

"혹시 손을 댄 건가요?"

—아닙니다. 건네주신 CCTV에 찍힌 장면입니다. 그 정도
면 누구라도 무죄를 의심하지 않을 겁니다.

그건 그랬다. 사진은 주혁이 현관문을 열고 막 들어오는 순
간이었다. 몸이 현관을 반쯤 지나가고 있었는데 주변에는 아
무런 것도 보이지 않았다. 그렇다는 건 현관문에서 여기자가
주혁과 다툼이 있었고 그 과정에서 맞았다는 건 거짓이라는
거였다.

그런데 똑같은 CCTV를 보았는데 주혁이나 기재원 대표,
그리고 경찰은 그 장면을 보지 못했다. 그저 여기자는 손을
뻗었고 그녀의 코트가 펄럭여서 주혁의 위치가 제대로 보이
지 않는 화면만 보았을 뿐이었다.

"정말 이게 CCTV에 찍혀 있는 겁니까?"

—그렇습니다. 그 장면은 P 프레임에 있는 거라서 보이지
않았던 건데…….

미스터 K는 설명하려다가 잠깐 멈칫거렸다. 굳이 기술적
인 것까지 자세하게 설명할 필요는 없었기 때문이었다.

—그냥 화면을 거꾸로 돌리면 정상적으로 돌렸을 때 보이
지 않던 게 보인다고 생각하시면 됩니다. 워낙 기술적으로 들
어가는 거라서 통화로 설명하기가 좀 그렇군요.

"거꾸로 돌리면 나온다고요? 그런 간단한 거라면 경찰에서도 찾았어야 하는 거 아닌가요?"

—경찰이요? 설마요.

미스터 K는 재미있는 농담을 한다며 가볍게 웃었다. 아무튼 주혁은 확실한 증거를 확보했으니 이제 일을 해결하는 건 어려움이 없겠다는 생각을 했다. 그런데 자료는 그것 하나가 아니었다. 또 다른 증거 사진이 있었다.

—여기자만 찍힌 사진이 있을 겁니다.

주혁이 사진을 뒤적여 여기자만 찍힌 사진을 찾았다. 마찬가지로 지하 주차장 현관 앞에 그녀가 있는 장면이었는데 자동차 블랙박스에 찍힌 듯했다. 거기에도 여기자의 얼굴이 찍혔는데, 아무런 상처도 없었다.

그런데 그 사진에서 주혁은 이미 현관문 안에 들어가 있었다. 주혁이 물체를 통과하는 초능력이 있지 않고서야 문 안에서 문 밖에 있는 사람을 어떻게 때릴 수가 있겠는가. 그러니 주혁의 무죄를 입증하는 결정적인 증거였다.

—1층에 있는 가게에 온 손님 자동차여서 찾는 데 애를 좀 먹었습니다. 둘 중 하나만 있어도 사건은 해결될 겁니다.

"그렇군요. 한시름 덜었습니다."

주혁은 사진과 같이 있던 묵직한 것이 바로 블랙박스라는 걸 알 수 있었다. 이제 무죄를 입증하는 건 일도 아니었다. 주

혁은 오늘 기자회견에서 이 증거를 활용해서 사건을 해결해
야겠다고 생각했다.

　―그리고 엔터하이 쪽은 어떻게 하시겠습니까?

　미스터 K는 여기자와 만나는 장면이 찍힌 남자가 백정우
와 연결된 자라고 했다. 안 그래도 저번에 애들을 빼가서 벼
르고 있었는데 아주 좋은 기회가 아닌가. 이 사건으로 엮어서
쓴맛을 제대로 보여주리라 생각했다.

　"이들과 백정우 대표가 연관되었다는 걸로 엮으면 실형까
지도 가능하겠지요?"

　―그게… 그건 좀 곤란할 것 같습니다.

　"무슨 문제가 있나요?"

　―일을 빨리 처리하느라 조금 거친 방법을 사용했습니다.
증거로는 사용할 수 없으실 겁니다.

　사실 이번과 같은 일처리 방법은 미스터 K의 스타일이 아
니었다. 이렇게 둔탁하게 일을 한 적은 거의 없었다. 하지만
클라이언트의 조건이 가장 우선이다. 주혁이 원한 것은 빨리
일을 처리하는 것이었고 그래서 가장 빠른 방법으로 일한 거
였다.

　주혁은 그가 이야기하는 상황이 어떤 건지 짐작이 갔다. 아
쉽기는 했지만 그렇게 부탁한 건 자신이었으니 어쩌겠는가.
그리고 그것이 아니더라도 방법이 없는 건 아니었다. 엔터하

이에 제대로 타격을 줄 수 있는 패를 주혁은 가지고 있었다.

다만 백정우를 직접 공략할 수는 없었다. 아마 이번에도 백정우는 미꾸라지처럼 빠져나갈 것 같은 느낌이 들었다. 이번 사건에 엮을 수 있었으면 바로 보낼 수 있었는데 그렇게 하지 못하게 된 것이 못내 아쉬웠다.

"일단 엔터하이하고 방송국 PD들하고 엮인 자료는 곧 쓸 것 같으니 준비를 해주시죠."

―알겠습니다. 그러면 이번 일은 그렇게 마무리하겠습니다. 뒤처리는 제가 알아서 할 테니 신경 쓰지 않으셔도 됩니다.

주혁은 통화를 마치고 자료를 정리해서 기 대표를 만나러 움직였다. 그런데 걸어가다가 생각해 보니 지금 이 상황을 조금 활용하면 어떨까 하는 생각이 들었다. 이렇게 쉽게 끝내는 것보다는 그편이 더 나을 듯했다.

어디 이런 기회가 쉽게 오는 기회던가. 이런 사건이 다시 터지기도 쉽지 않은 거였고 확실한 역전의 카드를 이렇게 빨리 손에 쥐는 일도 흔치 않은 일일 것이다. 그래서 주혁은 기 대표와 상의해서 증거를 기자회견에서 공개하지 않기로 했다.

\*　　　\*　　　\*

주혁은 기자회견에서 전혀 신체 접촉이 없었으며 여기자의 주장을 사실무근이라고 반박했다. 그리고 무고죄로 여기자를 고소하고 손해배상까지 청구한다고 밝혔다. 사건이 점점 커지자 신이 난 건 기자들이었다.

양측의 주장이 팽팽하게 대립하고 있는 가운데 주혁은 '네오하트'의 제작사에서 만나자는 연락을 받았다. 아무래도 배역을 교체하겠다는 이야기를 하려고 부르는 것 같았다. 주혁은 마음을 단단히 먹고 제작사를 찾아갔다.

"어서 와요, 주혁 씨."

인사를 하고 자리에 앉았는데 오디션을 볼 때 만났던 사람들이 대부분 자리하고 있었다.

"오디션 볼 때 같은데요? 다들 그때 계셨던 분들이네요."

주혁의 말에 다들 가벼운 미소를 지었다. 하지만 곧 표정이 딱딱해졌다. 특히나 작가의 얼굴이 가장 좋지 않았다. 그녀는 주혁을 꼭 동건 역에 쓰고 싶었다. 이 캐릭터는 주혁으로 인해서 완성되었고 그를 위해서 존재하는 거나 다름없다고 생각하고 있었으니까.

하지만 일을 하다 보면 자기 마음대로 되는 일이 몇 가지나 되던가. 이렇게 사회를 떠들썩하게 만드는 일이 터졌으니 자기 욕심을 내세울 수는 없는 일이다. 작가는 작게 한숨을 내쉬면서 아무 말 없이 주혁을 바라보고만 있었다.

"내가 무슨 말을 하려고 불렀는지 대충 짐작할 거야."

주혁도 바보가 아닌 이상 그런 걸 모를 리가 있겠는가. 하지만 그 역은 자신이 꼭 하고 싶었다. 그리기 위해서는 이들을 설득해야 했다.

"확정된 겁니까? 시간이 좀 있으면 분위기가 반전될 것 같아서 드리는 이야깁니다."

주혁은 당당하게 이야기했고 사람들은 묘한 시선으로 그를 바라보았다. 사실 이런 일을 겪으면 사람이 주눅이 들게 마련이다. 아무리 죄가 없고 당당하다 하더라도 기자들에게 시달리고 인터넷에서 까이다 보면 정말 하루가 일 년같이 느껴진다.

그래서 아주 피곤해 보이고 예민해져 있는 경우가 대부분이다. 그런데 주혁이라는 젊은이는 전혀 그런 기미가 보이지 않았다. 어디서 휴양이라도 하고 온 것처럼 얼굴에서 광채가 났고 눈동자도 아주 맑고 또렷했다.

"반전이라. 그럴 수 있으면 오히려 전화위복이 될 수도 있겠지."

이 대표가 흥미를 느끼는 듯 대답했다. 사실 확정까지는 아니더라도 사실상 배우를 교체하는 걸로 다들 생각하고 있었다. 그리고 그런 결정을 한 데는 방송국의 의견도 있었다. 문제 있는 배우를 썼다가는 드라마 시청률에 악영향을 줄 거라는 판단에서였다.

그리고 이 대표도 당연히 그래야 한다고 생각하고 있었다. 그런데 주혁의 이야기를 듣다 보니 다른 생각이 스치고 지나갔다. 만약 주혁이 무죄라는 게 밝혀진다면 어떻게 될까? 하는 생각이었다.

'오히려 동정표가 몰리겠지. 가만. 지금 주혁이라는 친구의 이미지가 어떻지?'

이 대표는 사건을 가만히 뒤돌아보았다. 사건 이후로 먼저 조사에도 응했고 당당하게 무죄라고 주장한 주혁. 그리고 동료 연예인들도 발 벗고 나서서 주혁을 옹호하고 있었다. 그래서 여론도 처음에는 죽일 놈처럼 몰아붙이다가 지금은 유죄냐 무죄냐는 의견으로 팽팽한 상태.

이 대표는 무엇보다도 당당한 주혁의 모습에서 절대 유죄는 아니라는 감이 왔다. 확신할 수는 없었지만. 하지만 이 문제는 자신이 좋다고 해서 그냥 넘어갈 수 있는 문제가 아니었다. 방송국을 설득해야 했다.

"그래, 시간이 얼마나 걸릴 것 같은가?"

"며칠이면 됩니다. 그러면 제가 무죄라는 게 밝혀질 겁니다."

주혁의 말에 작가가 슬그머니 입을 열었다.

"대표님, 다시 생각해 주세요. 만약 무죄가 밝혀지면 너무 아깝잖아요."

이 대표는 잠시 고민하다가 주혁에게 물었다.

"자네, 지금 시간 있나? 있으면 나랑 방송국에 좀 들어가지."

"시간은 충분합니다."

이 대표는 결심을 굳혔다. 방송국에 가서 한번 부딪쳐 보기로. 그 역시 이 드라마가 잘되기 위해서는 주혁이 꼭 필요한 배우라고 생각하고 있어서 어떻게든 주혁을 썼으면 하는 마음이 있었다.

둘은 차를 타고 방송국으로 달렸다. 그리고 국장실로 찾아갔다. 담판을 짓기 위해서였다. 미리 연락을 받은 국장은 둘을 기다리고 있었다.


"안 돼."

국장은 이 대표가 말을 꺼내기도 전에 선수를 쳤다. 절대로 불가하다고 했다. 촬영이 코앞이라 지금 배우를 수배해도 늦을 수 있다는 거였다. 촬영 전까지 적임자를 구하지 못하면 정말 난리가 나는 거였다.

"국장님, 이게 오히려 기회일 수도 있습니다. 만약 무죄가 밝혀진다고 생각해 보세요. 억울하게 고소당했던 배우가 나온다는 것만으로도 시청률 3%는 더 나올 겁니다."

"그거야 무죄라는 게 밝혀졌을 때, 그것도 아주 빠른 시일 내에 그렇게 되었을 때 그러는 거 아닌가. 보통 이런 사건은 반년 안에 끝나도 빨리 끝나는 거야. 그러니까 포기해."

국장은 냉정하게 이야기했다. 사실 그의 말은 틀리지 않았다. 이런 사건의 판결이 나오는 데까지는 몇 년이 걸리기도 한다. 그러니 며칠 안에 갑자기 분위기가 바뀐다고 생각하기는 어려웠다.

"만약 며칠 안에 무죄를 입증할 수 있다면 기다려 주실 수 있습니까?"

주혁이 강단 있는 목소리로 말했다. 주혁의 목소리는 확신으로 꽉 차 있었고 그의 얼굴은 아주 단호해 보였다. 국장은 지그시 주혁을 바라보았다. 국장도 주혁이 죄가 없다고 생각하고 있었지만 그건 개인적인 생각일 뿐이었다.

일할 때는 냉정해야 할 필요가 있다. 인정에 휘둘리면 일이 제대로 진행되지 않는다. 그래서 입을 열려고 했다. 그런데 갑자기 벌컥 하고 문이 열리는 소리가 들렸다. 김윤정 PD가 주혁이 왔다는 이야기를 듣고 헐레벌떡 달려온 거였다.

그녀는 주혁과 이 대표에게 살짝 고개를 숙이고는 국장에게 다가갔다. 국장은 벌써 이마와 콧잔등에 주름을 만들고 있었다. 그녀가 무슨 이야기를 할지 뻔했기 때문이었다.

"국장님."

"입 다물어."

국장은 크게 한숨을 내쉬었다. 사실 말처럼 주혁의 무죄가 극적으로 밝혀지고 주혁이 그 역할을 연기하는 게 가장 이상적인 스토리였다. 그렇게만 된다면 진짜 회사 앞 사거리에서 춤이라도 출 수 있었다.

원래는 냉정하게 거절해야 했지만 그도 사람인지라 고민이 되었다. 이 대표와의 인연과 김윤정 PD의 애절한 눈빛이 그를 망설이게 했다. 그리고 결정적으로 주혁의 당당한 모습이 그를 흔들리게 했다.

정 국장은 몇 달 전 '커피 프린스'에서 주혁을 보았을 때가 생각났다. 여러 사람 속에서도 유난히 빛나던 그의 모습이. 정 국장은 힘겹게 입을 열었다.

"사흘이야. 그 안에 변화가 없으면 바로 교체야."

"감사합니다!"

주혁이 큰 소리로 말하면서 꾸벅 인사를 했고 이 대표도 고맙다며 연신 고개를 숙였다. 얼굴에 웃음을 한가득 머금은 김윤정 PD는 국장에게 다가가서 정말 잘 생각하신 거라고 이야기했다.

"웃지 마. 정들어."

국장은 제자리에 앉아서 퉁명스럽게 이야기했다. 사실 그로서도 굉장히 어려운 결정이었을 것이다. 만약에 문제가 생긴다면 모두 정 국장의 책임일 테니까. 그래서 사람들은 그의 결정이 더욱 고마웠다.

"뭐 해? 나가서 일들 보지 않고. 그렇게 한가해?"

사람들은 인사를 하고 밖으로 나왔다. 주혁은 나오자마자 김윤정 PD의 손을 잡았다.

"PD님, 정말 감사해요. 이렇게 신경을 써주시고."

"무슨 소리야. 내가 주혁 씨한테 진 빚을 생각하면 이건 아무것도 아니지."

김윤정 PD는 웃으면서 주혁의 어깨를 팍팍 때렸다. 그녀는 시계를 보더니 일이 잘 해결되었으면 좋겠다고 하고는 급히 자리를 떠났다. 주혁은 이 대표와 방송국을 나서면서 마음속으로 생각했다.

'당연히 잘 해결될 겁니다. 그리고 아마 저 말고 아주 바빠지고 있는 사람이 한 명 있을 겁니다.'


아토 엔터테인먼트에서 중대 발표를 하겠다고 하자 여러 이야기가 떠돌았다. 혹시 폭행한 증거가 나와서 자백하는 게 아니냐는 말도 있었다. 기자회견을 한 지 얼마 되지 않아서 또 중대 발표를 하겠다고 했기 때문이었다.

그래서 그것 보라며 설레발을 치는 사람들이 생겼다. 하지만 이지언을 중심으로 한 동료들의 믿음은 굳건했다. 수많은 적이 달려들었지만 그들은 용기를 내서 맞섰다. 상처를 입을지언정 무릎을 꿇지는 않았다.

그리고 저녁에 아토 엔터테인먼트가 CCTV에 찍힌 영상을 무죄의 증거로 내놓자 인터넷의 분위기는 삽시간에 바뀌었다. 누가 보아도 주혁이 여기자를 때릴 수 없다는 걸 알 수 있었다. 현관문이 닫힌 후에 여기자가 현관에 도착했다는 게 사진에 다 나와 있었으니까.

화면을 검토한 결과 주혁과 여기자 간에 물리적인 충돌이 전혀 없었다는 전문가의 소견까지 덧붙였다. 거기에다 원본과 복사본에 전혀 조작이 없다는 감정까지 덧붙여 논란을 미연에 방지하니 반박의 여지가 없었다.

그래도 조작이라는 이야기를 하는 사람들이 있었지만 전혀 호응을 얻지 못했다. 그리고 주혁과 동료들을 손가락질하던 사람들은 슬그머니 꽁무니를 뺐다. 자신은 그런 적이 없었다는 듯이.

당황한 여기자는 현관에 도착하기 전에도 맞았다고 말을 바꾸었다. 현관에서 맞은 걸로 알았는데 너무 경황이 없어서 착각했다는 거였다. 하지만 그것이 오히려 자신을 더욱 궁지로 모는 올가미가 되리라는 걸 전혀 모르고 있었다.

주혁과 기 대표는 바로 증거를 올리지 않고 하루를 보냈다.

논란이 더 증폭되기를 바랐던 거였다. 그러자 역시나 주혁을 향한 악플이 슬그머니 고개를 들었다. 주혁이 폭행을 했다고 아예 결론을 내리고 모든 걸 받아들이는 자들이었으니까.

"내일 아침이면 재미있어지겠군요."

"사람들 참 웃기지 않아? 나는 왜 저렇게 누군가를 잡아먹지 못해서 안달인지 영 이해가 되지 않아."

"글쎄요."

주혁은 쓴웃음을 지었다. 일방적으로 당하는 입장이었지만 진실이 밝혀진다고 달라지는 건 아무것도 없었다. 그저 자신에게 남은 상처가 아물기를 바라는 것만이 유일하게 할 수 있는 일이었다.

악플러 몇 명을 고소해 봐야 득 될 것도 없었다. 마음이야 후련할지 모르겠지만 이미지는 오히려 마이너스가 되기 쉬웠다. 처벌하지 않으면 구린 게 있어서 그런 거라며 비아냥거리지만 처벌하면 그걸 또 끝까지 물고 늘어지느냐며 비난하는 게 그놈들이었으니까.

그래서 이미지로 먹고사는 연예인 입장에서는 억울해도 그냥 속으로 삭이면서 참을 수밖에 없었다. 하지만 주혁은 이번만큼은 그런 거에 크게 개의치 않았다. 그런 사람들에게 받은 상처보다 자신을 응원해 준 사람들에게 받은 감동이 훨씬 컸기 때문이었다.

"그래도 세상은 참 살 만한 것 같지 않아? 사실 이번에 난 자네가 참 부럽더라고. 어려울 때가 되니까 평소에 어떻게 살았는지가 보여서 말이야. 내가 이런 일을 겪었으면 나서는 사람이 없었을 거야. 아마 우리 마누라도 모른 척했을걸?"

기 대표는 껄껄 웃었다. 주혁도 말로 표현할 수 없을 정도로 고마웠다. 아마도 그들이 아니었다면 훨씬 더 힘겨운 시간이 되었을 터이다. 모든 사람이 다 고마웠지만 특별히 두 사람에게 감사했다.

이 사건을 겪으면서 가장 든든했던 건 이지언의 행동이었고 가장 안정을 찾아준 건 지아의 응원이었다. 앞장서서 주혁에 대한 신뢰를 보여준 지언 덕분에 힘을 낼 수 있었고 자신을 따스하게 위로해 준 지아 덕분에 평상심을 유지할 수 있었다.

"설마요. 아마 저보다도 더 많은 사람이 들고일어났을 겁니다. 아마 공작님께서 가장 먼저 나서셨을걸요?"

둘의 사이라면 충분히 그러리라 생각되었다. 기 대표와 주혁은 확실한 카드를 쥐고 있었기에 아주 편안하게 대화를 나눌 수 있었다. 그리고 다음 날이 되자 바로 그 카드를 언론에 공개했다.


아토 엔터테인먼트, CCTV에 이어 블랙박스 영상 공개.

충격 영상. 사건의 진실이 밝혀지다.

피해자가 가해자? 그녀는 왜?

언론은 자극적인 제목으로 사람들을 유혹했다. 이번에는 상대도 반론을 제기할 수 없었다. 현관에 들어가기 전에 맞았다고 말을 바꾸었는데 현관 앞에서 멀쩡한 얼굴로 있는 영상이 공개되었으니까.

이건 정말 빼도 박도 못할 상황이었다. 그러자 이번에는 모든 비난이 여기자에게로 쏠렸다. 웃긴 건 주혁을 비난하던 사람들도 여기자를 욕하고 있다는 거였다. 언제는 그렇게 감싸더니 말이다.

하지만 그런 거에는 신경 쓰지 않기로 했다. 그런 데에다 신경을 써봐야 시간 낭비였다. 그것보다 기분 좋은 일이 있었다. 이지언과 같이 주혁을 옹호한 사람들이 세간의 관심을 받고 있었다.

특히 이지언은 이번 사건의 최대 수혜자라는 말까지 나올 정도였다. '커피 프린스'로 제법 인기를 끌었었지만 그래도 유명 인사는 아니었다. 그런데 이 사건을 계기로 일약 국민적인 관심을 받았다.

사람들은 이지언을 의리의 사나이로 추켜세웠다. 이런 식이라면 이지언에게 캐스팅 제의나 CF 제의가 쏟아질 게 자명했다. 너무 욕심만 부리지 않으면 정말 발돋움할 수 있는 좋은 기회일 터였다.

그리고 주혁의 이미지도 굉장히 좋아졌다. 처음에는 당당한 모습으로 무죄를 주장한 것이 비난의 대상이었다. 뻔뻔하다는 거였다. 하지만 사건의 정황이 모두 드러나자 그런 모습은 호감으로 바뀌었다. 떳떳한 모습이 오히려 믿음직하고 멋지다는 거였다.

덕분에 '네오하트'에 출연하는 것도 확정되었다. 방송국으로서도 사건이 이렇게 되었으니 오히려 주혁이 출연하는 게 도움이 된다고 판단해서였다. 아니, 오히려 그동안 미안했다며 식사 약속을 잡자고 했다.

지금까지는 위로나 응원하는 전화를 받기에 바빴는데 이제는 축하 전화를 받느라 쉴 틈이 없을 지경이었다. 하지만 이런 전화는 언제까지 받아도 하나도 힘이 들지 않을 것 같았다. 당연히 이렇게 될 줄 알고 있었는데도 정말 기분이 날아갈 것 같았다.

"그래, 내가 꼭 술 살게. 프린스 팀 한번 뭉치자고. 그래."

지아의 전화를 끊자마자 바로 이지언이 연락을 해와서 통화했다. 기 대표는 흐뭇한 표정으로 그런 주혁을 바라보고 있었다. 자신이 사람 하나는 제대로 보았다는 생각에 저절로 즐거운 기분이 되었다. 이번 일로 아토 엔터테인먼트의 이미지까지 좋아졌다. 정말 복덩어리가 아닐 수 없었다.

주혁은 통화를 마치고 한숨을 내쉬었다. 이제 모든 일이 잘 해결된 셈이었다. 한 가지 의아한 건 여기자가 고소를 취하하지 않고 있다는 점이었다.

"무슨 배짱으로 버티는지 모르겠네요."

"자네가 잘 몰라서 그러는 거야. 지금 고소를 취하하면 무고죄를 자인하는 거나 마찬가지 아닌가. 그러면 빼도 박도 못한다고. 그러니까 시간을 끌자는 거지."

기 대표는 나중에 이쪽으로 연락이 올 거라고 했다. 그러고는 서로 취하하자고 말을 할 거라고 했다. 그게 여기자 처지에서는 제일 나은 방법이었다. 사실 연예인이 이런 일로 계속 구설수에 오르내리는 것도 마냥 좋은 건 아니었으니까.

"어떻게 하실 건가요?"

"그거야 자네 마음이지. 어차피 너무 궁지로 몰면 좋지 않을 수도 있으니까 적당히 하다가 풀어주는 게 보통이긴 해."

주혁은 잠시 생각하다가 고개를 저었다. 그건 아니라고 생각해서였다.

"그냥 합의 없이 가죠."

주혁은 자신에게 해를 끼치려 한 사람을 곱게 풀어줄 생각이 없었다. 동료에게는 한없이 관대할 수 있지만 적에게 베푼 자비는 나중에 독화살이 되어 돌아오는 법이다. 그래서 단호하게 나가기로 했다.

기 대표는 평소 온화한 주혁의 성격상 합의를 하리라 생각했었는데 다소 의외의 결정이라고 받아들였다. 하지만 본인의 의사가 그렇다니 존중하기로 했다. 이번 사건은 워낙 증거도 확실하고 죄질도 나빠서 그렇게 하더라도 잡음은 없을 것이었으니까.

그렇게 일은 마무리되는 듯 보였다. 하지만 주혁은 이번 일이 이대로 끝나지 않을 것이란 걸 알고 있었다. 물론 사람들은 앞으로 벌어질 사건이 주혁의 사건과 연관 있다는 걸 전혀 모를 테지만 말이다.

주혁은 밖으로 나와 전화기를 들었다. 그리고 나지막이 말했다.

"보내세요."

주혁은 그 말만 남기고 바로 통화를 마쳤다. 오늘따라 유난히 바람이 거세서 사람들이 잔뜩 웅크린 채 걸어가고 있었다.

\* \* \*

"그게 무슨 소리야. 그걸 어떻게 검찰이 알아?"

"그건 잘 모르겠습니다. 지금 바로 움직일 테니 빨리 대책을 마련하라고 연락이 왔습니다."

백정우 대표는 하늘이 무너지는 심정이었다. 그는 안 그래도 요즘 심기가 아주 불편했다. 주혁을 어떻게 잘 엮어보라고 일을 시켰는데 오히려 녀석의 인기만 높여주는 꼴이 되었다. 게다가 일을 시킨 놈은 돈만 받고 잠수를 탔다.

그래서 울화가 치미는 상황이었는데, 갑자기 PD에게 로비한 정황을 검찰에서 눈치채고 조사에 착수한다는 정보가 들어온 거였다. 검찰에서 온 연락이니 백 퍼센트 확실한 정보였다. 이건 회사의 존폐가 달린 문제였으니 어떻게든 사건이 커지는 것만은 막아야 했다.

"빨리 실장님께 연락해. 지금 뵈러 간다고. 아니, 내가 직접 연락을 하지."

백정우는 급히 연락하고 코트를 걸쳤다. 그리고 부랴부랴 조 실장이 기다리고 있는 회의실로 향했다. 지금 이 사태는 자신의 역량을 벗어난 일이었다. 그러니 조 실장의 도움이 절실했다.

그는 차 안에서 검찰에 있는 사람에게 연락했다. 조 실장이 소개해 준 사람이었고 이 사건에 대해서 미리 귀띔해 준 자였다.

"검사님, 저 엔터하이 백정우 대푭니다."

―아, 그래요. 백 대표.

전화기 너머로 나가면서 문을 닫고 가라는 소리가 들렸다. 아마도 누군가와 같이 있었던 듯했다. 백정우는 잠시 뜸을 들이다가 말을 이었다.

"연락 주셔서 감사합니다."

―뭘, 그런 걸로.

검사는 아주 거만한 투로 말을 했다. 보지 않아도 커다란 의자에 완전히 기댄 채 발을 책상 위에 놓고 있을 것이다. 일보다는 승진을 위해서 줄 대기에 여념이 없는 놈이었고 여자라면 사족을 못 쓰는 자였다.

"번거로우시겠지만 이번 사건에 대해서 좀 더 알았으면 해서요. 지금 조 실장님께 가는 길인데 뭐라고 말씀을 드려야 할지 난감해서……."

―하긴 그렇겠구만. 내가 슬쩍 봤는데, 누가 제대로 준비를 했어.

검사는 작정하고 오랜 시간 준비한 것이며 담당 검사의 성향까지도 잘 알고 보낸 게 분명하다고 했다. 담당 검사는 약간 똘끼가 있어서 위에서 말려도 잘 듣지 않는 꼴통 검사라고 했다.

그런데 외부에는 잘 알려지지 않은 일이라서 누군지 몰라도 검찰 내부 사정을 잘 아는 자가 분명하다고 했다. 백 대표는 검사가 하는 말을 하나도 빼먹지 않고 새겨들었다. 그리고 조금이나마 위안이 되었다.

이런 정도면 자신이 조심한다고 어떻게 막을 수 있는 일이 아니었다. 그리고 이런 정도면 페가수스 쪽에서 준비한 게 틀림없다고 생각했다. 엔터하이가 잘못되면 가장 득을 볼 건 페가수스였기 때문이었다.

그리고 이런 정도 일을 준비하고 벌이는 건 페가수스 정도가 아니고서는 어렵다는 생각이었다. 그리고 만약 그렇지 않더라도 반드시 페가수스가 그랬어야 했다. 그래야만 자신의 목이 붙어 있을 가능성이 높았으니까.

그런 생각을 하는 사이에 차는 지하 주차장으로 들어섰다. 백 대표는 사방을 살피고는 안내를 받아 안으로 들어갔다. 방에 들어가자 건장한 사내 둘이 백 대표의 팔을 꽉 잡았다.

"소리 내지 마. 시끄러운 건 딱 질색이니까."

조창욱은 싸늘한 표정으로 말했다. 그리고 천천히 손에 장갑을 끼고는 백정우에게 다가왔다.

퍽. 퍼억.

조창욱은 백 대표의 몸통에 사정없이 주먹을 휘둘렀고 백 대표는 이를 악물고 신음 소리를 내지 않으려고 애썼다.

퍽. 퍽. 퍽. 퍽. 퍼버벅.

조창욱은 한참을 구타하다가 장갑을 벗었다. 백 대표의 입에서는 피가 흘러나오고 있었다. 소리를 내지 않기 위해서 입술을 너무 세게 깨물어서 입술이 피투성이였다. 하지만 맞는 동안 백정우는 신음 소리를 내지 않았다.

그리고 얼굴은 사색이 되어 있었고 입가는 피투성이였지만 눈매는 여전히 날카로웠다. 조창욱은 소파에 앉았고 백정우는 그 앞으로 끌려왔다.

"얘기해 봐."

"검사의… 말로는 아주 오래… 준비한 거랍니다… 후우… 그리고 검찰 내부에도 연줄이… 있을 거라고 했습니다."

백정우는 심하게 맞았기 때문인지 말을 하면서도 중간중간 숨을 제대로 쉬지 못했다. 조창욱은 이야기를 듣더니 잠시 생각에 잠겼다.

"오래 준비했고 검찰 내부에 연줄이라. 결국 세현 그룹이 움직였다는 건가?"

"아마도 그런 것… 같습니다."

"그렇다고 해도 백 대표는 책임을 져야지. 안 그래?"

조창욱은 피식 웃으면서 말했다. 백정우는 무릎을 꿇은 채 고개를 들어 조창욱을 바라보았다. 그는 이글거리는 눈으로 조 실장을 보면서 말했다.

"큰 전쟁에는 싸울 줄 아는 장수가 필요한 법입니다. 처리하시더라도 전쟁이 끝난 후에 하시는 편이 좋으실 겁니다."

조창욱은 양손을 깍지 낀 채 무릎에 올려놓고는 가만히 백정우를 쳐다보았다. 무표정한 얼굴로 그를 응시하던 조창욱은 천천히 입을 열었다.

"다른 건 모르겠지만 그런 독기 하나는 마음에 드는군."

조창욱은 자리에서 일어나면서 말했다.

"마지막이야. 내가 어떻게든 시간을 벌어놓을 테니 어디 싸워봐."

"반드시 실망시키지 않겠습니다."

조창욱은 들은 체도 하지 않고 밖으로 나갔고 사람들이 나가자 백 대표는 쿨럭거리면서 입에 있던 피를 뱉었다. 그의 앞에 있는 카펫에 찐득찐득한 핏물이 떨어졌다.

CHAPTER **21**
새로운 심장이 드디어 뛰기 시작하다

연예계는 난데없이 불어닥친 비리 스캔들로 떠들썩했다. 일부 기획사가 방송국 PD에게 각종 로비를 한 정황이 드러나면서 방송가와 연예계에 찬바람이 불었다.

주혁은 '네오하트' 제작사로 가는 길에 아토 엔터테인먼트에 들러서 잠시 이야기를 나누었다. 사건이 왜 이렇게 되었는지 이해가 가지 않아서였다. 분명히 자신은 엔터하이에 대한 정보만 넘기라고 했는데 갑자기 사건이 커져 버렸다.

"아토가 포함되었다는 소문도 있던데요?"

주혁은 기가 찬다는 듯 말했다. 어떤 방송국과 기획사인지는 물론이고 몇 명이나 연루가 되었는지도 발표되지 않고 있었다. 정확한 걸 모르는 것인지, 아니면 발표를 못 하게 하는 것인지 모르겠지만. 그래서 뜬소문만 엄청나게 퍼지고 있다.

"우리 회사도 그만큼 유명해졌다는 거지. 이걸 좋아해야 할지 기분 나빠해야 할지 모르겠구만. 하지만 이렇게 떠들썩해 봐야 소용없어. 어차피 흐지부지 끝날 테니까 말이야."

"그게 무슨 말씀이시죠? 흐지부지 끝날 것 같다니요?"

기재원은 이런 일을 많이 겪어서인지 보는 시선이 날카로웠다. 지금 상황은 위에서 발표하지 못하게 막고 있는 것이며 그게 다 속속들이 공개되면 부담스러워하는 곳이 많아서 그렇다는 거였다.

사건에 휘말린 기획사는 물론이고 방송국도 얼마나 난처하겠는가. 더구나 로비한 기획사가 어디이겠는가. 영세한 기획사라면 끽해야 PD 한두 명 정도다. 그런데 이렇게 엄청난 수의 사람들이 연관되어 있다?

"당연히 대형 기획사이고 그 뒤에 누가 있는지는 다들 알잖아. 거기다가 방송국도 사건이 커지면 불편할 테고. 그러니까 이래저래 손을 쓴 거지."

여러 곳에서 힘을 쓰고 있으니 어지간하면 조용하게 넘어갈 거라고 했다. 주혁이 생각해도 다들 그럴 만한 힘이 있는 곳이니 그리될 법했다.

"게다가 수사가 어디 하루 이틀에 끝나? 결과 나오려면 최소한 서너 달은 걸릴 텐데."

지금이야 관심이 쏠려 있지만 서너 달 후면 누가 이 일을 기억하고 있겠는가. 그때가 되면 적당히 몇 명 처벌하고 마무리가 될 거라고 했다. 그래도 이번에는 제법 수위가 높을 듯하다는 평도 내놓았다.

"그래도 소스가 계속 나오는 걸 보면 검사 중에서 누가 제대로 꼴통 짓을 하는 모양이야. 이러면 깃털만 뽑고 끝내지는 못하지. 몸통까지는 아니더라도 적어도 날개나 다리는 떼어 줘야 끝나겠어."

주혁은 연예계가 깨끗하지 못하다는 건 잘 알고 있었지만 이 정도일 줄은 몰랐다. 주식을 받은 PD도 있었고 돈을 받은 PD도 있었다. 돈을 건네는 방법도 아주 교묘해져서 강원랜드에서 고액권 칩을 건네는 방법을 썼다.

주혁이 검찰에 건네라고 한 것이 바로 강원랜드에서 고액권 칩을 건네는 증거였다. 그걸 받은 PD는 게임을 조금 하다가 그걸 다시 현금으로 바꾸는 수법이었다. 그런데 주식이나 다른 비리도 나오면서 판이 커진 거였다.

주혁은 이 기회에 비리에 연루된 사람들은 좀 정리가 되었으면 좋겠다고 생각했다. 물론 한 번에 모든 게 바뀔 수는 없을 것이다. 하지만 이런 일이 쌓이다 보면 점차 물이 맑아지지 않겠는가.

"그럼 저는 이만 가보겠습니다. 얘기 좀 하다가 오늘은 촬영장에도 가보려구요. 분위기도 좀 익힐 겸해서요."

"그래, 나도 이제 애들한테 가봐야지."

기 대표는 내년에 남녀 두 그룹을 데뷔시키는 것을 목표로 트레이닝에 열을 올리고 있었다. 팀원이 빠져나가 실의에 빠져 있던 남자애들도 새로운 멤버를 맞이해서 활기를 되찾았고 새로운 여자 그룹을 준비하는 아이들도 구슬땀을 흘리고 있었다.

확실히 엔터하이에서 쫓겨난 연습생의 집에 아이들과 같이 가니 효과가 있었다. 특히 파이브 스타와 같이 가면 여자아이는 비명을 지르고 난리가 났다. 집에 가서 기 대표가 한 거라고는 어머니와 차를 마시면서 이야기를 한 것밖에 없었다.

아이들끼리 방에 들어가서 이런저런 이야기를 하고 나오면 인사를 하고 돌아왔다. 그러면 얼마 지나지 않아 그 아이의 집에서 연락이 왔다. 그렇게 모인 남자 여섯, 여자 일곱 명이 데뷔를 목표로 연습하고 있었다.

그리고 그들 외에도 몇 명의 연습생이 더 있었다. 당장 내년에 데뷔하기는 어렵지만 실력이 있는 아이들을 데려와서

트레이닝을 시키고 있었다. 회사가 점차 안정되어 가니 장기적인 안목에서 투자한 거였다.

기 대표는 굉장히 빡세게 연습을 시켰다. 너무 고된 연습이라 기존 멤버도 혀를 내두를 정도였으니 새로 온 아이들은 어떻겠는가. 아이들은 하루가 어떻게 지나갔는지 느낄 틈도 없었다. 아예 딴생각을 할 수가 없었으니까.

이렇게 심하게 굴리는 데는 다 이유가 있었다. 다들 큰 상처가 있어서인지 처음에는 서먹서먹해하고 적응을 잘하지 못했다. 그래서 정신없이 몰아친 거였다. 덕분에 지금은 아이들끼리 굉장히 가까워져 있었다.

원래 같이 고생한 사람들끼리는 금방 친해지는 법이니까. 아이들은 트레이너나 기 대표를 욕하면서 친해졌다. 하지만 아이들도 알고 있었다. 아토 엔터테인먼트가 얼마나 그들을 따듯하게 그들을 감싸주고 있는지를.

주혁은 기 대표와 같이 가서 한창 연습에 몰두하고 있는 아이들을 슬쩍 보았다. 일단 표정이 전과는 비교할 수도 없이 밝아졌다. 힘들어서 찡그리는 경우는 있었지만 얼굴에 드리워져 있던 그늘은 모두 걷혀 있었다. 주혁은 기분이 좋아져서 휘파람을 불면서 제작사로 걸어갔다.

"아, 주혁 씨, 사장실에서 다들 기다리고 계세요."

제작사에 들어가니 주혁을 알아본 사람이 인사를 하면서 알려주었다. 이번에 한바탕 난리를 겪고 나서 제작사 사람들과 주혁의 사이는 상당히 돈독해졌다. 같이 고비를 한 번 넘었다는 생각이 드니 서로가 각별하게 느껴졌던 거였다.

"어서 와요, 주혁 씨."

"제가 일하시는 데 방해가 된 건 아닌가 모르겠습니다."

"무슨 말을. 마침 잘 왔어요."

PD와 작가가 주혁을 반갑게 맞이했다. 주혁의 촬영은 4회라서 조금 더 있어야 촬영에 들어가지만 현장의 분위기나 배우들의 연기를 직접 보고 싶었다. 드라마 전체적인 느낌을 알아야 자신의 캐릭터도 연기할 수 있는 거니까 미리미리 준비하려는 거였다.

사람들도 그런 주혁의 마음가짐을 높이 샀다. 작품을 위해서 노력하겠다는데 싫어할 사람이 어디 있겠는가. 게다가 연기력도 좋았고 사람도 반듯하니 더욱 호감이 갔다. 그래서 오늘 같이 현장에 가려고 준비를 하고 있었다.

이제 촬영에 들어갔으니 사실 작가가 정신없이 바쁠 시점이었는데 '네오하트'의 경우는 상황이 조금 특이했다. 일반적으로 드라마 대본은 앞부분만 완성한 상태에서 촬영에 들어간다. 현장에서 많은 돌발 변수가 생기기 때문이기도 하고 시청자의 반응에 따라서 내용을 수정해야 할 때도 있기 때문이다.

그런데 '네오하트'의 경우에는 다소 특이하게도 대본이 거의 완성된 상태였다. 원래 기획된 것은 오래전인데 어찌어찌하다 보니 편성을 늦게 받아서 그동안 대본 작업이 많이 진행된 거였다.

그러니 다른 작가들이야 드라마 방영이 코앞으로 다가오면 지옥 같은 스케줄이 기다리고 있지만 '네오하트'의 작가는 여유만만이었다. 그나마 동건의 캐릭터를 손보는 작업 정도가 전부였는데 그건 이미 끝마친 상태였다.

나머지는 촬영하면서, 그리고 시청자의 반응을 보고 수정할지 말지를 결정하면 되는 거였다. 그리고 주혁은 작가가 그렇게 여유 부릴 만하다고 여겼다. 그만큼 대본의 완성도가 높았기 때문이었다.

"참, 주혁 씨는 세트장이 처음인가?"

"아니요, 저번에 한 번 갔었어요. 정말 대단하던데요."

자동차를 같이 타고 촬영장으로 향하면서 작가가 물었다. 세트는 경기도에 있었는데 세트장을 만드는 데만 60억 원 정도가 들었다고 했다. 주혁은 그 말을 듣고 충격을 받았었다. '커피 프린스' 때는 리모델링 비용 1억 5천만 원에 벌벌 떨었으니까.

그 비용을 아꼈다고 김윤정 PD가 얼마나 좋아하던지. 그런데 세트장 제작에만 60억 원이라니. 정말 입이 떡 벌어질 일이었다. 하지만 한 번 세트장을 본 적이 있는 주혁은 확실히 그 비용을 들일 만했다는 생각을 했다.

사실 의학 드라마를 병원에서 촬영한다는 건 거의 불가능했다. 일부 장면을 잠깐씩 촬영하는 건 몰라도 응급실이나 수술실 장면 같은 중요한 부분은 병원에서는 찍을 수 없다. 갑자기 위독한 환자가 들이닥칠 수도 있는 일이고 언제 위급한 환자가 생길지 모르는 일이니까.

그래서 세트장에서 촬영하는 건 잘 생각했다고 여겼다. 아마 상황을 잘 모르는 시청자들은 정말 병원에서 촬영했다고 생각할 것 같았다. 그리고 그렇게 많은 제작비를 쏟아 부을 수 있었던 건 간접광고를 유치한 덕분이 컸다.

대표적인 것이 자동차였는데 드라마에 나오는 자동차 대부분을 제공하는 조건으로 제작비 일부를 지원받기도 했다. 물론 그런 좋은 조건으로 계약할 수 있었던 건 대본이 그만큼 좋았기 때문이기도 했다.

"다시 봤는데, 정말 현장감이 끝내주네요. 읽다 보면 정말 병원 안에서 벌어지는 광경을 보는 것 같아요."

"그래? 그렇게 잘 봐주니까 기분 좋은데?"

황 작가는 호호 웃으면서 즐거워했다. 보는 눈이 좋은 주혁이 칭찬을 하니 또 느낌이 달랐던 거였다. 그래서 신이 난 황 작가는 대본 작업을 할 때 겪었던 썰을 풀었다. 병원에서 거의 같이 먹고 자면서 취재한 이야기를.

말을 들으면서 주혁은 고개를 끄덕였다. 이 년 정도를 병원에서 살다시피 해서 만들어낸 대본이니 그렇게 생생하게 느껴졌던 거였다.

'역시나 많은 시간을 공들여 준비한 거라서 그렇게 달라 보였구나.'

주혁은 어쩐지 캐릭터도 그렇고 병원에서 벌어지는 일도 모두 살아 있는 것 같은 느낌을 준다 했더니 다 이유가 있는 거였다. 그리고 그건 자신도 마찬가지라고 생각했다. 더 오랜 시간을 공들여 준비했으니까. 이제는 준비한 걸 가지고 세상을 향해서 뻗어 나가는 일만 남았다고 생각했다.

하지만 지금도 그 시간을 생각하면 치가 떨렸다. 아마 다시 하라고 하면 못할 듯했다. 그 짓을 또 하느니 차라리 군대를 한 번 더 가겠다고 생각했다.

\*　　　\*　　　\*

주혁은 배우들과 인사를 나누고 촬영 장면을 보았는데 정말 인상적이었다. 대본으로 보았을 때도 좋았는데 배우들이 거기에 생명력을 불어넣으니 훨씬 생동감이 넘치는 장면이 되었다. 그리고 베테랑들이라 그런지 캐릭터를 소화하는 게 정말 대단했다.

주혁은 현장을 보면서 드라마에 푹 빠져들었다. 주인공을 제외한 다른 인물들도 모두 생생하게 살아서 움직였다. 열망하는 게 뚜렷했고 행동과 성격도 분명했다. 비슷하게 느껴지는 인물이 하나도 없었다.

분위기는 달랐지만 그런 면에서 '커피 프린스'와 비슷하다는 느낌을 받았다. 이 드라마의 캐릭터들은 대부분 사람들의 사랑을 받을 것 같았다. 대부분의 등장인물이 사랑받는 드라마. 그런 드라마는 정말 쉽지 않다.

주혁은 촬영 현장을 처음 보았지만 이 드라마가 그런 드라마가 될 거라고 자신할 수 있었다. 조연까지도 연기가 톡톡 튀었다. 이런 드라마가 성공하지 못하면 어떤 드라마가 성공할 수 있겠는가. 주혁은 그런 생각을 하면서 계속해서 촬영 현장을 보았다.


"앞으로 심장이식, 그리고 관상동맥 우회술은 제가 담당하도록 하겠습니다. 대신 판막 질환은 민형규 교수님이 하시죠. 내과에선 수술 환자 조정 시에 이 점 참고하시기 바랍니다."

"어이, 무슨 소리야? 관상동맥은 내 파트야? 아니, 사전에 아무런 상의도 없이 이래도 되는 거야?"

"최 과장, 민형규 선생도 관상동맥 우회술은 국내에서 손꼽히는 실력자야."

새로 흉부외과 과장이 된 자. 그 자리를 노렸지만 후배에게 빼앗긴 자. 그리고 앞으로 병원장의 자리를 노리고 있는 자. 대립할 수밖에 없는 각각의 캐릭터가 첨예하게 충돌하고 있었다. 삶의 무게가 느껴지는 중년 남자들의 묵직한 연기가 불을 뿜었다.

"의학 용어가 많아서 어렵지?"

주혁은 남녀 주인공과 같이 구경하고 있었는데, 남자 주인공인 지석이 나지막이 속삭였다. 서글서글한 인상의 그는 무척 편하게 주혁을 대했다. 얼마 전에 마음고생이 심하지 않았느냐며 위로하기도 했는데 말과 표정에 진심이 묻어나는 좋은 사람이었다.

그는 그렇게 공부를 하는데도 헷갈려서 죽겠다며 고개를 흔들었는데 그건 새초롬하게 앉아 있는 여자 주인공인 임민정도 마찬가지인 듯했다. 그녀도 지석의 말에 맞는 말이라며 고개를 끄덕였다.

하지만 주혁은 대충은 알아들을 수 있었다. 병원에서 일한 게 꽤 되었으니까. 하지만 그런 티를 낼 필요는 없었다. 그래서 적당히 맞장구쳐 주고 계속 구경을 했다. 촬영장을 보다가 주혁은 슬쩍 여자 주인공인 임민정을 쳐다보았다.

아역부터 연기를 시작한 그녀는 아역이나 지금이나 똑같은 얼굴이었다. 눈이 커서 송아지 눈 같았고 정말 인형을 보는 것 같았다. 주혁은 나중에 그녀와의 키스신이 있어서 은근히 신경이 쓰였다. 지금까지 연기하면서 처음으로 하는 키스신이었기 때문이었다.

"커트. 오케이."

PD의 사인에 사람들이 웅성거리면서 자리에서 일어났다. 그리고 다음 장면을 촬영하기 위해서 부산하게 움직였다. 촬영이 끝나서 나가는 배우도 보였고 아직 촬영이 남아서 잠시 쉬러 가는 배우도 보였다.

그래도 여러 곳을 돌아다니면서 찍는 것보다 이렇게 세트에서 촬영하니까 시간상으로는 많이 단축될 듯했다. 그는 주로 같이 연기해야 할 배우가 남녀 주인공이었기 때문에 그 둘과 주로 같이 다녔다.

주혁은 그냥 걸어만 다녀도 기분이 좋았다. 자신이 선택한 드라마가 이렇게 좋은 작품인 것을 직접 눈으로 보니 저절로 콧노래가 나왔다. 그리고 생각했다. 자신보다 더 행운아는 세상에 없을 거라고.

"사건이 잘 해결되지 않았으면 정말 크게 후회할 뻔했네."

"응? 뭐라고요?"

주혁의 중얼거림을 들었는지 임민정이 커다란 눈으로 쳐다보며 물었다. 주혁은 가볍게 미소 지으면서 대답했다.

"아무것도 아니에요. 앞으로 잘될 것 같으니까 열심히 해야겠다고 했어요."

"그래요. 앞으로 우리 잘해봐요."

임민정은 방긋 웃으면서 앙증맞은 손을 쥐어 보였다. 주혁은 하늘을 쳐다보았는데, 서울이 아니라서 그런지 몰라도 무척이나 맑고 깨끗해 보였다. 티끌 하나 없는 맑은 하늘에 솜사탕 같은 뭉게구름이 둥실 떠 있었다.

"아, 날씨 한번 좋다."

주혁은 크게 기지개를 켜면서 말했다.


주혁이 촬영 현장을 보고 받은 느낌은 정말 최고라는 거였다. 한순간도 긴장감을 놓을 수 없는 멋진 드라마였다. 대본으로 보았을 때보다도 훨씬 박력이 있었는데, 그래서 고민이 되었다. 이건 흔하디흔한 병원에서 연애하는 드라마가 아니었으니까.

자칫하다가는 동건이라는 캐릭터는 드라마 흐름 깬다고 욕먹기 딱 좋은 역할이었다. 주혁은 동건이라는 캐릭터가 어떻게 작품 안에 녹아들어야 하는지 생각해 두기는 했지만 배우들의 연기를 보고 나서 다시 한 번 점검해 봐야겠다고 판단했다.

이렇게 훌륭한 드라마에 초를 치기는 싫어서였다. 그래서 PD와 작가를 찾아가서 이야기를 나누었다. 촬영에 들어가면 이런 이야기를 나눌 시간이 없을 테니까.

"추적자 찍을 때는 정말 대화를 많이 했는데 말이죠."

"영화야 그럴 수 있지. 하지만 드라마는 방영 일자가 정해 져 있으니 그거 맞추기도 급급해서 현장에서 그렇게 시간을 끌기는 어려워."

황 작가는 싱긋 미소 지었다. 자신이 맡은 캐릭터에 완벽을 기하기 위해서 노력하는 배우가 얼마나 예뻐 보이겠는가. 그 것도 현장이 아니라 이렇게 사무실에 찾아오면서까지.

"저번에 이야기하기는 했지만, 오늘 현장을 보니까 좀 느 껴지는 게 있어서요."

주혁은 병원에서 벌어지는 팽팽한 긴장감이 동건이라는 캐릭터 때문에 흐트러지면 곤란하다고 생각했다. 그런 긴장 감은 유지하되 남녀 주인공이 내적으로 성숙하는 데 도움을 주는 캐릭터가 되고 싶었다.

"맞아요. 그래서 캐릭터를 조금 바꾼 거잖아요. 그래서 이 처음 부분이 중요해요. 동건은 인기도 연예인 생활도 다 싫은 캐릭터예요. 그런 생활에 염증을 느끼고 있는 상태. 오케이?"

"예, 그래서 자기를 알아보고 호들갑 떠는 간호사들을 전부 귀찮게 생각하는 거죠. 연예인이라 겉으로는 친절하게 대하지만 말이죠."

주혁은 그 정도 인기를 아직은 누려보지 못해서 실감이 나지는 않았지만 이해는 되었다. 어린 나이에 스타가 되었으니 쉬고 싶고 다른 사람의 눈치 보지 않고 자유롭고 편안하게 지내고 싶을 때도 있을 터이다.

그래서 어떻게든 병원에 오래 있고 싶어 하는 캐릭터로 설정했다. 여기에서는 일하지 않아도 되고 팬도 오지 못하게 알아서 막아주니까. 그러다가 자신을 일반인처럼 대하는 예석에게 호감을 느끼게 되는 것이다.

"그래서 처음에 이 부분이 좀 어렵더라고요. 초등학교 동창인 예석을 알아보지만 모르는 체하는 부분이요. 예전에 좋아했던 아이. 하지만 지금은 모든 것이 귀찮은 상황."

"동건의 부정맥도 그런 스트레스 때문에 온 거니까 그 부분도 신경 써서 표현을 해주어야⋯⋯."

이야기하는 중간에 PD도 참여했는데, 그는 연출가의 눈으로 캐릭터를 설명했다. PD의 눈은 작가와는 또 다르다. 작가는 전체적인 스토리를 보지만 연출가는 장면 장면을 생각한다. 그래서 요구하는 것도 조금 달랐다.

하지만 이야기가 진행되면서 PD나 작가나 모두 주혁이 참 대단한 젊은이라는 걸 느끼고 있었다. 주혁은 작가의 시선과

PD의 시선을 모두 이해하고 있었다. 그래서 정확하게 그들이 바라는 캐릭터가 해야 할 것을 말했다.

대본을 읽었을 때 충분히 매력적이라고 생각했었는데 주혁과 이야기를 나누다 보니 점점 동건이라는 조각이 선명해지고 섬세하게 다듬어진다는 기분이 들었다.

'이 녀석, 이거 완전 물건이네. 연출 공부를 한 적이 있나?'

PD는 주혁의 이야기에 감탄하면서 가슴을 쓸어내렸다. 전에 대본에 있었던 캐릭터로 갔다가는 큰일 날 뻔했다는 생각이 들어서였다. 사실 전에 주혁의 연기를 보고 캐릭터를 바꾼다고 했을 때는 긴가민가한 부분이 있었다.

그게 좋겠다는 생각은 있었지만 확신은 없었다. 그런데 지금 촬영에 들어가고 나서 영상을 직접 본 상태에서 동건의 캐릭터를 상상하니 끔찍했다. 예전 캐릭터로 갔더라면 완전히 물에 기름 둥둥 뜬 꼴이 될 뻔했으니까.

"그나저나 이제 첫 방인데, 시청률이 좀 나와야 할 텐데."

자신감은 있었다. 한 번 보기만 하면 빨려들 수밖에 없는 드라마라고 확신했다. 하지만 그건 어디까지나 개인의 생각에 불과했다. 드라마가 시작하기 전에는 다들 그렇게 생각한다. 자기가 참여한 드라마가 최고라고 생각하니까.

하지만 시청자는 냉정하다. 재미가 없으면 바로 등을 돌려 버린다. 그리고 한 번 등을 돌린 시청자는 어지간해서는 다시 돌아오지 않는다. 그래서 드라마는 시청자의 시선을 계속 잡아두는 게 필요한 거다.

"걱정 마세요. 틀림없이 잘 나옵니다. 제가 이런 건 제법 잘 맞추거든요? 네오하트는 반드시 대박이 날 겁니다."

주혁은 굉장히 자신감 있는 목소리로 말했다. 지금까지 영화나 드라마의 흥행을 예측해서 크게 빗나간 적이 거의 없었으니까. 게다가 정보가 많으면 많을수록 예측이 맞을 확률은 높아졌다. 그래서 '네오하트'의 흥행을 단언한 거였다.

촬영 장면만 봐도 얼마나 가슴이 뛰었던가. 주혁은 작가도 작가이지만 PD의 역량도 굉장하다고 느꼈다. 이게 영화와 드라마는 비슷해 보이지만 다른 점도 아주 많다. 그래서 연출하는 것도 완전히 다르다.

영화는 돈을 내고 극장에 가서 보는 거라서 중간에 긴장감이 조금 떨어지는 장면이 있어도 큰 문제가 없다. 그렇다고 영화관을 나갈 리는 없으니까. 관객은 앉아서 뒤를 기다려준다. 그런데 드라마는 그렇지 않다. 보다가 재미가 없으면 바로 채널을 돌려 버린다.

그러니까 드라마는 시청자의 시선을 잡아끄는 무언가가 계속 있어야 한다. 그래서 개성 있는 캐릭터들이 곳곳에 있는 거였고 여러 갈등이 복잡하게 얽혀 있는 거였다. 그리고 '네오하트'는 그런 면에서 거의 완벽했다.

"네오하트는 일단 갈등이 강하니까 긴장감도 강하죠. 게다가 보면 응원하고 싶은 캐릭터가 많잖아요. 그래서 성공할 겁니다."

주혁의 말에 작가와 PD도 동의했는데, 비슷한 생각을 하는 사람이 또 있었다. 바로 방송국의 정 국장이었다. 그는 내일 첫 방송을 앞두고 편집된 화면을 자신의 방에서 살펴보고 있었다.

"삼류 대학 출신에 환자만을 생각하는 꼴통과 수능 만점에 수석 입학을 한 원칙주의자 여주인공이라."

꽤 흥미로운 조합이었다. 이렇게 둘만 있어도 무언가 흥미진진한 일이 벌어질 것 같은 느낌이 들었다. 사사건건 충돌하고 트러블이 생길 게 눈에 보이지 않는가.

거기에 최고의 엘리트라고 자부하는 의사들, 실력은 떨어지지만 어떻게든 권력을 움켜쥐려는 사람들, 그리고 착하거나 방정맞거나 쿨 하거나 차이는 있지만 모두 자신의 욕망을 향해서 달려가는 사람들. 이야기가 꽉 차 있어서 어떤 인물이 나와도 흥미가 떨어지지 않아 보였다.

"그런 둘 사이에 사연 있는 캐릭터가 하나 끼어든다 이거지."

둘의 사랑이 발전하려면 연적이 있는 게 가장 좋다. 그것도 아주 그럴싸한 인물이. 그게 바로 주혁이 연기할 동건 캐릭터였다. 국장은 책상 위에 있는 대본을 집어 들고 손가락에 침을 묻혔다.

사각거리는 소리와 함께 종이가 넘어갔다. 그리고 주혁이 나오는 부분마다 잠시 소리가 멈추었다.

"확실히 잘 뽑혔어. 잘 살리기만 하면 분명히 긴장감이 확 오늘 테지."

정 국장이 '네오하트'에 걸고 있는 기대는 남달랐다. 그러지 않았다면 절대로 한 드라마에 그렇게 많은 제작비를 쓰는 걸 허용하지 않았을 것이다.

물론 제작사에서 제작비 대부분을 대기는 했지만 그래도 방송국에서 들어간 자금도 만만치 않았다. 그래서 주혁이 사건에 휘말렸을 때 배우를 교체해야 한다고 강력하게 주장했던 거였다. 결과적으로 기다려 준 게 복이 되어 돌아오기는 했지만.

하지만 다시 그런 일이 생긴다면 절대로 같은 결정을 하지 않을 것이다. 이번에는 어떤 생각이었는지는 몰라도 미친 짓을 한 번 한 거였다. 국장은 자리에서 일어나서 창밖을 바라보았다. 밤하늘을 바라보면 마음이 차분해져서 좋았다.

그는 원래 '네오하트'의 1회 시청률을 15~18% 정도로 생각하고 있었다. 하지만 이제는 그 수치를 높여 잡았다. 20% 이상도 나올 수 있으리라 생각되었다. 제작 발표회에서의 분위기를 보니 충분히 가능해 보였다.

주인공은 지석과 임민정이었는데, 관심은 강주혁에게 더 많이 쏠린 느낌이었다. 세간을 떠들썩하게 했던 사건의 주인공. 그것도 바로 며칠 전에 있었던 사건이라 시청자들은 그에 지대한 관심을 보였다. 인터넷상에서도 주혁의 사건 때문에 '네오하트'가 덩달아 관심을 받았다.

그러니 1화와 2화는 거저먹기나 마찬가지였고 주혁이 나오는 4화부터가 본격적인 승부라고 여겨졌다. 그리고 올해 초 '커피 프린스'에서와 마찬가지로 어쩐지 복덩이가 될 것 같다는 생각이 들었다.

\*         \*         \*

네오하트, 장준혁과 봉달희가 만났다.

네오하트 첫 방 20.4%. 동 시간대 평정

베일 벗은 네오하트 대박 드라마 조짐.

첫 방송의 반응은 폭발적이었다. 빠른 전개와 배우의 열연이 시청자의 눈길을 잡아끌었다. 사실 방영 전부터 주혁 때문에 화제가 된 덕을 조금 보긴 했지만 그런 것보다는 정말 잘 만들어진 드라마라는 평이 많았다.

그리고 그런 소식은 드라마 촬영장에 있는 사람들의 사기를 한껏 높였다. 찍고 있는 드라마의 시청률이 첫 회부터 1위를 먹었으니 기분이 나쁠 리가 있겠는가. 다들 싱글벙글하면서 시청률 이야기를 했다.

하지만 주혁은 촬영 준비에 여념이 없었다. 그는 오늘 촬영할 부분에 대해서 임민정과 계속해서 대화를 나누었다. 대화를 많이 할수록 호흡이 잘 맞고 연기에 도움이 된다는 걸 '추적자'를 찍으면서 느꼈기 때문이었다.

"정말요?"

"그럼. 추적자 찍을 때 준석 선배하고는 정말 대화를 많이 했다고."

그때는 지겹도록 말을 섞어서 나중에는 정말 눈빛만 봐도 어떤 생각을 하는지 알 수 있을 정도가 되었다. 말 그대로 호흡이 척척 맞았다. 그러니 그 어려운 격투 장면도 대부분 한 번에 오케이를 받은 거였다.

그래서 임민정과도 대화를 많이 나누어야겠다고 생각했다. 그래도 자신과 가장 많이 호흡을 맞추는 게 여주인공인 임민정이었으니까.

"혹시 그런 경험 있어? 자기를 완전히 일반인 취급을 해서 그런 사람에게 오히려 호감이 생긴 그런 경험."

주혁의 말에 민정은 잠시 생각을 하더니 비슷한 경험은 있다고 했다. 아무래도 아역 때부터 유명세를 탔으니 그녀도 사람들의 시선에서 자유롭지 못한 생활을 했었고 그러다 보니 동건의 캐릭터와 비슷한 경험도 많았다.

"음, 친구들하고 카페에 갔을 때 얘긴데요. 거기 서빙을 보는⋯⋯."

그녀는 자신이 겪었던 일을 술술 풀어놓았다. 때로는 입가를 삐죽이면서, 때로는 방긋 웃으면서. 주혁은 그런 민정의 말을 경청했다. 그리고 궁금한 게 있으면 바로바로 물어보았다. 주혁은 민정과의 대화를 통해서 두 가지를 얻고 있었다.

하나는 동건이라는 캐릭터의 심리 상태에 대해서 더 자세하게 알 수 있었다. 민정의 경험담이 상당한 도움이 되었다. 그리고 다른 하나는 둘 사이가 한결 가까워지고 있다는 거였다. 원래 그러려고 자연스럽게 대화를 유도한 거였다.

어차피 둘은 드라마 내에서 미묘한 감정을 느끼는 사이가 되어야 했다. 아무리 연기력이 뛰어나다고 하더라도 만나서 겨우 인사나 나누는 맹숭맹숭한 사이의 남녀가 그런 연기가 되겠는가.

그러니 조금 가까워질 필요가 있었고 이런 대화를 통해서 실제로 서로에 대한 친밀도가 높아지고 있었다.

"동건 캐릭터 어때? 여자가 보기에 매력적이야?"

"그럼요. 굉장히 매력 있죠."

"주인공인 민성과 비교하면?"

민정은 잠시 고민하다 대답했다.

"음… 저 같으면 동건이 더 끌릴 것 같아요."

갑자기 주혁의 얼굴이 심각해졌다. 그는 주름 잡힌 이마를 손으로 문지르면서 중얼거렸다.

"주인공보다 더 튀면 곤란한데. 사람들이 민성하고 예석이 이어지기를 응원해야 하는데……."

주혁은 어떻게 하면 동건 캐릭터가 역할에 맞게 보일지를 계속 고민했다. 민정은 동그란 눈으로 그런 주혁을 바라보면서 조금 놀라고 있었다. 어떻게 하면 자기가 할 배역이 튀지 않을까를 고민하는 사람은 처음 보아서였다.

'묘한 오빠네.'

민정은 계속해서 무언가를 중얼거리는 주혁을 바라보면서 참 신기한 사람이라는 생각이 들었다.


4회 방송을 본 사람들의 반응은 제각각이었다. 언론에서 하도 주혁을 들먹여서 기대가 컸던 탓인지 실망스럽다는 의견도 있었다. 비중이 너무 없어서 눈에 잘 들어오지 않는다는 거였다. 하지만 주혁은 그런 반응에 만족했다.

PD와 작가의 의도가 그러했고 주혁의 생각도 그랬다. 모두가 병원과 관계된 사람들인데, 이동건이라는 인물만 연예인이라는 이질적인 존재였다. 그런 존재가 자연스럽게 드라마 안에 스며들기 위해서는 시간이 필요했다.

게다가 시청자도 동건이라는 캐릭터가 어떤 인물인지 알아야 응원하든 비난하든 할 것 아닌가. 그리고 지금은 병원 내에서 벌어지는 이야기만 해도 긴장감 넘치고 흥미로웠다. 그러니 굳이 동건이라는 캐릭터까지 튀어서 정신 사납게 할 이유가 없었다.

5회와 6회가 되자 사람들은 동건이라는 인물에 대해서 이해하고 서서히 몰입하기 시작했다. 물론 병원 내부 이야기가 워낙 흥미진진해서 크게 주목을 받지는 못했지만 회가 거듭될수록 사람들은 동건이 병원 안에 있는 것을 자연스럽게 생각했다.

스타인 자신을 그저 한 명의 환자로만 생각하는 예석에게 동건은 점점 호감이 생기고 예석도 겉으로 보이는 화려함과는 달리 힘들어 하는 동건에게 점차 연민을 느끼게 된다. 이런 밑 작업이 끝나자 본격적으로 주혁이 활약을 하게 되었다.


"민정이는 어떤 사람이 좋아? 개인적으로 이상형이라고 생각하는 스타일."

"이상형이요?"

주혁과 민정은 대기실에서도 친근하게 이야기를 나누었다. 자연스럽게 웃으면서 이야기하는 모습을 보면 오래전부터 알고 지낸 정말 가까운 사이라고 느껴질 정도였다. 사실알게 된 지 얼마 되지 않았지만 최근에 부쩍 가까워진 건 사실이었다.

"오빠는요? 오빠는 이상형이 어떤 사람이에요?"

"나? 내가 먼저 물어봤는데, 이거 반칙 아냐?"

"에이, 그러지 말고요. 먼저 말하면 나도 말할게요. 네?"

민정은 장난기가 가득한 표정으로 애교를 부렸다. 손을 모으고 커다란 눈을 동그랗게 뜨고 쳐다보니 주혁은 두 손을 들수밖에 없었다. 그는 잠시 생각을 하다가 입을 열었다.

"음, 착하고 편한 사람이 좋은 것 같아. 그러면서도 자기만의 매력이 있는 사람?"

"흐음, 말하는 걸 보니까 누가 있는데? 맞지? 오빠, 누구 있지?"

민정은 눈을 가늘게 뜨고 주혁을 노려보면서 말했다. 확실히 여자들은 이런 부분을 감지하는 감각이 굉장히 발달한 것같았다. 어떻게 그런 걸 그렇게 빨리 눈치를 채는지. 주혁은 멋쩍게 웃었다.

"그냥 만나는 친구는 있어. 아직 깊은 사이는 아니고."

"우와, 좋겠다. 나도 남자 친구 있었으면……."

민정은 입을 삐죽 내밀면서 정말 부럽다는 투로 말했다. 그러면서 어디서 주로 만나느냐고 물었다. 여자들이 대부분 그렇듯 그녀도 연애 이야기에 관심을 보였다.

"예전에는 그냥 돌아다녀도 사람들이 잘 모르더라구. 뭐 바빠서 자주 보지는 못했지만. 그런데 이제는 그것도 좀 어렵겠지?"

"하긴 그렇겠네요. 오빠도 이제 꽤 유명해졌으니까. 우리 같은 사람들은 편하게 하고 돌아다니지도 못하잖아요."

민정은 작게 한숨을 내쉬었다. 아마도 그런 경험이 있었던 것 같았다. 둘이 이야기를 하고 있는데 남자 주인공인 지석이 들어왔다. 주혁은 그와도 상당히 친분이 쌓였는데 무척 성실하고 좋은 사람이었다.

"형은 내일 뭐 해요?"

민정이 잠시 자리를 비운 사이에 주혁은 지석과 말을 나누었다. 내일은 목요일이라서 촬영이 없는 날이었다. 그래서 같이 운동이나 할까 하고 물은 거였다. 그런데 지석의 반응이 조금 이상했다.

"어? 내일? 내일이야 뭐… 그냥……."

무언가 있는 반응이었다. 주혁이 눈을 가늘게 뜨고는 지석을 쳐다보았다. 그러자 그는 더욱 당황해서 왜 그러느냐고 하더니 딴청을 피웠다. 주혁은 대충 감이 왔다.

"누구 만나나 보죠?"

주혁은 은근한 말투로 물었다. 처음에는 완강하게 부인하던 지석은 주혁이 계속해서 쳐다보자 결국 실토했다. 사실 그로서도 조심스러운 게 공개 연인이었던 사람과 작년에 결별한 일이 있었기 때문이었다.

그러니 지금 새로 누군가를 만난다는 걸 알리고 싶지 않았다. 주혁은 여러모로 궁금한 게 있어서 물어보았다. 자신도 앞으로는 얼굴을 드러내고 돌아다니기 어려워질 테니 데이트는 어떻게 하는지 궁금했다.

이야기를 들어 보니 주로 차 안에서, 그리고 집에서 데이트한다고 했다. 무언가 특별한 방법이라도 있을 줄 알았던 주혁은 다소 실망스러웠다. 그리고 그런 걸 자꾸 물어보자 지석도 대충 눈치를 챘다.

"너도 만나는 사람이 있나 보구나."

주혁은 솔직하게 이야기했다. 만난 지는 오래되지는 않았고 아직 알아가는 중이라고.

"가만, 언제 같이 만날까요? 장소는 제가 알아볼게요."

"그래? 어디 아는 곳이라도 있어?"

주혁은 확실하지는 않지만 허락만 받을 수 있다면 정말 괜찮은 장소가 떠올랐다. 다른 사람 눈치 볼 일 없고 경치도 그만 하면 좋았고.

"제가 한번 알아볼게요. 한 일주일이나 보름 전쯤에 알려 드리면 되죠?"

"어, 그 정도면 괜찮아. 요일은 무조건 목요일이고. 어차피 너도 쉬는 날이 목요일뿐이라 그날밖에는 없겠지만."

주혁은 지석과 눈을 반짝이며 손을 맞잡았다. 지석도 사실 차하고 집에서만 만나게 돼서 미안한 생각을 하고 있었다. 그래서 어떻게 좀 밖에서 데이트할 수 없을까 고민 중이었는데 마침 주혁이 제의를 하니 솔깃했던 거였다.

둘의 이야기는 민정이 돌아오면서 끝났다. 갑자기 말을 멈춘 둘을 보면서 민정은 뭔가가 있었다는 걸 알았지만 그저 웃기만 할 뿐 둘은 입을 열지 않았다. 민정은 토라진 척을 하면서 밖으로 나갔고 둘은 그녀를 달래러 따라 나갈 수밖에 없었다.

밖에서는 촬영이 한창이었는데, 갑자기 웃음보가 터졌다. 배우가 대사를 더듬었던 거였다.

"아, 정말 미쳐 버리겠네."

배우가 머리카락을 움켜쥐었다. 의학 드라마이다 보니 대사에 의학 전문용어가 많았다. 배우들치고 의학 용어 때문에 NG를 내지 않은 사람이 없을 정도였다. 외운다고 외우기는 했는데 다들 감정을 잡고 연기에 들어가면 이상하게 생각이 잘 나지 않았다.

"자, 다시 갑니다."

다행스럽게도 이번에는 한 번에 오케이를 받았다. '커피 프린스'를 촬영할 때와는 또 다른 분위기였다. 특히나 베테랑 연기자들의 힘이 얼마나 대단한지 알 수 있었다.

그들이 캐릭터를 확실하게 잡고 있으니까 연기하기가 정말 편했다. '커피 프린스'를 할 때는 대부분 또래 연기자들이어서 초반에 분위기 잡는 데 애를 먹었었는데 '네오하트'는 전혀 그런 게 없었다.

하긴 그러니까 이렇게 시청률 대박이 나오고 있는 것일 테지만. 주혁은 조명을 받으며 연기하고 있는 배우들을 보면서 감탄에 감탄을 거듭하고 있었다.

\*     \*     \*

확실히 '추적자'를 하면서 주혁의 연기력이 조금 더 다듬어진 게 확실했다. 그건 주변에 있는 배우들이 가장 잘 알았다. 그들은 모이기만 하면 남녀 주인공과 주혁의 이야기를 하느라 바빴다.

"이 드라마 출연하기로 하길 잘했어. 참 연기할 맛이 난단 말이야. 연기할 맛이."

배우에게 돈도 물론 중요하다. 돈 없이 세상을 살아갈 수는 없으니까. 하지만 돈을 제아무리 많이 받아도 연기에 흥이 나는 것보다 즐겁지는 않다. 베테랑 연기자들은 이렇게 신구의 조화가 잘 맞는 드라마는 오랜만이라고 입을 모았다.

"애들 참 괜찮은 것 같아. 연기도 잘하고 하는 짓도 예쁘고."

"민정이는 이번에 명품 협찬이 들어왔는데 거절했대요. 배역하고 어울리지 않는다구요."

한 배우가 기특하다는 투로 말했다. 남녀 주인공 모두 배역에 집중하고 있었다. 대본도 워낙 좋았고 같이 연기하는 선배들도 정말 훌륭했다. 촬영할수록 점점 드라마에 빠져들었고 연기에 불이 붙었다. 거기까지는 잘되는 드라마에서 흔히 볼 수 있는 패턴이었다.

그런데 거기에 기름을 부은 게 바로 주혁이었다. 선배들이 자신들보다 연륜도 깊고 연기 내공도 뛰어난 건 당연한 일이다. 그런데 주혁이 정말 미친 듯한 연기력을 보여주자 두 사람은 정신이 번쩍 들었다.

묘한 호승심도 생겼고 그래도 자신들이 연기 선배라는 자존심도 발동했다. 그러니 다른 건 모두 잊고 자기 캐릭터에만 푹 빠져들었다. 그래서 같이 연기하는 베테랑들도 깜짝 놀랄 정도의 장면을 만들어냈다.

"그래도 셋 중에는 주혁이 제일이지?"

"아무래도 그렇죠. 둘이 열심히 하기는 하지만 차이는 좀 난다고 봐야죠."

극 중에서는 서로 잡아먹지 못해서 안달인 의사 둘이 나란히 앉아서 수다를 떨고 있었다. 병원장 역을 맡은 가장 나이가 많은 배우가 옆에서 이야기를 듣고 있다가 한마디 했다.

"셋 중에서가 아니라 여기 있는 배우 중에서 그 녀석보다 낫다고 자신 있게 이야기할 수 있는 사람 있어? 정신들 바짝 차려야 할 거야."

대선배의 말에 배우들이 멋쩍게 웃었다. 사실 다들 상당히 긴장하고 있었다. 아직 본격적인 연기에 들어가지도 않았는데도 굉장한 포스가 느껴졌으니까.

"하긴 절제하면서도 사람의 시선을 끈다는 게 쉬운 게 아닌데 말이지. 저거 봐봐. 저거."

한 배우의 말에 사람들이 일제히 촬영장으로 고개가 돌아갔다. 주혁은 그저 무심한 듯 돌아다니다가 물끄러미 병실 안에 있는 환자를 바라보았다. 특별히 인상적인 장면도 아니었고 자극적인 것도 없었다. 그런데 이상하게 주혁에게서 눈을 뗄 수가 없었다.

보통 절제하는 연기를 하라고 하면 맥이 빠진 연기하기가 십상이다. 배우들의 머릿속에는 모두 똑같은 생각이 떠올랐다. 지금 주혁이 하고 있는 저 연기가 바로 절제하는 연기의 교과서라는 생각이었다.

배우는 무표정하지만 시청자의 가슴에는 애잔함이 가득하게 되는 연기. 배우는 무심한 것처럼 보이지만 시청자에게 먹먹한 감정을 느끼게 하는 연기. 저런 연기를 갓 서른이 된 배우가 한다는 게 믿기지 않을 정도였다.

"제가 들은 건데요. 주혁이가 추적자라는 영화에 출연했잖아요. 정말 끝내줬답니다. 편집본을 본 영화사 관계자 중에 놀라지 않은 사람들이 없다고 하더라구요."

사람들은 주혁이 나왔다는 것만으로도 영화를 보고 싶다는 생각이 들었다. 그리고 이 드라마를 보는 시청자들도 비슷한 느낌일 것이다.

주혁은 감정을 잘 조절하면서 연기를 이어나가고 있었다.

병원에 있는 동안 동건은 너무나도 즐거웠다. 자신을 옭아매고 있었던 대중들의 시선에서 벗어나 자유로울 수 있었고 호감이 가는 예석도 곁에 있었다.

자신도 알고 있다. 언젠가는 돌아가야 한다는 사실을. 하지만 지금은 그러고 싶지 않았다. 조금이라도 더 자유롭게 있고 싶었고 좋아하는 사람 곁에 머물고 싶었다. 그런데 지금 눈앞에 있는 저 아이.

돈이 없어서 수술하지 못하고 있는 저 아이가 너무 안쓰러웠다. 그리고 그걸 도울 방법도 있었다. 바로 남자 주인공인 민성이 제안한 자선 경기를 하는 것. 하지만 그렇게 되면 자신이 다 나았다는 걸 모두가 알게 된다.

그러면 다시 연예계로 돌아가야 한다. 자유와 좋아하는 사람 곁을 떠나서 다시 자신의 심장을 쥐어짰던 그 스트레스가 가득한 곳으로. 하지만 저 아이를 어떻게 그냥 보고만 있을 수 있겠는가. 동건은 어떻게 그럴 수가 있느냐며 자신의 멱살을 움켜쥔 민성이 떠올랐다.

동건은 아이를 물끄러미 보다가 뒤돌아서 걸어갔다. 그의 얼굴에는 아주 복잡 미묘한 표정이 나타나 있었다. 정말 그러기는 싫지만 저 아이를 그냥 놔둘 수는 없다는 얼굴이었다. 그리고 예석은 그런 동건을 바라보며 마음이 흔들리는 표정이었다.

"커트. 좋았어요."

PD의 사인에 주혁이 숨을 크게 내쉬었다. 감정을 유지하느라 꽤 집중하고 있었기 때문이었다. 민정이 다가와서는 엄지를 치켜세우며 정말 끝내줬다고 말했고 주혁은 민정의 연기도 좋았다며 어깨를 두드렸다.


"아니, 마땅한 애가 있다면서. 갑자기 지금 와서 이러면 어떻게 해?"

PD는 짜증을 냈다. PD와 상의할 것이 있어 찾아온 주혁은 본의 아니게 통화 내용을 듣게 되었다. 아마도 후반부에 나올 아역 때문에 문제가 생긴 듯했다. 주혁이 노크를 하자 통화를 끝낸 PD가 웃는 얼굴로 주혁을 맞이했다.

"아역을 구하시나 봐요?"

"어, 오기로 한 애한테 무슨 문제가 있나 봐. 다른 애로 알아본다니까. 뭐, 아직 찍으려면 시간도 많이 남았고."

주혁도 대본을 봐서 후반부에 나오는 아역에 대해서 알고 있었다.

"딱 좋은 아역이 있는데. 한번 데려와 볼까요?"

"그래? 연기만 제대로 한다면야 나야 오케이지."

"예, 그럼 제가 바로 연락해 볼게요. 어디서 보시는 게 편하세요? 여기? 아니면 회사?"

"요즘 바빠서 회사는 들리지도 못하니까 여기서 보는 게 좋겠어."

주혁은 알았다고 하고는 밖으로 나와서 바로 기재원 대표에게 연락했다.

"대표님, 누구 시켜서 유정이 일루 좀 보내주세요. 잘하면 배역 하나 맡을 수 있겠어요."


PD는 물론이고 오디션을 구경한 모든 사람이 단번에 유정이의 팬이 되어버렸다. 자그마한 아이가 연기를 너무 잘한다며 혀를 내둘렀다. 상황을 던져 주면 그것을 이해하고 감정을 잡은 후에 연기에 들어갈 정도였으니 말 다한 거였다.

"이야, 꼬마가 진짜로 연기를 하네."

한 배우가 감탄하면서 중얼거리자 옆에 있던 친구가 툭 하고 말을 던졌다.

"내가 보기에는 너보다 훨씬 잘하는 것 같은데?"

둘은 가볍게 티격태격했는데, 사람들은 그러거나 말거나 오로지 유정이만 쳐다보고 있었다. 유정이를 보는 사람들은 하나같이 입가에 푸근한 미소를 짓고 있었는데, 다들 저 아이가 이렇게만 커서 계속 좋은 연기를 보여주었으면 하는 생각을 하고 있었다.

주혁은 당연히 유정이가 되리라 생각하고 있었지만 막상 사람들의 인정을 받는 걸 보니 공연히 어깨에 힘이 들어갔다. PD가 다른 아역의 오디션도 본 후에 연락을 준다고는 했지만 모두 유정이가 캐스팅되리라 생각하고 있었다.

"영화에 같이 출연했었다고?"

"예, 영화 찍을 때도 어찌나 연기를 잘하던지. 준석 선배도 놀랄 정도였다니까요."

PD는 주혁이 보물을 주워왔다면서 싱글벙글이었다. 다른 사람들도 주혁을 보면 유정에 대해서 물을 정도였다. 그만큼 유정이의 연기는 인상적이었던 거였다.

주혁은 사람들과 웃으면서 이야기를 나누었는데, 사실 속으로는 약간 긴장을 하고 있었다. 오늘 민정과의 키스신이 예정되어 있었기 때문이었다. 그래서 오늘 민정과 제대로 이야기를 나누지 못하고 있었다.

그래도 굉장히 중요한 장면이니 집중해야겠다고 생각하고는 민정이 있는 대기실로 들어갔다. 그런데 문을 여니 방에는 하필 민정이 혼자만 있었다. 그녀는 자연스럽게 고개를 들고 주혁을 쳐다보았는데, 주혁은 뭐라고 해야 할지 생각이 나지 않았다.

세상의 모든 어색함이 이 방에 몰려 있는 느낌이었다. 민정은 재미있다는 듯 계속 주혁을 쳐다보았고 주혁은 간신히 손을 들고 인사했다. 누가 봐도 아주 어색한 포즈로. 민정은 풉하고 웃었다.

"오빠, 키스신 처음이죠?"

"응? 뭐, 그렇지……."

주혁은 역시나 여자는 눈치가 빠르다고 생각했지만 사실 그의 뻣뻣한 행동을 보고 그걸 모르면 그게 더 이상한 거였다. 민정은 얼굴에 장난기가 가득한 표정으로 주혁 옆에 앉아서 고개를 가까이하고는 물었다.

"혹시 키스도 처음?"

"에이, 나이가 몇인데 키스가 처음이겠냐."

민정은 계속해서 주혁에게 장난을 쳤다. 처음에는 조금 난감해했던 주혁도 점차 긴장이 풀렸다. 그리고 일부러 긴장을 풀어주기 위해서 애쓰는 민정이 고마웠다.

"그럼 첫 키스는 언제 했어요?"

"나야… 뭐, 스무 살 때?"

"정말? 생각보다 많이 늦었다. 요즘은 중학생 때도 많이 한다던데."

주혁은 차분하게 마음을 가라앉히고는 민정을 쳐다보았다. 평소에도 예쁘다는 생각은 하고 있었지만 자신을 배려해주는 모습을 보니 더 예뻐 보였다. 하지만 민정은 주혁이 아직 긴장이 덜 풀린 줄 알고 있는 듯했다.

"오빠, 우리 지금 연습할까?"

민정이 얼굴을 가까이 대면서 말했다. 눈동자에 장난기가 가득했는데, 그 모습을 보니 주혁도 장난을 치고 싶어졌다.

"그럴까?"

주혁은 가볍게 민정을 감싸 안으면서 얼굴을 가까이 가져갔다. 그제야 평소 모습으로 돌아왔다는 걸 눈치챈 민정은 코를 찡그리면서 가슴을 퍽 때렸다.

"어유, 못 말려."

"왜? 연습하자면서."

"됐어요. 난 피곤해서 좀 쉴래요."

민정은 자기 자리로 돌아가서는 쿠션을 끌어안고 눈을 감았다. 요즘 수술 장면을 촬영하느라 많이 피곤한 듯했다. 수술 장면은 굉장히 손이 많이 가는 작업이었다. 그래서 화면에는 얼마 나오지 않아도 촬영 시간은 엄청나게 길었다.

그래서 수술 장면을 촬영하는 배우들은 찍고 나면 모두 파김치가 되었다. 수술 장면 촬영은 대부분 남자 배우들이 했는데, 이번에 민정의 분량이 있어서 촬영하더니 무척 힘이 들었던 모양이었다.

주혁이 보기에 이 드라마에서 가장 힘든 촬영 중 하나가 수술 장면이었다. 자신이 맡은 동건이라는 캐릭터는 수술과는 상관이 없었으니 다행이라는 생각을 하면서도 한편으로는 그런 장면도 찍어보고 싶다는 생각도 들었다.

"그래, 쉬고 있어. 내가 시간 되면 알려줄 테니까."

민정은 그새 잠이 든 것인지, 아니면 그냥 대답하기가 귀찮은 것인지 아무 말도 하지 않았다. 주혁은 그런 민정을 잠시 지켜보다가 중얼거렸다.

"고마워."

그 말은 들은 것인지는 모르겠지만 민정이 살짝 웃는 것처럼 느껴졌다. 주혁도 조용히 미소 지으며 대본을 보았다. 이제 곧 촬영이 있으니 대사도 확인하고 감정도 끌어올리기 위해서였다.

그렇게 한창 대본에 집중하고 있는데 갑자기 핸드폰이 울렸다. 액정을 보니 황태자의 전화였다. 주혁은 민정이 깨지 않게 조심조심 일어나서 밖으로 나왔다.

"안녕하세요."

─하하. 잘 지냈습니까. 저번에는 일이 있어서 미처 전화를 받지 못했습니다. 요즘 골치 아픈 일이 좀 있어서요.

"아뇨, 괜찮습니다. 저도 촬영 중이거나 하면 그럴 때가 많은데요. 뭘요."

황태자는 호탕하게 웃었다. 엊그제 전화를 했었는데, 받지를 않아서 문자로 간략하게 사연을 남겼었다. 조만간 연락을 주겠다더니 이제 거기에 답을 주려고 연락을 한 거였다.

─그래, 그 장소를 사용할 수 있냐고 했죠? 혹시 무슨 일 때문인지 물어도 됩니까?

주혁은 솔직하게 이야기했다. 주인의 허락을 받으려면 그 정도는 알려야 하지 않겠는가. 그래서 모두 이야기했다. 물론 지석의 이름만 이야기하고 상대방은 언급하지 않았다. 그런데 황태자가 뜻밖의 제안을 했다.

─그러면 다 같이 보는 게 어떻겠습니까?

"예?"

주혁은 깜짝 놀랐다. 주혁은 황태자와 처음 만난 그 장소,

한강 둔치에 있는 건물 안에서 반나절 정도 있을 수 없을까 해서 물어본 거였다. 장소만 어떻게 빌릴 수 있으면 피크닉 분위기를 낼 수도 있다고 생각해서였다.

한겨울에 넓은 잔디밭에서 한강을 보면서 여유롭게 소풍을 즐기는 것도 낭만적이지 않겠는가. 물론 주인의 허락이 있어야겠지만. 그런데 주혁 혼자라면 모를까 다른 사람들까지 있는데 황태자 커플이 참가하겠다고 할 줄은 몰랐다.

"괜찮으시겠어요? 다들 어디 가서 말은 하지 않겠지만 그래도 이렇게 두 분 사이를 공개하는 게……."

―어차피 조만간 알릴 생각입니다. 그러니 그 점은 신경 쓰지 않아도 될 겁니다.

황태자는 수정과의 관계를 알릴 생각이라고 했다. 그 말은 수정과의 결혼을 결심했다는 거였다. 황실의 연애는 일반인과는 달랐다. 연애하는 동안에는 대부분 비밀에 부쳐지고 언론에 공표될 정도면 그건 결혼을 앞두고 있다는 거였다.

주혁은 당연히 축하해야 할 일이었지만 걱정도 되었다. 분명히 반대하는 사람들이 있을 터이고 그로 인해서 상처도 많이 받을 게 뻔했으니까. 주혁은 괜찮겠느냐며 조심스럽게 물어보았다.

하지만 황태자의 결심은 이미 굳어진 듯했다. 그리고 황제에게도 이미 이야기를 해서 반승낙을 받은 상태라고 했다. 이야기를 더 하고 싶었지만 스태프가 다가와서 주혁에게 곧 촬영이 있다고 알려왔다.

"죄송한데 제가 지금 촬영에 들어가야 해서요. 제가 지석 씨 커플한테도 물어보고 다시 연락드리겠습니다."

―그러세요. 가능하면 다 같이 보았으면 좋겠습니다. 일이 커지기 전에 여러 사람하고 친해지면 좋을 것 같아서요.

"예, 제가 바로……."

주혁은 재촉하는 스태프의 손짓을 보고는 '알았어요. 지금 갈게요.' 라고 크게 소리쳤다. 그리고 이따가 전화하겠다고 하고는 전화를 끊었다. 그리고 민정을 깨우러 대기실에 들어 갔다.

*　　　*　　　*

"NG, NG."

"죄송합니다, 죄송합니다."

웃음이 터져서 촬영이 중단되자 주혁은 얼른 사과했다. 민정은 팔짝팔짝 뛰면서 주혁을 마구 때렸다.

"거기서 왜 웃어요."

"니가 웃어서 옮았잖아. 나도 이거 빨리 끝내고 싶은 사람이라구."

키스신을 찍는데 갑자기 웃음 바이러스가 퍼졌다. 처음에는 민정이 갑자기 웃음보가 터져서 NG가 났는데 그다음에는 주혁이 똑같은 걸로 NG를 냈다. 이게 한 번 웃음보가 터지면 다시 감정 잡기가 아주 어려웠다.

"푸흐흡~"

이번에는 입술이 살짝 닿았는데, 민정이 주혁을 밀쳐 내더니 웃어댔다. 웃고는 있었지만 표정은 울상이었다. 연이은 NG에 면목이 없어서였다. 하지만 둘은 평소에 NG가 거의 없어서 현장 분위기는 나쁘지 않았다.

"뭐야, 둘이 일부러 이러는 거 아냐?"

지석이 옆에서 짓궂은 표정으로 물었고 민정은 그런 게 아니라며 손사래를 쳤다.

"잠깐 쉬었다 갈게요."

PD가 웃음이나 좀 멈추고 다시 가자고 해서 잠깐의 휴식 시간이 생겼다. 주혁은 지석을 데리고 인적이 없는 곳으로 갔다.

"형, 장소는 아주 죽이는 데가 있거든요. 그런데 다른 커플도 같이 보자는데 어때요?"

"다른 커플? 다른 커플 누구?"

주혁은 주변을 둘러보고는 지석의 귀에 대고는 나지막이 속삭였다. 그러자 지석의 눈이 갑자기 두 배 정도 커졌다.

"정말? 아니, 진짜로……."

지석은 갑자기 목소리를 확 줄이더니 아주 작은 목소리로
속삭였다.

"황태자가 누구랑 사귀고 있는 거야? 그런 얘기 못 들었는
데?"

"있어요. 그리고 곧 알릴 거라고 하던데요."

지석은 잠시 생각하다가 일단 물어보겠다고 했다. 조금 부
담스러워할 수도 있다는 생각에서였다. 하지만 주혁이 그곳
의 경치를 말해주었더니 표정이 달라졌다. 그런 장소라면 참
로맨틱하겠다는 생각이 들어서였다.

게다가 아는 사람이 거의 없는 비밀의 장소라는 신비감도
있었고 황태자 커플과 만난다는 점도 기대감을 높였다. 지석
은 바로 물어보겠다며 전화기를 꺼냈다. 그리고 옆으로 걸어
가면서 통화했다.

그는 잠시 후에 환하게 웃으면서 다가오더니 고개를 끄덕
였다. 황태자 커플과 같이 만난다는 것만 듣고도 아주 좋아했
단다. 동화 속에 나오는 무도회 가는 기분이라나? 그리고 장
소도 무척이나 마음에 들어 했단다.

"돌아오는 목요일 맞지?"

"예, 그러면 제가 그렇게 연락할게요."

둘이 속닥거리고 있자 민정이 다가왔다. 둘은 갑자기 말을

멈추고는 딴짓을 했다. 민정이 눈을 가늘게 뜨더니 둘을 쳐다보았다.

"맨날 나만 따돌리고 둘이 뭐 하는 거예요?"

"뭘 하긴. 그런 거 없어."

주혁은 민정의 어깨를 감싸고 곧 촬영할 것 같다면서 그녀를 이끌었다. 민정은 빨리 털어놓으라고 주혁을 노려봤지만 아무것도 아니라고 시치미를 뚝 뗐다. 그리고 정말 바로 촬영이 시작되었다.

시청자들은 예석과 누가 이어지는 게 더 좋으냐를 가지고 갑론을박했다. 민성과 동건이 둘 다 매력적인 캐릭터여서 그랬다. 하지만 아무래도 민성이 지지를 더 많이 받았다. 어려운 환경을 이겨내고 사람들에게 희망을 주는 캐릭터였으니까.

그렇다고 주혁이 연기하는 동건이 인기가 없는 건 아니었다. 아이를 살리기 위해서 그렇게 싫어하는 연예계로 다시 돌아갈 결심을 하는 캐릭터였으니까. 그리고 병원에서의 마지막 날, 예석과 대화를 하다가 키스를 하게 되는 거였다.

그리고 그 장면을 민성이 목격하고는 셋 사이의 갈등이 본격적으로 커지게 된다. 키스 장면을 보고 민성도 예석을 사랑한다는 걸 알게 되었으니까. 배우들이 모두 제자리에 섰고 주혁은 감정을 잡고 있다가 PD의 사인에 연기에 들어갔다.

민정의 도톰한 입술에 주혁의 입술이 살짝 닿았다. 굉장히 슬픈 키스였다. 내일이면 이별할 걸 서로 알고 있었기 때문이었다. 연기는 그런 감정을 가지고 보여주고 있었지만 주혁은 빨리 사인이 나기를 바라고 있었다.

지금 숨을 참고 있었기 때문이었다. 하지만 좀처럼 PD의 말소리가 들리지 않았다. 둘을 바라보는 민성의 모습도 카메라에 담아야 했기 때문이었다. 주혁은 이럴 줄 알았으면 처음에 숨을 조금 더 많이 들여마시고 시작할 걸 그랬다고 후회했다.

이제는 숨을 쉴 수도 없다. 숨을 쉬었다가는 한꺼번에 숨이 확 나갈 것 같은데, 그랬다가는 민정의 얼굴이 콧김으로 뒤덮일 것 같았다. 주혁은 카메라에 보이지 않는 오른손을 바들바들 떨면서 숨을 참았다.

그리고 어쩐지 자신의 가슴께에 와 있는 민정의 손에도 힘이 들어가는 것 같았다. 드디어 PD의 사인이 떨어지자 주혁은 뒤로 물러서며 크게 숨을 쉬었다. 죽었다 살아난 듯한 기분이었다. 그런데 민정이도 자신과 비슷한 행동을 하고 있었다.

그녀도 숨을 참고 있었던 거였다. 둘은 심호흡을 하다가 다시 웃음보가 터졌다. 둘은 서로 바라보면서 한참을 웃었다.

CHAPTER **22**
원인 없는 결과는 없다

지나가던 사람들은 모두 고개가 돌아갔다. 무슨 외국 배우처럼 잘생긴 커플이 지나가고 있었기 때문이었다. 게다가 그들이 걸치고 있는 건 또 어떤가. 명품 브랜드에 대해서 잘 알지 못하는 사람도 커플의 몸에 붙어 있는 것들이 평범하지 않다는 건 느낄 수 있었다.

"추워요."

175센티미터는 되어 보이는 키에 글래머러스 한 몸매를 가진 레냐 폴런은 살짝 토라진 표정이었다. 주변에 있는 남자들이 정신없이 그녀를 바라보고 있었는데, 그녀는 그런 남자들을 보면서 코웃음 쳤다.

그녀가 불만인 건 추워서가 아니었다. 용무가 거의 끝나간다고 이야기를 들었는데, 아직 돌아갈 조짐이 보이지 않아서 그랬던 것이다. 하지만 그 이상 채근하지는 않았다. 윌리엄 바사드의 분노를 받아낼 자신은 없었으니까.

그리고 그가 이렇게까지 할 때는 그만 한 이유가 있는 거였다. 그렇게 믿고 있었다. 그는 한 번도 그녀를 실망시킨 적이 없었으니까. 윌리엄 바사드는 중저음의 묵직한 목소리로 그녀를 달랬다.

"얼마 지나지 않아서 마무리가 될 거야. 그러니 걱정하지 말고 휴가라고 생각하고 즐기라고."

"핏. 여기는 즐길 거리도 없는걸요. 그러니까 작년처럼 알프스로 가요. 아니면 남미에 있는 별장 중에서 한 곳에 가도 좋고요."

레냐 폴런은 팔짱을 끼면서 말했다. 턱수염이 덥수룩한 윌리엄 바사드는 그녀의 뺨을 어루만지면서 이야기했다. 조직 내에 있는 경쟁자들을 누르고 대표의 자리에 오르기 위해서는 그녀 아버지의 힘이 필요했다.

그리고 지금도 틈만 나면 자신을 끌어내리려는 세력을 견제하기 위해서도. 그리고 그런 게 아니더라도 그녀는 충분히 매력적이었다. 그녀는 자신의 머리와 가슴을 모두 만족시키는 유일한 여자였다.

"좋아. 이번 일만 끝나면 그렇게 하자고."

"무슨 일인지는 여전히 알려줄 수 없나요?"

"때가 되면 알게 될 거야. 그리고 잠시 나 혼자 있을 테니 경호원들하고 같이 있어."

윌리엄 바사드는 부드러운 미소를 지어 보였다. 하지만 속으로 생각하는 바는 전혀 달랐다. 그는 그녀에게 비밀을 말해줄 생각이 전혀 없었다. 그러니 그녀에게 말할 적당한 때라는 건 절대로 오지 않을 거였다. 하지만 아무것도 모르는 그녀는 싱긋 웃었다.

윌리엄 바사드는 그녀와 떨어져 걸으면서 주머니에 손을 넣었다. 코트의 주머니는 상당히 컸는데, 그는 그 안에 있는 상자를 손으로 잡았다. 그리고 경치를 구경하는 것처럼 천천히 강가를 걸었다.

[분명히 이 부근인가?]

[틀림없다. 이 부근이다. 계속 탐색 중이다.]

그는 상자를 잡고 정신을 더 집중했다. 상자와 대화를 나누려면 엄청난 정신력이 소모되었다. 윌리엄 바사드는 안타까웠다. 다른 상자의 위치를 바로 알 수 있으면 좋을 텐데. 하지만 상자의 주인이 어디에 있는지에 대한 것만 알 수 있었다. 그래서 이 고생을 하는 거였다.

상자라면 움직이지 않으니 쉽게 찾을 수 있을 텐데 사람은 가만히 있지 않았으니까. 그리고 아직 능력이 부족해서 상자의 능력을 제대로 사용하지 못하는 것도 윌리엄 바사드가 고생하고 있는 이유 중 하나였다.

하지만 그는 반드시 상자의 주인을 찾아야 했다. 그것만이 로저 페이튼 회장을 밀어내고 세계 제일이 될 방법이었다. 전 세계 자금의 흐름을 좌우하는 그런 거물의 자리에 자신이 오를 수 있는 거였다.

[상자는 모두 다섯 개라고 했지?]
[그렇다. 그리고 다섯 개의 상자는 모두 다른 능력을 가지고 있다.]

윌리엄 바사드가 상자와 대화를 할 수 있게 된 것은 불과 일 년 전이었다. 처음 대화를 했을 때 얼마나 놀랐던가를 생각하면 지금도 웃음이 나왔다. 상자와 대화를 하다니. 신비로운 상자라는 건 알고 있었지만 설마 대화가 될 줄은 몰랐다.

그리고 더욱 놀란 사실은 상자가 하나가 아니라는 거였다. 그리고 자신이 가지고 있는 상자가 가진 능력은 다른 상자의 주인이 어디에 있는지 찾을 수 있다는 거였다. 하지만 바로 찾을 수는 없었다. 자신의 능력이 모자라서였다.

상자는 주인의 힘을 이용해서 능력을 발휘할 수 있다고 했고 지금은 능력을 사용할 수 없다는 이야기만 했다. 윌리엄 바사드의 능력이 부족하다는 뜻이었다. 그때부터였다. 갑자기 윌리엄 바사드가 요가나 명상 등 정신 집중에 좋다는 것에 병적으로 파고든 것이.

하지만 외부로는 그런 사실이 많이 알려지지 않았다. 사방이 온통 적이었기 때문에 극도로 조심했기 때문이었다. 외부의 적인 로저 페이튼과의 피 말리는 경쟁은 물론이고 내부에서 그를 견제하는 세력과의 암투까지.

그래도 그는 이를 악물고 버티면서 틈틈이 수련했다. 인도의 요가나 티베트의 라마도 초빙해서 능력을 개발한 결과 드디어 몇 달 전에 상자의 주인이 어디 있는지 찾는 데 성공했다. 그곳은 바로 대한민국이었다.

상자는 윌리엄 바사드에게 대상자가 어디에 있는지 보여주었다. 마치 인공위성에서 내려다보는 듯한 시야로 그것이 보였는데, 처음 보는 지역이었다. 잘 기억하고 있다가 나중에 찾아보고 나서야 그것이 대한민국, 그중에서도 서울 부근이라는 사실을 알 수 있었다.

그래서 이곳으로 날아왔고 그 주인공이 누구인지 찾기 시작했다. 그런데 그게 쉽지가 않았다. 윌리엄 바사드의 능력이 부족해서인지 상자는 정확한 위치를 확인하기가 어렵다고 했다. 그래서 이렇게 시간이 오래 걸린 거였다.

하지만 이제 거의 주인이 누구인지 찾을 수 있게 되었다. 바로 이 부근에 그 주인이 있다고 했으니까. 윌리엄 바사드는 호흡이 가빠지고 진땀이 주르륵 흘렀지만 정신을 계속해서 집중하려고 애썼다.

[아직인가?]

윌리엄 바사드는 이를 악물었다. 점점 더 버티기가 어려웠기 때문이었다. 얼굴에서 진땀이 흘러내렸다. 매서운 겨울바람이 불고 있는데도 그의 얼굴은 시뻘겋게 달아올라 있었다. 하지만 그의 기대와는 다른 소리가 들렸다.

[더는 탐색을 할 수 없다. 당신의 몸에서 이상 징후가 느껴진다.]

[더 버틸 수 있으니까 잔말 말고 빨리 찾아보기나 해.]

[착각하지 마라. 당신을 걱정해서가 아니라 필요한 에너지원이 제대로 공급되지 않아서 그러는 거다. 탐색을 종료한다.]

상자의 소리에 윌리엄 바사드는 머리가 핑 도는 걸 느꼈다. 다리에 힘이 풀려서 덜덜 떨다가 근처에 있는 벤치로 가서 털썩 주저앉았다. 오늘도 거의 성공하기 직전에 실패하고 말았다. 그는 주먹을 꽉 쥐었다.

다른 사람들의 눈치가 있어서 표현하지는 못했지만 속으로는 울화가 화산처럼 터져 나오고 있었다. 자기 방이었다면 어지간한 물건은 전부 집어 던졌을 것이다. 하지만 지금은 입술을 질겅질겅 씹으면서 화를 삭이는 방법밖에는 없었다.

"조금만 더 버텼으면 찾을 수 있었는데……."

아쉬웠지만 이제 이틀 정도는 푹 쉬어줘야 했다. 매번 그런 건 아니었지만 다시 상자를 가지고 탐색을 하려면 대략 그 정도가 걸렸다. 어떨 때는 하루 만에 되기도 했고 어떨 때는 사나흘이 지나도 되지 않은 적이 있었는데 이유가 뭔지는 알 수 없었다.

[너무 실망하지는 마라. 그래도 오늘은 진전이 있었으니까.]

[진전? 그게 무슨 말이지?]

상자는 지금까지는 아무런 정보가 없어서 탐색에 시간이

오래 걸렸는데, 오늘 탐색을 하면서 약간의 정보가 입수되었다고 했다. 그래서 앞으로는 찾는 데 그리 시간이 걸리지 않을 거라는 거였다.

윌리엄 바사드는 그나마 다행이라고 생각하기는 했지만 그래도 미련이 완전히 없어지지는 않았다. 하루라도 빨리 상자를 찾아서 내부의 정적들을 제거하고 로저 페이튼 회장을 눌러 버리고 싶었기 때문이었다.

그렇게 되면 어떤 사람도 자신 앞에서 고개를 숙이지 않을 수 없을 거였다. 그 달콤한 권력을 손에 넣을 생각만 하면 온몸이 짜릿했다. 그래서 다시 한 번 확인했다.

[상자의 주인을 제거하면 상자의 위치를 찾을 수 있는 게 확실한가?]

[확실하다. 상자는 주인이 소멸하면 비활성화 상태가 된다. 그러면 나의 능력으로 어디에 있는지 찾을 수 있다.]

윌리엄 바사드는 고개를 끄덕였다. 그는 상자의 주인을 찾으면 바로 제거하기로 마음먹었다. 꺼림칙한 구석이 없는 건 아니었지만 상자라는 어마어마한 보물 앞에서 양심 같은 걸 챙기는 건 난센스라는 생각이었다.

물론 그런 지저분한 일에 자신이 나설 필요는 없다. 일은 데리고 온 사람들을 시켜서 처리하고 자신은 결과만 얻으면 그만이다. 윌리엄 바사드는 자신을 기다리고 있는 레냐 폴런을 향해 걸어갔다.

"봄이 오기 전에 이곳을 떠나야겠어. 여기는 내가 지내기에는 너무 춥군."

그는 세찬 강바람에 코트 깃을 올려 세우고 단추를 여몄다. 아까 흘러내렸던 땀은 이미 흔적도 없이 말라 버린 지 오래였다. 그의 뒤로는 십여 미터 정도 되는 건물이 보였는데, 외벽이 전부 유리로 되어 있었다.

*     *     *

지하 주차장에서 주혁은 깜짝 놀랐다. 지석의 차에서 그의 연인인 곽보영은 물론이고 민정이까지 내렸던 것이다.

"야, 너는 여기 왜 왔어?"

"왜요? 나도 허락받았네요."

민정은 주혁을 보면서 혀를 쏙 내밀었다.

"허락? 니가 어떻게 허락을……."

주혁은 이야기를 하다가 지석을 노려보았다. 지석은 멋쩍은 표정으로 딴청을 피웠다. 어쩐지 며칠 전에 황태자와 연락을 할 수 있느냐고 물어보더라니. 아마도 민정이가 착하디착

한 지석을 들들 볶은 듯했다.

게다가 연인인 보영 씨도 사람이 좋으니 저 맹랑한 녀석이 그 커플을 공략한 거였다. 자기에게 말을 해봐야 씨알도 먹히지 않을 거라는 걸 알고서. 하지만 어쩌랴. 이미 황태자의 허락까지 받았고 이미 도착해 있는 것을.


"정말이요?"

"그렇다니까요. 눈치가 없으시더라고요. 아니, 거기서 담요를 달라고 하시면 어쩝니까."

주혁의 농담에 모두 웃었다. 황태자만 난처한 표정으로 딴청을 부리고 있었다. 예전에 주혁의 카페에서 처음으로 야외 데이트할 때 일을 들먹이니 무척 쑥스러워했다. 하지만 그럴수록 사람들 간의 거리는 줄어들었다.

처음에는 다들 황태자 앞이라 잔뜩 긴장했었다. 하지만 주혁이 계속에서 분위기를 띄우고 황태자와 수정이도 편하게 이야기를 하자 이내 분위기가 한결 부드러워졌다. 그렇게 이런저런 대화를 하다 보니 어느새 서로 웃으면서 이야기를 나누게 되었다.

"커흠, 드라마는 좀 어떻습니까? 요즘 아주 인기가 있던데요."

자꾸 자기에게 불리한 이야기가 나오자 황태자는 화제를

바꾸었다. '네오하트' 이야기가 나오자 민정이가 살판이 났다. 안 그래도 커플들 사이에서 심심했었는데, 잘되었다 하면서 얘기 보따리를 풀었다.

주혁과 지석을 제외하고는 모두가 귀를 쫑긋 세우고 이야기를 들었다. 특히나 수술하는 장면이나 NG가 난 장면을 이야기할 때는 더욱 집중했다. 그렇게 민정의 이야기가 끝나자 다음 바통은 수정이가 이어받았다.

그녀는 황태자와 만난 이야기서부터 주혁과 같이 학교 다니면서 있었던 이야기를 했고 그 이후로는 차례차례 돌아가면서 말을 하는 분위기가 되었다. 황태자는 파이브 스타가 어떻게 데뷔를 하게 되었는지를 얘기했고 다음으로는 같이 이곳에서 야구를 한 걸 언급했다.

"우와, 정말 황태자님 아니었으면 파이브 스타가 데뷔를 하지 못할 뻔했네요?"

파이브 스타 이야기가 나오자 민정이 관심을 보였다. 지금 한창 파이브 스타의 춤을 연습하고 있었기 때문이었다. 드라마에서 그 춤을 추는 장면이 있어서였는데, 조금 있으면 그 장면도 촬영에 들어갈 예정이었다.

"그건 그렇고, 지아 씨도 얘기 좀 해야 하지 않을까요?"

모두 이야기를 하자 보영이 슬그머니 이야기를 꺼냈다. 지아는 유명한 사람 앞이라서 그런지 말을 거의 하지 못하고 있었다. 주혁이 편안하게 이야기하라고 격려하자 그제야 입을 열었다.

"제가 가끔 예지몽을 꾸거든요. 그 얘기를 할게요."

사람들이 전부 관심을 보였다. 누구나 호기심이 생길 만한 소재 아니던가. 주혁도 처음 듣는 이야기라서 무슨 이야기를 할지 궁금했다. 지아는 먼저 사고 이야기를 했다.

"꿈에서 집 앞에서 사고가 나는 걸 봤어요. 비가 오고 있었는데, 차가 미끄러져서 전봇대하고 충돌했거든요. 그런데 그날 오후에 정말 그런 사고가 난 거예요."

사람들은 모두 신기해했다. 보통 그런 사고까지 꿈을 꾼다는 말은 잘 들어보지 못했으니까. 게다가 그런 일이 몇 번 더 있었다고 했다. 아주 어렸을 때도 있었고 가장 최근에 꾼 건 대학교 신입생 여름 때 집에서 키우던 고양이가 없어지는 꿈이었다고 했다.

"그런데 정말 일어나 보니까 고양이가 없었어요. 그런데 꿈에서 본 장소로 가니까 고양이가 있지 뭐예요. 그날은 제가 똑똑하게 기억해요. 로또 당첨자가 딱 한 명 나온 날이거든요."

재미있게 이야기를 듣다 주혁이 고개를 획 돌렸다. 지아가 대학교 신입생이고 로또가 한 명 당첨된 날이라면 바로 '그날' 이었다.

사람들은 지아의 신기한 이야기에 즐거워했지만 주혁의 경우에는 단순하게 넘길 수 없었다. 정말 지아가 예지몽을 꾼 것일 수도 있지만 그 날짜가 너무나도 공교롭지 않은가. 아니, 예지몽을 꾼 것 자체를 믿어야 하는지도 헷갈렸다.

지아가 허튼소리를 잘하는 아이는 아니었지만 이런 이야기를 덜컥 믿을 수는 없는 일이었으니까. 지금 이 자리에서 듣고 있는 사람들도 지아의 말을 믿는다기보다는 그냥 재미있는 이야기라고 생각하고 있었다.

그리고 예지몽이라는 게 대부분 착각이거나 기억이 잘못된 경우가 많다. 그리고 설사 예지몽을 꾼 거라고 해도 상자와는 관련이 없을 수도 있었고. 그런 생각을 하니 머릿속이 전부 뒤죽박죽이 되어버렸다. 그래서 이야기를 들을수록 점점 혼란스럽기만 했다.

지아는 그날 말고도 그런 경험이 몇 번 더 있었다고 얘기했다. 아주 어렸을 때도 그런 적이 있었다니 상자와는 연관 없는 것처럼 보이기도 했다. 하지만 이상한 기분은 좀처럼 가라앉지 않았다.

그렇지만 곧 다른 이야기로 화제가 넘어가서 그 문제는 잠시 묻어두어야 했다. 주혁은 나중에 둘이 있을 때 슬쩍 물어봐야겠다고 생각했다. 그렇게 마음을 정리하고 다시 웃으면서 사람들과의 대화에 끼어들었다.

이야기는 돌고 돌다가 각 커플에 대한 것으로 다시 돌아왔는데, 황태자 커플 이야기로 넘어가자 분위기가 조금 심각해졌다. 아무래도 공개가 되면 후폭풍이 있으리라는 건 누구라도 알 수 있었으니까.

"그런데 정말 공개하셔도 괜찮을까요? 처음 있는 일이라서 말이 많을 것 같은데요."

지석의 연인인 곽보영이 조심스럽게 물었다. 주혁은 그녀를 보고 참 우아하다는 느낌을 받았다. 같은 말을 하고, 같은 행동을 해도 사람에 따라 느낌이 달랐다. 보영은 같은 말을 해도 참 차분하고 우아하다는 느낌을 주었다.

그에 비해서 민정은 발랄하고 귀엽다는 느낌이었고 수정이는 참하고 조신하다는 느낌이었다. 그리고 지아는 굉장히 맑고 순수하다는 생각을 했었는데, 오늘은 아까 그 이야기를 들어서인지 조금 헷갈린다는 생각이 들었다.

"이미 결심했고 후회하지 않을 겁니다. 주변 사람들에게는 이미 말하기도 했구요."

주혁은 황태자의 말에 잡념을 떨쳐 버렸다. 주변을 보니 모두가 황태자의 말에 집중하고 있었다. 여기 모인 사람들이야 다들 황태자와 수정의 사랑을 응원하는 입장이었다. 이야기를 듣고 나니 둘 사이가 이해되었기 때문이었다.

그들은 너무나도 애틋한 사랑을 하고 있었다. 봉사 활동을 하다가 운명적인 상대를 만나고 사람들 몰래 사랑을 키워온 두 사람. 모든 것을 다 포기하더라도 사랑만은 포기할 수 없다는 두 사람. 얼마나 아름다운 이야기인가.

그런데 그렇게 생각하지 않는 사람도 많을 것이다. 특히 수정이가 걱정되었다. 황태자와 결혼을 한다는 것이 어떤 의미인가. 장차 황후가 된다는 거였다. 그러니 곱지 않은 시선으로 그녀를 볼 테고 말은 또 얼마나 많겠는가.

의도적으로 접근한 거라는 말부터 시작해서 온갖 억측이 나올 터였다. 사람들은 가녀리고 연약해 보이는 수정이 그 험한 말들을 이겨낼 수 있을지 걱정되는 표정이었다. 하지만 주혁의 생각은 조금 달랐다.

수정은 보기보다 심지가 굳은 아이였다. 조용해 보이지만 당찬 면도 있었다. 그러니 황태자만 잘 버텨준다면 둘 사이는 문제가 없을 거라는 생각이었다. 그리고 사랑하는 게 무슨 죄는 아니지 않은가. 주혁은 둘 사이를 진심으로 응원했다.

"미리 축하드려요. 두 분은 정말 행복하실 거예요."

보영이 황태자 커플이 너무나도 사랑스럽다는 표정으로 말했다. 정말 동화에나 나오는 커플 같았으니까. 민정과 지아도 황홀한 표정으로 축하한다는 말을 했다.

밖에는 차가운 겨울바람이 휘몰아치고 있었지만 일행이 앉아 있는 곳은 따사로운 봄이라고 해도 믿을 수 있을 정도였다. 사람들도 모두 코트를 벗고 가벼운 옷차림이었는데, 전혀 추위를 느낄 수 없었다.

건물 안이 온실과 같아서 별도의 난방을 하지 않았는데도 아주 따스해서 그런 거였다. 햇볕이 내리쬐어서 노곤한 느낌마저 들었고 마치 봄에 소풍 나온 기분이었다. 웃고 떠들면서 사람들과 부대끼다 보니 시간이 어떻게 흘렀는지도 모르게 지나갔다.

사람들은 모두 가끔은 이런 모임을 하면 좋겠다고 했다. 주혁도 꼭 이 장소가 아니더라도 다른 사람 눈치 보지 않고 편하게 지낼 수 있는 장소가 있었으면 좋겠다는 생각은 들었다. 그리고 같이 모여서 이야기하니까 둘이만 있을 때와는 또 다른 즐거움이 있었다.

황태자는 이제 이 장소를 자주 사용하지 않을 것 같으니 언제든 이야기만 하면 빌려주겠다고 했지만 주혁은 이곳과는 조금 다른 형태의 장소를 생각하고 있었다. 그래서 그런 장소를 어떻게든 마련해야겠다는 생각을 했다.

주혁은 모임을 마치고 지아를 집까지 데려다 준 후에 집으로 돌아왔다. 주혁이 도착하니 미래가 펄쩍펄쩍 뛰면서 그를 반겼다. 미래를 보니 요즘 거의 같이 놀아주지도 못했다는 생각이 들었다.

"그래, 오늘은 오랜만에 집에 같이 들어가자."

미래는 말귀를 알아들었는지 컹컹 짖었다. 주혁은 흙발로 집 안을 어지럽히면 안 되니까 수건을 가져와서 미래의 발을 닦았다. 그리고 문을 열자 미래는 신이 나서 꼬리를 휙휙 흔들면서 안으로 냅다 뛰어 들어갔다.

그래도 이제 제법 커서인지 물건을 물어뜯거나 넘어뜨려서 사고를 치는 일은 없었다. 주혁은 미래의 머리를 쓰다듬고는 방으로 들어갔는데, 갑자기 상자 생각이 났다. 오늘 지아의 일이 떠올라서였다.

그래서 구석에 숨겨놓은 상자를 꺼냈다. 정말 오랜만에 보는 상자였다. 은색 상자는 그냥 장난감같이 보이기도 했다. 레버가 달려 있고 네 자리의 숫자 판이 있어서 무슨 보드게임에 딸려 있는 기구 같다는 느낌도 들었다.

"이 상자에 그런 엄청난 능력이 있다고는 아무도 생각하지 못하겠지?"

주혁은 상자를 이리저리 돌려보면서 중얼거렸다. 아마도 누군가에게 이 말을 해도 절대 믿지 않을 터였다. 자신을 가장 따르는 이지언에게 이야기해도 말이다. 아마도 그 녀석은 취했느냐고 되물을 터였다. 주혁은 상자를 책상 위에 놓고는 아까 들은 지아의 이야기를 생각했다.

"혹시 기억을 하는 건가?"

주혁은 자신을 제외하고는 아무도 그 사실을 모른다고 생

원인 없는 결과는 없다 209

각했는데, 꼭 그렇지 않을 수도 있다는 생각이 들었다. 지아가 반복되는 하루를 지내다가 기억하는 게 있는 거라면? 그리고 만약 지아만이 아니라 더 자세하게 기억하는 사람이 있다면?

갑자기 모든 것이 혼란스러웠다. 그렇게 생각하니 지아에 대한 마음까지도 혼란스러워졌다. 어쩐지 아까 같이 모여 있을 때를 생각해 보니 지아만 조금 이상하게 느껴졌던 듯했다.

다들 이미지가 또렷했는데, 이상하게 지아만 존재감이 떨어졌다. 조용히 있어서 그런 건가 생각해 보면 또 그런 건 아니었다. 이야기도 많이 나누었고 같이 웃고 떠들었다. 손을 잡고 같이 걷기도 했다. 그런데도 막상 뭔가를 떠올리려고 하면 약간 흐릿한 느낌이었다.

하지만 왜 그런지는 알 수 없었다. 그 이야기를 듣고 예민해져서 그럴 수도 있었다. 답답하기는 한데 해답을 알 수 없으니 한숨만 나왔다. 그렇게 고민하고 있는 주혁 옆에 미래가 다가와서는 뺨을 핥았다.

"이 녀석아, 니가 아직도 새끼인 줄 알아?"

주혁은 웃으면서 미래를 떼어냈다. 어렸을 적에는 자그마해서 아장아장 걸어와서 핥는 게 마냥 귀여웠다. 강아지 냄새가 좋아서 일부러 오라고 꼬드기기도 했다. 하지만 이제는 덩치가 산만 해져서 한번 스윽 핥으면 얼굴이 침 범벅이 된다.

그래도 녀석 때문에 웃을 수 있어서 좋았다. 주혁은 고민하던 걸 모두 잊었다. 지금 생각해 봐야 헷갈리기만 하고 답이 나오지도 않는 문제였다. 그런 문제에 집착하니까 자꾸 이상한 생각만 떠오르는 듯했다.

주혁은 오랜만에 미래와 같이 놀아주다가 대본을 보았다. 내일 촬영할 부분을 다시 한 번 체크하고는 시간이 되자 자리를 깔았다. 주혁이 자리에 눕자 미래는 슬그머니 주혁의 곁으로 오더니 앞발에 고개를 대고는 잘 준비를 했다.

그렇게 사방이 고요해졌고 어둠도 점점 짙어졌다. 그리고 어느 순간부터인지 주혁이 꺼내놓은 상자에서 조금씩 빛이 나왔다. 그 빛은 강해졌다가 약해졌다가를 반복했다. 은은한 빛은 점점 범위를 넓히다가 조금씩 주혁의 몸 안으로 스며들었다. 그리고 미래의 몸으로도 아주 약간 빛이 스며들었다.

띵.

빛이 모두 스며들자 평소와는 달리 상자에서 맑은 소리가 한 번 울렸다. 풍경 소리 같기도 한 깨끗한 소리였는데, 주혁과 미래는 잠이 들어서인지 그 소리를 듣지 못한 듯했다. 그렇게 밤은 점점 깊어갔다.

\*       \*       \*

'네오하트' 촬영의 가장 큰 적은 시간이었다. 누구나 알고 있듯이 시간은 정해져 있다. 하루는 이십사 시간으로. 그런데 '네오하트' 팀은 모두 하루가 삼십 시간쯤 되었으면 좋겠다고 생각했다. 그만큼 시간에 쫓겼다.

그게 다 수술하는 장면의 촬영이 시간을 너무 많이 잡아먹어서였다. 화면에는 몇 분 나가지 않는 수술 장면이 찍는 데는 거의 하루가 걸렸다. 그런 수술 장면이 보통 두 화에 세 장면 정도는 있다. 그러니 일주일에 대충 삼 일 정도는 수술 장면만 찍어야 했다.

그러면 나머지 시간 동안 모든 장면을 전부 촬영해야 했다. 일주일에 두 화를 찍어야 하는데, 삼 일은 수술 장면을 촬영하니 일정이 어떻겠는가. 당연히 촬영은 엄청난 강행군이 될 수밖에 없었다. 그러니 주연배우들은 일주일 내내 죽어나는 거였다.

그나마 처음에는 미리 촬영한 분량이 있어서 다소 여유가 있었는데, 후반으로 갈수록 시간에 쫓겼다. 하지만 그렇다고 작품의 질을 떨어뜨릴 수는 없지 않은가. 거기다가 시청률이 잘 나오는 만큼 시청자들의 기대감도 커져서 절대 허투루 찍을 수 없었다.

그러니 수술 장면도 더욱 신경 써서 찍었고 촬영은 촬영대로 집중해서 진행했다. 그러다 보니 촬영장은 점점 좀비들의 소굴이 되어가고 있었다. 촬영장에서 그나마 멀쩡한 축에 들어가는 건 주혁 정도였다.

"너는 피곤하지도 않냐?"

"그냥 버틸 만해요."

같이 밤을 새웠는데 주혁은 거의 멀쩡한 데 반해 지석은 쓰러지기 일보 직전이었다. 지석은 그런 주혁을 쳐다보고는 고개를 절레절레 저었다. 그런 지석의 옆에서 민정이는 쪽잠을 자고 있었다.

"정말 이렇게 가다가는 다들 지쳐서 쓰러지겠어요."

"그래도 인기 있는 게 어디냐. 시청률도 안 나오는데 이렇게 밤새 촬영하고 그러면 아주 죽을 맛이야. 찍는 사람이나 찍히는 사람이나."

하긴 그럴 것 같았다. '네오하트' 출연진이야 신이 나서 피곤한 걸 버틸 수 있다지만 정말 망해가는 작품을 찍으면 서로 기분이 말이 아닐 듯했다. 그렇게 두런두런 이야기하는 사이에 다시 촬영을 시작한다는 소리가 들려왔다.

주혁은 민정을 깨워서 밖으로 나갔는데, 한쪽에서는 다른 팀이 이미 촬영을 하고 있었다. 시간이 워낙 모자라니 별난 아이디어가 다 나왔다. 팀을 나눠서 촬영하자는 아이디어였다. 사실 그렇게 하지 않으면 시간을 맞출 수가 없었다.

그래서 두 팀으로 나눠서 촬영하고 있었다. 배우가 겹치지 않는 장면도 있으니 어찌어찌 촬영이 되었다. 그런데 주혁은 촬영장으로 가는 도중 무언가 찌릿함을 느꼈다. 마치 전기 콘센트를 만져서 전기가 통한 것 같은 느낌이었다.

그는 몸을 부르르 떨며 주변을 둘러보았다. 하지만 아무런 이상도 없었다. 전기선 같은 게 있지도 않았고 주변에 전기와 관련된 물건도 없었다.

"왜? 주혁 씨, 무슨 일 있어?"

"아뇨, 지금 갈게요."

주혁은 고개를 갸웃거리면서 촬영장으로 향했다. 하지만 그 이후로도 무슨 일인지 집중이 영 되지 않아서 상당히 고생했다.

"오빠, 무슨 일 있어요?"

민정이도 평소에 이런 적이 없던 주혁이라 걱정이 되었던 모양이었다. 늦봄의 나른함에 취한 강아지마냥 졸린 눈을 하고 있으면서도 염려스럽다는 말을 하는 민정을 보니 삽시간에 피로가 풀리는 느낌이었다.

"아냐, 신경 쓰이는 일이 좀 있어서 그랬는데 이제는 괜찮아."

때로는 적당한 거짓이 진실보다 나을 때도 있는 법이다. 주혁은 민정을 다독이고는 심호흡을 했다. 정신을 집중하기 위해서였다. 제자리에서 뜀을 뛰기도 하고 팔굽혀펴기를 하기도 했다. 몸을 좀 움직이니 훨씬 집중력이 좋아졌다.

주혁은 다시 마음을 잡고 촬영을 시작했다. 그는 민정을 바라보면서 대사를 시작했고 자연스럽게 연기를 이어나갔다.

그런데 사람들 모르게 주혁을 지켜보는 눈동자가 있었다. 수염이 덥수룩하게 나 있는 입가가 씰룩거리더니 입술이 열렸다.

"찾았다."


윌리엄 바사드가 묵고 있는 스위트룸에 한 남자가 조용히 들어왔다. 레냐 폴런이 외출한 걸 확인하고 들어온 거였다.

윌리엄 바사드가 가장 믿는 사람 중 한 명이 레냐 폴런이지만 비밀은 아는 사람이 적을수록 좋다는 게 그의 신조였다. 그래서 이 일도 자신과 일을 시킨 부하 한 명만 알고 있게 하려고 레냐가 없는 사이에 이야기를 나누는 거였다.

남자는 조용히 윌리엄 바사드에게 다가와 말을 건넸다. 그는 동양인으로 보였는데, 이곳에서 움직이기에 적당한 외모라고 생각해서 고른 사람이었다. 굳이 눈에 띄는 외모를 가진 사람이 움직여서 티를 낼 필요는 없었으니까.

"준비가 끝났습니다."

윌리엄 바사드는 손으로 수염을 천천히 쓰다듬으면서 그다음 말을 기다렸다. 그는 말을 많이 하지 않았다. 이야기는 아랫사람들이 하는 거였고 그는 결정을 내려줄 때만 말하면 되었으니까.

"수요일에 진행할 예정입니다."

남자는 목표물이 매주 목요일에 쉬니 수요일 촬영이 끝나는 시점을 노리겠다고 말했다. 이미 한국에 도착해서 일을 할 자들은 알아놓았고 개중에서 가장 적합하다고 판단한 놈들에게 일을 주었다고 했다.

"한국은 없어진 지 이십사 시간이 지나지 않으면 실종 신고를 받아주지 않는답니다. 그리고 같이 사는 사람도 없으니 빨라도 금요일이나 되어야 신고가 들어갈 겁니다."

윌리엄 바사드는 일처리가 아주 마음에 들었다. 수요일 밤 혹은 목요일 새벽에 처리하면 바로 상자의 위치를 찾을 것이다. 하루면 모든 일을 마치기에 충분한 시간이니 목요일이면 모든 일이 끝나 있을 것이다.

"일을 마무리하면 바로 한국을 떠날 차비를 하게."

"예, 알겠습니다. 이미 그렇게 준비를 하고 있습니다."

"그리고 혹시나 해서 하는 말인데, 단속은 잘하고 있겠지?"

윌리엄 바사드는 상자만 찾으면 곧바로 한국을 떠날 생각이었다. 그리고 나중에라도 문제가 될 만한 건 남기지 않아야 한다는 생각이었다. 남자는 그 부분에 대해서도 이중 삼중으로 손을 써두었다고 했다.

"목표물은 최근에 문제가 좀 있었더군요. 경찰의 시선이 그쪽으로 쏠리도록 손을 써놓았습니다. 그리고 다른 흔적은 모두 지워놓았습니다."

남자는 목표물과 트러블이 있는 사람이 돈을 건넨 것처럼 만들었다고 했다.

"그녀와 목표물은 소송 관계로 얽혀 있는데, 최근 여러 차례 목표물에게 합의를 요구했으나 거절당했습니다. 그래서 그녀는 목표물에 대해서 아주 좋지 않은 감정을 가지고 있습니다."

"아주 적절한 대상이군그래."

만약 일을 한 녀석들이 걸리지 않으면 다행이고 걸리더라도 문제가 없었다. 녀석들은 모두 그녀가 일을 시킨 것으로 알고 있으니까.

"녀석들은 이런 일에 이골이 난 놈들이니 실수하지는 않을 겁니다. 그래도 혹시나 모르는 일이니 제가 근처에서 확인을 하겠습니다. 그래서 말인데……."

남자는 만약의 경우 총기를 사용하는 것에 대해서 윌리엄 바사드의 의견을 물었다. 가장 확실하게 대상을 처리할 방법은 총기였기 때문이었다. 하지만 한국에서 총기를 사용하는 건 굉장히 위험한 일이었다.

그런 사실은 윌리엄 바사드도 잘 알고 있었다. 일반 사건이라면 그냥 묻힐 수도 있지만 총기 사건이라면 문제가 다르다. 그러니 가능하면 총기를 사용하지 않고 일을 마무리하는 것이 좋다고 생각했다.

"총 말고 다른 방법을 사용하도록. 그 정도 실력은 되겠지?"

"물론입니다. 시간을 절약하는 방법이라 이야기한 것뿐입니다. 만약 저들이 실패하는 경우에는 다른 방법을 사용해서 처리하도록 하겠습니다."

남자는 얼마든지 방법이 있다면서 자신감을 보였다. 하긴 그러니까 비싼 돈을 주고 개인 경호원으로 데리고 있는 거 아니겠는가.

그제야 윌리엄은 만족했다는 듯 고개를 끄덕였다. 상대가 엄청난 비밀의 주인공임에도 불구하고 고작 배우를 하고 있다는 것이 조금 걸리긴 했지만 어쨌든 자신은 상자만 얻으면 그만이었다.

오히려 상대가 경호가 엄중한 인물이 아니라서 다행이라는 생각마저 들었다. 그는 이제 곧 엄청난 힘을 얻을 수 있다는 생각을 하자 몸에 전기가 흐르는 것같이 짜릿짜릿했다. 그리고 돌아올 그 시간까지 잠이 잘 오지 않을 듯했다.

"혹시라도 일을 그르치지 않게 다시 한 번 살펴보도록. 목표물은 평범한 사람이 아닐 수도 있어. 그러니 절대로 실수가 있어서는 안 돼. 알았나?"

"알겠습니다. 확실하게 마무리를 할 테니 염려 놓으시지요."

확신에 찬 남자의 말을 들은 윌리엄 바사드는 그만 나가보라고 했다. 그리고 혼자서 밤의 야경을 보면서 생각에 잠겼다. 목표물이 가지고 있는 상자는 어떤 능력을 가지고 있을지. 그리고 상대는 몇 개의 동전을 가지고 있을지도.

그리고 그 상자는 시간을 어떤 식으로 사용하게 하는지에 대해서도.

\*　　\*　　\*

주혁이 곤지암에 있는 세트장에 도착한 것은 9시 반이 조금 넘어서였다. 오전 10시부터 촬영이 있으니 조금 넉넉하게 온 거였다. 그런데 도착해 보니 평소와는 많이 다르다는 걸 느꼈다. 촬영 준비가 거의 안 된 곳도 있어서였다.

"이거 제시간에 준비 못 할 거 같은데 괜찮겠어요?"

"아, 저도 몰라요. 오늘따라 사람들이 왜 이러는지……."

주혁은 허둥지둥 준비하고 있던 스태프에게 물어보았는데, 그도 잘 모르겠다고 했다. 이렇게 가다가는 제시간에 촬영할 수 없을 듯했다. 아마도 그동안 피로가 쌓여서 다들 늦게 나오는 모양이었다.

"빨리하죠. 저 이거 나르면 되는 거죠?"

"아이고, 주혁 씨, 이거 매번 신세만 지고 어떻게 해요."

주혁은 워낙 자주 일을 돕다 보니 뭘 먼저 날라야 하고 어디에 뭐가 있어야 하는지도 잘 알았다. 스태프는 다들 고맙다고 하면서도 오늘은 워낙 시간이 촉박해서 허둥지둥 움직이기에 바빴다.

그런데 아니나 다를까. 10시가 되었는데도 촬영 준비는 끝나지 않았다. 아직도 한참이 더 걸릴 듯했다. 다들 피곤하고 힘이 든 건 알겠지만 이건 아니다 싶었다. 한쪽에서 구멍이 생기면 수많은 사람들이 피해를 보기 때문이었다.

"이거 지금 뭐지?"

주연배우인 오재현이 눈살을 찌푸리며 말했다. 최강혁 교수 역할을 맡은 그 역시 굉장히 피곤한 얼굴이었다. 어제 거의 동이 틀 때 집에 들어갔으니 그릴 만도 했다. 하기야 오늘뿐 아니라 거의 매일 그렇게 끝났으니 말해 무엇하겠는가.

그는 촬영 준비가 끝나지 않은 걸 보고는 굉장히 화를 냈다.

"아니… 다른 파트는 모두 준비가 끝났는데 한 군데가 준비가 안 끝나서 이 많은 사람들이 기다리고 있다는 게 지금 말이 되냐고."

사실 그의 말이 틀린 건 아니었다. 여기에 지금 피곤하지 않은 사람이 어디 있고 힘들지 않은 사람이 어디 있겠는가. 그래도 서로 맡은 부분을 차질 없이 할 거라는 믿음이 있어서 버틸 수 있는 거였다.

그런데 이렇게 한 곳에서 무너져 버리면 도미노처럼 무너져 내릴 수도 있는 일이다. 더구나 이렇게 모두가 쉬고 싶은 때에는 더욱더. 그런 걸 알기에 오재현이 일부러 큰 소리를 내는 거라고 주혁은 생각했다.

"이렇게 하는데 어떻게 촬영을 하겠어. 어?"

그는 버럭 화를 내더니 촬영을 못 하겠다고 하고는 자리를 떴다. 그러자 사람들이 웅성거리기 시작했다. 다른 사람도 아니고 최강혁 교수 없이 어떻게 드라마 촬영을 할 수 있겠는가. 특히나 제작진의 얼굴이 흙빛이 되었다.

사람들이 찾아가서 설득했지만 그는 요지부동이었다. 그가 촬영을 못 하겠다고 한 사실은 이내 세트장 전체에 퍼졌고 사건이 생각보다 심각해졌다. 주혁은 세트장에서 기다리며 지석하고 민정이와 이야기를 나누었다.

"다들 힘들어서 그런 건데 적당히 혼내시지."

민정이가 걱정되는 듯 말했다. 현장에서 문제를 많이 겪어 보았지만 이렇게 심각한 경우는 흔치 않았다. 지석도 역시 걱정스러운 표정이었다.

"사실 준비를 못 한 건 문제가 있긴 해도 촬영은 했으면 좋겠는데."

어차피 촬영하긴 해야 한다. 방송을 펑크 낼 수는 없지 않은가. 그런데 주연배우가 저렇게 나오니 다들 바짝 긴장한 상태였다. 하지만 주혁은 지금 행동이 약간 과하긴 했지만 반드시 필요한 거였다고 생각하고 있었다.

좋은 이야기만 한다고 현장이 잘 굴러가는 건 아니다. 서로 좋은 말만 해도 잘되기만 한다면야 얼마나 즐겁겠는가. 그런데 사람이란 게 그렇지를 않았다. 좋은 말만 하면 긴장이 풀어졌다.

긴장이 풀어지면 게을러지게 마련이고 그러다 보면 실수가 나오게 되는 법이다. 그러니 반드시 누군가는 고삐를 조여주는 역할을 해야만 했다. 그리고 지금 오재현의 행동이 바로 그런 거였다. 지금 상황에서 누군가는 악역을 해야 했으니까.

"너무 걱정하지 않아도 될 거예요. 촬영을 접을 생각은 없으실 테니까."

주혁은 오재현이 적당히 긴장감만 높여주고는 다시 돌아오리라 생각했다.

"그렇죠? 선배님이 무섭긴 해도 생각이 깊으신 분이니까 그럴 거예요."

민정은 조금 안심이 되는지 표정이 밝아졌다. 그래도 워낙 피곤해서인지 얼굴이 말이 아니었다. 그건 지석도 마찬가지였는데, 둘의 촬영 분량이 가장 많아서 어쩔 수 없었다. 민정은 잠깐만 눈을 붙이겠다고 했는데 바로 잠이 들었다.

기댈 곳이 없어서 그랬는지 졸다가 주혁의 어깨에 머리를 기댔는데, 피곤함에 지친 모습을 보니 차마 비킬 수가 없었다. 그렇게 쌕쌕거리면서 잠이 든 민정에게 어깨를 빌려준 채로 주혁도 쉬고 있었다. 그런데 주혁의 눈에 PD가 황급히 달려가는 게 보였다.

'어, 저 양반이 왜 저래? 저 양반까지 가면 안 되는데.'

순간 주혁은 PD를 잡으려 했지만 민정이 때문에 말도 못 하고 움직이지도 못했다. 그러면서 일이 복잡해졌다는 생각을 했다. 그냥 가만히 있으면 알아서 올 텐데 PD까지 움직였으니 이제 문제는 완전히 달라졌다.

주혁은 조금 전에 조연출이 갔고 시간도 적당히 흘렀으니 이제 슬슬 오재현이 돌아올 때가 되었다고 생각하고 있었다. 준비가 늦은 사람들도 충분히 반성했을 것이고 다른 사람들도 다시 한 번 긴장했을 테니까.

그런데 현장에서 가장 높은 사람인 PD까지 움직였다면 문제가 다른 거였다. 이제는 오재현은 현장으로 오고 싶어도 그럴 수 없는 처지가 되었다. 지금 돌아오면 사람들이 어떻게 생각하겠는가.

마치 아랫사람이 찾아갔을 땐 들은 척도 안 하다가 높은 사람이 찾아가야 움직이는 사람처럼 보이지 않겠는가. 그러니 이제는 돌아오면 안 되는 상황이 된 거였다. 주혁은 그걸 참지 못하고 달려간 PD가 안쓰러웠다.

자기 딴에는 일을 빨리 해결하고 촬영을 해야겠다는 생각에서 움직인 걸 텐데 오히려 역효과를 내게 생겼으니까. 아니나 다를까 조금 뒤에 오재현이 차를 타고 촬영장을 떠났다는 소식이 전해졌다.

"오빠, 어떻게 해요. 이러다가 잘못되는 거 아닐까?"

잠에서 깬 민정이 걱정 가득한 얼굴로 물었다. 주혁은 걱정하지 말라고 했지만 민정의 동요는 쉽사리 가라앉지 않았다. 정말 걱정이 되는 것도 있겠지만 심신이 지친 상태라서 작은 것에도 민감하게 반응해서 그런 것 같기도 했다.

주혁은 차근차근 설명을 해주었다. 재현 선배가 악역을 자처해서 일부러 그런 거라고. 그러지 않으면 흐트러진 촬영장 분위기를 잡을 수 없어서 그런 거라고. 그런 식으로 이야기했더니 그제야 민정은 조금 진정이 되었다.

"그런데 오빠, 그럼 왜 촬영 안 하시고 집에 가신 거예요?"

주혁은 이야기를 해주어야 하나 말아야 하나 망설이다가 그냥 쉽게 풀어서 이야기를 해주었다. 그러자 민정은 고개를 끄덕이면서 안심했다. 그렇게 이야기를 하고 있는데 PD가 직접 찾아왔다.

"저기, 다들 놀랐지?"

PD는 너무 놀라지 말라고 하면서 사정 이야기를 해주었다. 주혁이 이야기한 내용 거의 그대로였다. 덧붙여진 거라고는 오늘 오재현이 나오지 않는 장면 위주로 일단 촬영을 한다는 거였다.

"저희는 다 알고 있으니까 걱정하지 마세요."

PD는 나이가 가장 어린 민정이 그런 말을 하자 어리둥절한 표정을 지으면서도 촬영 준비를 하러 밖으로 나갔다. 주혁과 민정도 밖으로 나갔는데 역시나 아까와는 달리 사람들이 바짝 긴장하고 있었다.

너무 긴장하는 것도 좋지 않지만 주혁은 가끔은 이런 일이 있는 것도 좋다고 생각했다. 그리고 촬영에 막 들어가려는데 지아에게서 전화가 왔다.

"어, 지아야. 왜?"

―오빠, 오늘 미안. 집에 갈 일이 생겼어요. 정말 미안해요.

"부산에? 뭐, 어쩔 수 없지. 그럼 내일은 올라와?"

―예, 내일 일찍 갈 테니까 내일 봐요. 제가 올라가면서 연락할게요.

"그래, 알았어. 그런데 지아 집은 어디쯤이야? 부산에 황령

산 근처는 가봤는데."

—거기는 아니고요. 시청 근처예요. 아, 지금 출발해야 해요. 그럼 내일 봐요.

주혁도 촬영에 들어가야 해서 통화를 급히 마쳤다. 그리고 오늘 촬영을 마치면 뭘 할까 하는 생각을 했다.

"간만에 지언이나 불러서 술이나 한잔할까?"

"주혁 씨."

주혁은 그를 부르는 스태프에게 대답하면서 촬영장으로 달려갔다.


"주혁아, 너 욕 좀 먹더라?"

"그게 어디 욕인가요. 그 정도는 애들 장난이에요."

지석의 말에 주혁은 코웃음을 쳤다. 하도 단련이 되어서 이제는 그 정도 글은 웃으면서 볼 수 있을 정도였다. 지금 인터넷에서는 말도 안 되는 일로 주혁을 욕하는 사람이 있었는데, 민성이 불치병으로 죽고 남예석이 동건과 이어진다는 소문이 돌고 있어서였다.

이게 다 민성이 드라마에서 코피를 흘리자 이상한 소문이 퍼져서 그런 거였는데, 소문이 제법 그럴듯해서 난리가 난 거였다. 발단은 민성이 VIP 환자에게 코를 맞아 코피를 흘리는 장면이었다. 그런데 의사가 원래 금이 갔던 데가 또 덧났다고 하면서 의혹이 증폭되었다. 왜 전에 코에 금이 갔느냐는 거였다.

거기다가 코피가 한 번이 아니라 라이브 서저리 중에도 마스크를 붉게 물들이니 불길한 결말을 암시하는 거라며 난리들을 쳤다. 병이 점점 악화되는 걸 보여준 거라고 하면서. 사람들은 그럴듯하다고 생각했다. 아니면 군이 주인공이 그렇게 자꾸 코피를 쏟을 리가 없다고 생각한 거였다.

더구나 예석이 마음을 열고 본심을 밝혔는데도 민성이 무덤덤하게 반응한 후라서 그런 가설이 더욱 그럴듯하게 들렸다. 불치병에 걸린 걸 알고 예석의 마음을 받아주지 않으려고 한다는 거였다. 아니면 그렇게 좋아하던 예석이 마음을 열었는데 왜 무덤덤하냐면서. 그래서 결국은 민성은 죽고 동건과 이어진다는 이야기가 설득력을 얻고 있었다.

그러더니 민성의 팬 중 일부가 주혁에게 난데없이 욕을 하고 있었다. 너 때문에 오빠가 죽게 되었다고. 하지만 주혁은 그러려니 했다. '네오하트'가 거의 40%에 육박하는 시청률을 기록하고 있는지라 사람들의 관심이 많이 쏠려서 그렇다고 좋게 생각했다.

물론 욕을 하는 건 일부 몰지각한 사람들에 불과했고 그런 일에는 워낙 면역이 되어서 주혁에게는 이 정도는 일도 아니었기 때문이었다. 얼마 전에 있었던 기자 폭행 사건 때 욕을 먹은 거에 비하면 이런 건 가벼운 애교에 불과했으니까.

주혁은 터치 폰으로 인터넷을 검색했는데, 아직도 그 이야기로 떠들썩했다.

　—민성 왜 저래?
　—심장병임. 틀림없음.
　—민성이 백혈병. 코피가 저렇게 나는 걸 보면 뻔하네.

제발 죽이지 말라는 글이 대부분이었다. 그런데 사실 병과는 전혀 상관없는 거라는 걸 알고 있는 출연자들은 상황이 재미있기만 했다. 코에 금이 간 건 예전에 많이 놀았던 과거 때문에 그런 거였다.

연기하는 배우 입장에서는 이럴 때 참 뿌듯한 기분이 든다. 시청자가 드라마에 몰입해서 이런 일이 벌어진 것이니 얼마나 기분이 흐뭇할 것인가. 그리고 자신이 연기하는 캐릭터를 살려달라고 성원하는 사람이 많으니 마음이 찡하기도 했다.

"주혁아, 이거 좀 봐봐."

지석은 주혁에게 핸드폰을 내밀었다. 거기에는 시청자들의 글이 보였는데, 하나같이 민성을 죽이면 절대로 안 된다는 내용이었다.

―절대 죽이지 마세요. 소문이 이상하던데. 그럼 정말 짜증 지 대로고 다른 드라마나 다를 바 없어요. 제발 우리 건강하게 오래 삽시다. 그럴듯한 핑계를 대주세요.

　―그 백혈병으로 또 한 명의 드라마 주인공을 날려 보낼 건가.

　그리고 그중에서 아주 기발한 것도 눈에 띄었다. 이 글을 쓴 친구는 소설을 '써도 될 듯했다.

　―결국 민성은 백혈병으로 결말에 죽고 자신의 장기를 모두 기증한다. 그 심장이 네오하트다.

　"오오, 이건 정말 그럴듯하네요."

　주혁은 네티즌의 상상력에 탄복했다. 어쩌면 그렇게 재치 있는 생각을 하는지 감탄이 나올 정도였다. 지석은 주혁을 바 라보면서 자랑스러운 표정을 지어 보였다. '봐라. 내가 이 정 도다.' 라고 이야기하는 듯했다.

　주혁은 피식 웃고는 지석의 핸드폰을 빼앗았다. 그리고 링 거를 맞고 있는 지석을 강제로 자리에 눕혔다.

　"이런 거 보지 말고 피곤할 텐데 좀 쉬고 있어요."

　사실 매일같이 밤샘 촬영을 했으니 강철이라도 버텨내지 못했을 터였다. 그리고 그 옆에는 민정이도 링거를 맞으면서 누워 있었다. 피로를 이런 식으로라도 풀어야 촬영을 할 수 있었기 때문에.

주혁은 둘이 푹 쉬게 밖으로 나왔다. 주혁 역시 피곤하긴 마찬가지였지만 그래도 쌩쌩한 편이었다. 주연배우들보다 촬영 시간이 적어서 쉴 시간이 그만큼 더 많아서이기도 했고 잠깐이라도 자고 나면 피로가 대부분 풀려서 그러기도 했다.

주혁은 촬영이 시작되려면 아직 시간이 조금 남아 있어서 세트 뒤쪽 구석에 자리를 잡고 잠시 쉬고 있었는데, 무슨 웅성거리는 소리가 들렸다. 가만히 들어 보니 PD와 제작사 대표가 근처로 와서 이야기를 나누는 거였다.

"인터넷에서 완전히 난리야. 공지라도 띄워야겠어."

"그런 걸로 공지하는 게 좀 웃기지 않을까요? 좀 그렇잖아요. 민성이는 백혈병이 아닙니다. 이렇게 공지를 할 수도 없잖아요."

"원래 잘나갈 때 채찍질하는 거야. 언론에 이야기 좀 풀자고. 민성이 백혈병이 아니라는 거하고 수술 장면이나 다른 거 좀 섞어서 소스를 주면 언론에서도 좋아할 거야."

주혁은 역시나 제작하는 사람의 사고방식은 배우나 스태프와는 전혀 다르다는 걸 다시 한 번 알게 되었다. 하긴 저렇게 생각하는 게 그의 일이긴 했다. 그리고 꽤 효과적일 거라는 생각이 들었다.

사람들이 궁금해하는 내용을 알려줌으로써 드라마에 더 관심을 갖게 될 테니까. 그리고 다른 이야기도 계속 했는데, 주혁은 처음 듣는 이야기였지만 어느 정도 예상은 하고 있었던 일이었다.

"이번에 3회 연장하기로 했어. 작가도 이미 작업에 들어갔고."

"결국 3회로 결정되었군요."

PD도 이미 알고 있었던 듯했다. 이야기를 들어 보니 연장은 결정된 거였고 몇 회로 하느냐가 문제였던 듯했다. 4회까지 이야기가 나왔었는데 결국 3회로 합의가 된 모양이었다. 주혁은 어차피 이렇게 될 줄 알고 있었다.

방송국에서 시청률이 40% 가까이 나오는 드라마를 그냥 끝내려고 하지는 않을 테니까. 문제는 배우들이었다. 지금도 링거를 맞으며 촬영하고 있는데 과연 버틸 수 있을지 걱정이 되었다.

그리고 2부 제작에 대한 이야기도 나왔다. 주혁은 무조건 2부도 제작될 것으로 생각했었는데 그리 낙관적이지는 않은 듯했다. 보통 2부를 한다면 내년에는 방영되는 게 좋다. 몇 년 지나서 2부를 하게 되면 사람들이 기억이나 하겠는가.

그리고 그때가 되면 드라마 트렌드가 어떻게 바뀔지도 모르는 일이다. 그러니 내년에 방영하는 게 딱 좋긴 한데 그건 무리가 있다는 거였다. 작가도 난감해했다고 했고 배우들의 일정을 맞추는 것도 어려워서 그랬다.

"주연을 주혁이로 가는 건 어때요?"

이런저런 이야기를 하다가 주혁을 주연으로 쓰면 어떻겠느냐는 말이 나왔다. 순간 주혁은 귀가 솔깃했다. '추적자'에서는 주연이라고는 하지만 어디까지나 악역이었다. 그래서 아직 제대로 된 주연은 하지 못했다고 생각하고 있었다.

주연을 꿈꾸지 않는 배우가 어디 있겠는가. 당연히 주연배우로서 자신의 연기를 펼치고 싶었다. 그런데 제작사 대표의 이야기는 주혁이 원한 것과는 전혀 달랐다.

"아직은 좀 어렵지 않을까? 연기력이 좋은 건 알겠지만 주연이란 게 연기력만으로 되는 건 아니니까."

대표는 극을 전체적으로 끌고 나가는 힘이 있는지는 잘 모르겠다고 했다. 조연으로야 더할 나위 없이 훌륭한 배우지만 주연으로서는 검증되지 않았으니까. 그래서 가능성은 충분하지만 확신은 할 수 없다는 거였다.

주혁은 솔직히 충격을 받았다. 자기 정도면 주연을 맡아도 충분하다는 생각이 있었기 때문이었다. 그런데 다른 사람들이 보는 시각은 그게 아니었던 거였다.

'정말 주연을 맡을 준비가 되어 있지 않은 걸까?'

주혁은 심각하게 고민했다. 솔직하게 말해서 아직 '추적자'의 김준석 같은 연기를 할 수는 없다고 생각했다. 시간이 더 지나고 경험과 연륜이 더 쌓이면 가능하겠지만 지금 당장은 힘들다고 생각했다. 그만큼 준석의 연기는 훌륭했다.

하지만 자기 또래가 하는 연기를 보면 자신이 못할 것도 없다는 생각이었다. 그리고 그런 평가는 '추적자'가 개봉되면 많이 바뀔 것으로 생각했다. 지금까지는 그렇게 비중 있는 역할을 맡아서 제대로 된 연기를 보여준 적이 없었으니까.

'하긴 비중 있는 역이라고 해봐야 커피 프린스에서 고선기 역할이 전부였으니 그렇게 평가할 수도 있겠지.'

그리고 '네오하트' 제작진도 기껏해야 동건 역을 하는 것밖에 보지 못했으니 그렇게 생각하는 것이리라 여겼다. 하지만 가만히 생각해 보니 자신만큼 하는 연기자가 없는 건 아니었다. 단적인 예가 승우였다.

'그래, 승우도 연기 잘하지. 그리고 보면 또래 중에서도 특색 있는 배우들이 제법 있어.'

여심을 녹이는 외모를 가진 배우도 있었고 이국적인 분위기의 배우도 있었다. 그리고 예전에 돌아다닐 때 보면 아직 유명해지지는 않았지만 연기력이 발군인 친구들이 있었다.

그렇게 생각하니 주혁은 자신이 그동안 다른 사람보다 큰 특혜를 받았다는 사실을 잊고 너무 즐기기만 한 게 아닌가 싶었다. 다른 사람들은 자신같이 특별한 기회가 없었음에도 꾸준히 노력해서 그런 실력을 쌓았는데 말이다.

얼마나 창피한 일인가. 남들보다 훨씬 큰 득혜를 입었으면서도 그들보다 크게 앞서 나가지 못하고 있었으니까. 주혁은 지금부터라도 노력을 더 해야겠다고 생각했다. 그래서 적어도 비슷한 또래에서는 연기력으로는 비교가 불가능한 배우가 되어야겠다고 마음먹었다.

주혁은 자리에서 일어났다. 지금 이렇게 편하게 앉아서 쉬고 있을 때가 아니라는 생각이 들어서였다. 그는 대본을 들고 다시 한 번 연기를 체크하기로 마음먹었다. 그리고 대기실로 향하면서 중얼거렸다.

"그래, 다시 시작한다고 생각하자."

주혁은 자만하지 말고 다시 노력해서 이번에는 조연이 아닌 주연으로 발돋움하리라고 다짐했다. 그런 특별한 능력이 있는데도 그 정도도 하지 못하면 말도 되지 않는 일 아니겠는가. 주혁은 대본을 꽉 움켜쥐었다.


주연 중 한 명인 최강혁 교수가 없었지만 촬영장은 쉬지 않고 돌아갔다. 그리고 다른 어떤 날보다 주혁의 연기는 야무지고 인상적이었다. 부드러울 때는 한없이 부드러웠고 힘을 줄 때는 상대가 움찔할 정도로 임팩트가 있었다.

"오빠, 무슨 일 있었어? 오늘따라 힘이 잔뜩 들어가 있네?"

"힘은 무슨. 그냥 평소처럼 연기하는 건데. 니가 피곤해서 그렇게 느끼나 보지, 뭐. 그나저나 몸은 어때?"

"그냥 집에 가서 한 사십 시간쯤 잤으면 좋겠어."

민정뿐 아니라 거의 모든 배우들이 쓰러질 지경이었다. 이렇게 해서 마지막까지 무사히 촬영을 마칠 수 있을지가 걱정될 정도였다. 한데 그렇게 다들 골골대다가도 촬영이 시작되면 신기하게도 다들 기운을 내서 연기했다.

하지만 주혁의 연기가 조금 다르다는 걸 느낀 건 민정만이 아니었다. 지석도 와서는 오늘 연기가 좋다는 말을 했고 다른 선배들도 아주 좋다는 칭찬을 하고 갔다. PD 역시 이렇게만 해달라고 말할 정도였다.

"거봐. 내가 말한 게 맞잖아."

"그런가?"

주혁은 히죽 웃었다. 확실히 마음가짐이 달라지니 연기가 다르게 보였던 모양이었다. 아무리 항상 최선을 다한다고 해도 그날의 컨디션이나 심리 상태에 영향을 받을 수밖에 없는 게 사람의 일이다.

주혁은 지금 느낀 사실과 오늘의 마음가짐을 잊지 않기 위해서 가슴 속에 깊이 새겼다. 얼마나 오래갈지는 모르겠지만 평생 잊지 않았으면 좋겠다고 생각하면서.

주혁은 촬영을 다 마치고 가기 전에 인사라도 하려고 고개를 돌렸는데 민정이는 벌써 링거를 맞으면서 쉬고 있었다. 주혁은 피식 웃고는 자리에서 일어났다. 다른 사람들에게 인사를 하고 밖으로 나가서 차를 타려는데 전화가 울렸다.

"이사님, 잘 지내셨어요?"

―요즘 잘나가던데? 드라마도 잘나가고 곧 개봉할 영화도 소문이 좋아.

평소에도 가끔 연락하는 배급사의 김중택 이사였다. 그는 내일 시간이 되느냐고 물어왔다. 지아가 올라오기 전까지는 시간이 있었으니 이른 시간이면 괜찮다고 했다.

―그럼 내일 오전에 만나서 이야기나 하지.

"예, 알겠습니다. 그럼 제가 사무실로 가겠습니다."

주혁은 통화를 마치고 차를 몰고 촬영장을 떠났다. 지언이도 일이 있다고 해서 오늘은 집으로 가서 푹 쉴 생각이었다. 집으로 가는 길은 평소와 같았다. 늦은 시간이라 차량은 많지 않았다.

주혁은 뒤따라오는 차량이 있다는 사실을 모른 채 조금 더 노력해야겠다는 생각을 하면서 차를 운전했다. 그리고 주혁의 차를 조용히 뒤쫓는 승합차가 있었고 호텔 스위트룸에서 소식을 기다리는 한 남자가 있었다.

남자는 상자를 만지작거리면서 중얼거렸다.

"드디어 시간이 되었군."

[인간은 참 재미있군. 그 상자는 아주 특별하니 상자의 주인도 조심해야 한다고 분명히 말했을 텐데.]

"상관없어. 심장에 구멍이 뚫리고도 죽지 않는 사람은 없으니까. 그리고 그렇게 특별한 상자라면 더욱더 내가 가져야지."

상자는 더는 말하지 않았다. 탐욕은 귀를 어둡게 한다. 그러니 지금은 무슨 말을 해도 소용없을 것이다. 그리고 굳이 무언가를 말할 이유도 없었고. 책임은 본인이 지게 될 것이고 자신은 어찌 됐든 간에 동료를 만나게 될 테니까.

CHAPTER **23**
하늘 밖의 하늘

주혁은 라디오를 틀었다. 평소에 듣던 프로그램이 아니었는데, 오늘 촬영이 조금 일찍 끝난 탓이었다. 보통은 자정을 넘겨 새벽에 집으로 돌아갔었는데 지금은 자정까지 제법 시간이 남아 있었으니까.

주혁은 노래를 흥얼거리면서 운전을 하다가 신호가 빨간불로 바뀐 것을 보고는 서서히 차를 세웠다. 늦은 밤이라 그런지 차가 없어서 그냥 신호를 무시하고 갈까도 생각했었지만 그래도 안전 운전하자는 생각에서 차를 멈추었다.

쿵!

신호가 바뀌기를 기다리고 있던 주혁은 갑작스러운 충격에 깜짝 놀랐다. 돌아 보니 뒤에서 오던 승합차가 주혁의 차를 들이받은 거였다. 주혁은 인상을 찌푸리고는 차에서 내렸다. 자연스럽게 목을 잡고 차가 얼마나 망가졌는지 보기 위해 자동차의 뒤쪽으로 움직였다.

"아이고, 미안합니다."

범퍼를 살피는데 승합차 문이 열리는 소리가 나더니 미안하다는 말소리가 들렸다. 범퍼가 약간 찌그러진 정도였는데, 주혁은 일단 보험사에 전화하기 위해서 핸드폰을 꺼냈다. 그런데 갑자기 목덜미가 따끔했다.

어떤 사람이 뒤로 돌아와서 주혁에게 주사를 찌른 거였다. 그리고 승합차에서 내린 다른 남자가 서늘하게 웃으면서 주혁의 입을 손으로 막았다. 주혁은 움직이려고 했지만 순식간에 의식을 잃고 축 늘어지고 말았다.

남자들은 주변을 살피더니 아무도 없다는 걸 확인하고는 주혁을 승합차에 실었다. 그리고 한 명이 주혁의 차에 타고 승합차를 뒤따랐다. 승합차는 근처에 있는 좁은 길로 움직였다.

"혹시 모르니까 주변에 사람 있는지 확인 잘하고."

"알았수다."

리더로 보이는 남자는 주혁의 맥을 잡아보고 인상을 찌푸렸다. 아주 약하지만 심장이 뛰고 있었다. 일반인이라면 벌써 죽었어야 마땅할 양을 주사했는데 이상하다는 생각을 한 리더는 주혁에게 다시 한 번 독극물이 든 주사를 놓았다.

"뭐 문제라도 있는 거유?"

"괜찮아. 이 정도면 코끼리도 죽을 양이니까."

리더는 잠시 후 주혁의 심장이 완전히 멈춘 것을 확인했다. 그렇게 주혁은 죽었다.

차는 근처에 있는 폐가에서 멈추었는데, 리더는 주변을 잘 확인하게 했다. 혹시라도 보는 사람이 있을까 싶어서였다. 리더는 주혁의 시체를 내리라고 지시했다. 폐가에 파놓은 구덩이에 집어넣고 그 위에 시멘트를 부을 작정이었다.

드럼통에 넣고 바다에 버리는 방법도 있지만 바닷가까지 이동하느니 여기서 처리하는 편이 더 깔끔했다. 아마도 누군가가 이 폐가를 사서 재건축을 하지 않는 이상 이 시체는 발견되지 않을 것이다.

"전화해. 일 끝났다고."

리더의 지시를 받은 남자가 전화를 했고 사람들이 차갑게 식은 주혁의 시체를 차에서 들고 나왔다. 그런데 그 순간, 갑자기 모든 것이 멈추었다. 세상의 시간이 일순간에 정지했다.

남자 둘은 주혁의 시체를 들고 움직이려다 그대로 굳었고 옆에 있는 한 남자는 전화기의 버튼을 누르다가 그 상태로 멈추었다. 리더로 보이는 남자는 담배를 피우고 있었는데, 그가 내뿜은 담배 연기도 허공에 흩어지지 않고 공중에 그대로 있었다.

하늘을 날아가던 새도 그 자리에 멈추어 있었고 도로 위의 자동차도 움직이지 않았다. 그리고 주혁의 집에 있는 미래도 하늘을 바라보며 짖다가 입을 벌린 채로 박제처럼 굳어 있었다. 세상은 마치 사진처럼 정지해 있었고 움직이는 건 아무것도 없었다.

땡!

주혁의 집에 있는 상자에서 아주 맑은 소리가 울렸다. 그리고 밝은 빛이 흘러나오기 시작했다. 그 빛은 점점 강렬해졌는데, 상자가 부르르 떨리더니 확 하고 강렬한 빛을 내뿜었다. 그리고 그 빛이 가라앉았을 때 상자의 투입구에는 동전이 하나 꽂혀 있었다.

그리고 레버가 확 당겨지더니 동전이 상자 안으로 빨려 들어갔다. 그리고 숫자 판이 맹렬하게 돌아가기 시작했다.

촤르르르르륵!

숫자 판은 여느 때보다 조금 오래 돌았다. 그렇게 숫자 판이 돌아가는 소리만 방 안을 맴돌고 있었다.

\*       \*       \*

"허억~"

주혁은 벌떡 일어나서 숨을 가쁘게 쉬었다. 자신을 내려다보던 남자들의 기분 나쁜 시선이 떠올라서였다. 섬뜩하고 소름 끼치는 눈동자들. 절대로 정상인의 눈으로는 보이지 않는 그런 끔찍한 눈빛이었다.

"꿈인가?"

주혁은 자리에서 일어나서 불을 켰다. 그리고 그 자리에 그대로 굳었다. 깊숙이 숨겨놓은 상자가 방 한가운데에 나와 있었고 숫자 판이 0000이 아니라 다른 숫자를 보였기 때문이었다. 주혁은 재빨리 동전이 들어 있는 나무 상자를 찾았다.

그리고 뚜껑을 열었을 때 동전이 하나 없다는 사실을 확인할 수 있었다. 상자 안에는 동전이 네 개밖에 남아 있지 않았던 거였다. 주혁은 이 상황이 어떻게 된 것인지 파악하려고 애썼다.

그리고 확신할 수는 없었지만 자신에게 무슨 일이 생겨서 상자가 스스로 움직였다는 결론에 도달했다. 그것 말고는 이 상황을 설명할 방법이 없었다.

"누군가가 나를 해치려고 한 걸 거야. 아니, 해쳤겠지. 그리고 그렇게 되자 상자가 스스로 동전을 사용해서 시간을 되돌린 것이고."

주혁은 일단 그렇게 결론지었다. 그리고 숫자 판을 확인했다. 숫자 판에는 0139라는 숫자가 표시되어 있었다. 넉 달이 조금 넘는 시간이었다. 주혁은 일단 지금 상황이 어떻게 된 것인지 확실하게 알고 넘어가야겠다고 생각했다.

일단 자신을 노린 것이 누구이며 왜 그랬는지 확인할 필요가 있었다. 그래서 미스터 K에게 도움을 요청했다. 누군가 자신을 해치려고 하는 것 같으니 도움이 필요하다고.

미스터 K는 직접 움직이지 않고 다른 사람들을 고용했는데, 그들은 모두 삼단봉을 사용했다. 실력도 다들 엄청나서 한 방이면 사람이 쓰러져서 움직이지 못했다. 그런데 승합차에 탄 사람을 모두 제압하자 뜻밖의 상황이 펼쳐졌다.

다른 인물이 나타나서 삼단봉을 든 사람들을 모조리 제압했던 거였다. 그러자 그 남자와 미스터 K의 대결이 펼쳐졌다. 하지만 아쉽게도 그 대결을 끝까지 볼 수는 없었다. 둘이 맞붙은 지 얼마 되지 않아서 시간이 자정을 넘어갔기 때문이었다.

"하아~ 이걸 어떻게 한다?"

주혁은 하루만 반복되는 게 이럴 때는 조금 불편하다는 생각이 들었다. 하루가 아니라 시간이 조금 더 길었으면 일하기가 편하겠다는 생각이 들었다. 하지만 그거야 자신이 어떻게 할 수 있는 게 아니니 지금 상황에서 어떻게든 일을 해결해야만 했다.

일단 승합차에 탄 남자들보다 갑자기 나타난 의문의 인물에게 포커스를 맞추었다. 아무래도 그가 핵심적인 역할을 하는 사람이라는 생각이 들어서였다. 그런데 의문의 인물은 주혁이 출발할 때쯤이나 되어서야 승합차와 합류했다.

그래서 일단 승합차에 있는 녀석들을 조져서 의문의 인물과 접촉하는 걸로 작전을 바꾸었다. 그래서 촬영장에서 숨어 있던 녀석들을 잡았고 리더를 족치고 있었다. 그들이 준비한 폐가로 끌고 가서.

"그 남자, 오늘 어디서 만났어?"

주혁은 오늘 오전에 의문의 남자와 접촉한 사실까지는 밝혀냈다. 아직 그 장소가 어디인지를 알지 못해서 그렇지. 하지만 어차피 시간은 많으니 곧 밝혀낼 수 있으리라 생각했다. 리더는 여간 독종이 아니라서 쉽게 입을 열지 않았다.

"퉤. 우이동에 있는 카페에서 만났소."

리더는 피가 섞인 침을 뱉으면서 대답했다. 주혁은 피식 웃었다. 그곳이 아니라는 걸 이미 이틀 전에 확인했기 때문이었다. 이틀 전이라는 표현이 좀 애매하기는 했지만.

"거기가 아니라는 건 알고 있어. 아, 그리고 신림동에 있는 파라다이스 모텔도 아닌 거 알고 의정부에 있는 당구장도 아닌 거 아니까 거기는 얘기하지 않았으면 좋겠네."

리더는 깜짝 놀랐다. 자신이 이야기하려고 한 장소들을 저 남자가 미리 말했기 때문이었다. 순간 리더는 기가 팍 죽었다. 게다가 이들은 손을 쓰는 것도 굉장히 잔인했다. 지금도 부하 한 명이 팔과 다리가 하나씩 꺾인 채 기절해 있었다.

"어차피 시간 끌어서 좋을 것 없어. 자꾸 이러면 체육관으로 가는 수가 있다고."

남자들은 체육관이란 곳이 어떤 곳인지 알 수 없었지만 그곳에 가면 어떻게 될 것이라는 건 본능적으로 느낄 수 있었다. 그리고 무엇보다도 이들은 무서웠다. 조용조용 말하면서 하는 짓은 자신들보다도 더 잔혹했다.

이미 기가 눌리자 리더는 더 버티지 못했다. 그는 순순히 입을 열었다. 그 남자를 만난 장소와 연락처, 그리고 이번 의뢰와 관련된 모든 내용을 모두 불었다.

"그래, 처음부터 이렇게 편하게 했으면 서로 좋았잖아. 어차피 다 잊을 테니 앞으로는 만나지 말자고."

리더를 비롯한 남자들은 몸을 부르르 떨었다. 자신들을 모두 해치우겠다는 뜻으로 받아들인 거였다. 그런데 주혁은 아무런 짓도 하지 않고 밖으로 나갔다. 남자들은 의아한 표정으로 주혁을 바라보았고 미스터 K도 마찬가지 표정이었다.

\*　　　\*　　　\*

처음에는 남자들의 이야기만 듣고 기자가 자신을 해코지하는 걸로 생각했었다. 물론 좀 이상하기는 했다. 합의를 해주지 않는다고 죽여서 없애라고까지 한다는 게 말이 되지 않았으니까. 하지만 워낙 이상한 여자라서 그럴 수도 있겠다 싶었다.

그런데 이게 조사를 하니 생각했던 거와는 전혀 달랐다. 모든 열쇠는 의문의 남자가 쥐고 있었는데, 그를 잡는 건 어렵지 않았다. 그가 올 장소도 미리 알고 있었으니까. 먼저 남자들을 제압해 놓고 그다음 그 장소로 찾아온 의문의 남자를 제압했다.

케빈이라는 평범한 이름을 가진 남자는 역시나 쉽게 입을 열지 않았다. 하지만 미스터 K가 체육관에서 손을 보자 결국 입을 열었다. 그런데 그의 입에서는 아주 뜻밖의 이야기가 흘러나왔다.

"윌리엄 바사드?"

주혁은 처음 들어보는 인물이었다.

"지하 금융의 거물이라고 알려져 있습니다. 주로 중동과 남미의 자금을 운용한다는 소문이 있는데 미국과 유럽의 유대 자본을 움직이는 로저 페이튼 회장과는 사이가 좋지 않다고들 합니다. 제가 아는 건 대략 그 정도입니다."

미스터 K는 간략한 정보를 이야기해 주었는데, 더 캐봐야 특별한 정보는 알기 어려울 것이라고 했다. 하지만 주혁은 이야기를 듣고 나서도 그가 왜 자신을 해치려고 하는지 감도 오지 않았다.

자신과는 전혀 상관없는 사람이었기 때문이었다. 자신을 죽여서 그가 얻을 수 있는 이득이 뭐가 있단 말인가. 서로 얼굴도 모르는 사이인데. 그리고 자신은 배우이고 상대는 돈을 움직이는 사람이니 접점이 없었다.

게다가 며칠 전에 자신을 찾아 촬영장에까지 왔었다는 것도 이해할 수 없었다. 그러다가 불현듯 생각난 것이 있었다. 바로 상자였다. 자신이 가지고 있는 것 중에서 만약에 윌리엄 바사드라는 거물이 탐을 낼 만한 게 있다면 그건 바로 상자였다. 아니, 상자일 수밖에 없었다.

'내가 상자를 가지고 있다는 사실을 알 방법이 있는 거야. 한참을 헤매다가 나를 찾은 것 같다는 걸 보면.'

주혁은 집으로 돌아와서 생각에 잠겼다. 이세 누가 자신을 노리는지는 알았다. 그리고 그 이유는 아마도 상자 때문일 것이다. 하지만 정보가 너무 없었다. 윌리엄 바사드라는 인물에 대해서도 몰랐고 왜 자신을 죽이려고 하는지에 대해서도 몰랐다.

"상자를 찾는 거라면 나를 잡아서 상자의 위치를 물어봐야

하는 것 아닌가?'

풀리지 않는 의문이 너무 많았다. 그래서 주혁은 직접 만나보기로 했다. 어차피 그 이유를 알 방법은 직접 물어보는 것 외에는 없었다. 주혁은 그렇게 결심하고 상자를 쳐다보았다. 0108이라는 숫자가 보였다.

\* \* \*

"누구?"

"강주혁이라는 분입니다. 이야기하면 아실 거라고."

윌리엄 바사드는 고개를 갸웃거렸다. 들어본 적이 없는 이름이었기 때문이었다. 그래서 만남을 거절하려고 했다. 이런 식으로 자신을 만나려고 접근하는 사람들이 이번이 처음은 아니었으니까. 하지만 이어지는 말에 그는 마음을 바꾸었다.

"며칠 전에 촬영장에 찾아와서 보고 가지 않았냐고 하시면서 그때 얘기도 하지 않고 가서서 이렇게 직접 찾아왔다고 하십니다."

이야기를 들은 윌리엄 바사드는 갑자기 벼락을 맞은 것 같은 기분이었다. 정신이 확 깼고 온몸의 털이란 털이 모조리 벌떡 일어섰다. 대범하고 배짱 있는 그였지만 너무나 당황해서 잠시 말을 하지 못했다.

"저기, 어떻게 할까요? 모르는 분이시면 그대로 내보내도록 하겠습니다."

"아니, 들여보내게. 정중하게."

윌리엄 바사드는 정신을 차리고 대답했다. 어쩐지 그런 대단한 물건을 가지고 있는 사람이 일개 배우를 할 때부터 이상하다는 생각은 했었다. 그리고 그제야 상자가 했던 경고가 생각났다. 그 상자는 아주 특별한 상자라는 경고가.


주혁은 정보를 알아내는 데 주력했다. 아주 당연하게도 처음에는 쉽지 않았다. 처음 보는 상대에게 누가 그렇게 쉽게 정보를 알려주겠는가. 윌리엄 바사드는 당연히 바짝 경계하면서 입을 열지 않았다. 하지만 상대가 주혁이라는 것이 그에게는 불운이었다.

여러 차례 대화를 나누면서 주혁은 점차 요령을 깨우쳐 갔다. 캐릭터를 달리하면서 상대의 반응을 살펴보니 해결책이 보였다. 주혁이 거물이고 신비한 능력을 가진 것처럼 행동할수록 정보를 얻기가 쉬웠다. 누구나 당황하면 실수를 하는 법이니까.

하지만 그렇다고 윌리엄 바사드가 비밀을 술술 말했다는 건 아니었다. 아주 작은 실수를 통해서 단서를 하나씩 모을 수 있을 뿐이었다. 중요한 정보를 그렇게 쉽게 흘릴 정도라면 윌리엄 바사드는 정적들에게 벌써 제거당했을 것이다.

하지만 계속해서 약점을 찔러보는 주혁을 어떻게 당하겠는가. 이는 마치 게임을 할 때 중요한 포인트 직전에 세이브 해놓고 실패하면 계속 로드 하는 것과 같았다. 그러니 윌리엄 바사드는 처음부터 이길 수 없는 게임이었다.

그렇게 주혁은 윌리엄 바사드도 상자를 가지고 있다는 사실을 알아냈다. 그리고 그가 상자와 이야기할 수 있다는 사실도 들었다. 정말 그 이야기를 들었을 때는 놀라지 않을 수 없었다. 상자와 이야기를 할 수 있다는 건 꿈에도 생각하지 않았었으니까.

이야기를 마치고 집으로 돌아온 주혁은 곧바로 상자를 들고 정신을 집중해 보았다. 하지만 아무리 노력해도 이야기를 할 수 없었다. 하지만 그게 윌리엄 바사드의 상자만 특별해서 그런 것인지, 아니면 다른 무언가가 있는 것인지는 알 수 없었다.

주혁은 오늘도 호텔을 찾아왔다. 다른 사람들은 모두 주혁을 처음 보는 거였지만 주혁은 아주 질리도록 본 얼굴들이었다. 윌리엄 바사드를 만나려면 점심때만 피하면 되었다. 이날 유일하게 방에 없는 때가 점심때였으니까.

주혁은 안내를 받아 방으로 들어왔다. 이제는 너무나도 익숙했다. 주혁은 오히려 비서나 경호원을 재촉했다. 매일 하는 과정을 빨리 해치우고 바로 윌리엄 바사드와 이야기를 하고 싶어서였다.

몸수색해도 전혀 개의치 않았다. 어차피 상자 이야기를 하려면 사람들을 다 내보내야 했고 그러려면 이런 몸수색 정도는 당연한 거였으니까. 역시나 몸수색을 마치자 오늘도 윌리엄 바사드는 사람들을 모두 내보냈다.

주혁은 마치 자기 집인 양 소파에 털썩 앉았다. 이제는 방안 어디에 뭐가 있는지 다 알고 있는 주혁이었다. 아마 윌리엄 바사드보다 이 방에 대해서 주혁이 더 잘 알고 있을 터였다. 주혁은 아랫사람에게 말하듯 말을 던졌다.

"그래, 상자가 어디까지 이야기를 해주던가?"

윌리엄 바사드는 깜짝 놀란 표정이었다. 한껏 커진 채 껌뻑이는 두 눈은 그 사실을 어떻게 알았느냐고 묻는 듯했다. 주혁은 다리를 꼰 채 피식 웃었다. 아주 가소롭다는 듯이. 속으로는 '어떻게 알긴. 니가 얘기를 해줘서 알았지.' 라고 생각하고 있었지만.

"뭐야, 설마 자네만 상자하고 이야기를 나눈다고 생각했던 건가? 어이가 없군."

주혁은 앞에 있는 찻잔을 들고서 차의 향과 맛을 천천히 음미했다. 윌리엄 바사드는 긴장한 티가 역력했다. 지금까지는 자신이 아주 특별한 존재라고 생각하고 있었는데 자신보다

월등해 보이는 존재를 만났기 때문이었다.

그리고 윌리엄이 그렇게 느낀 데는 주혁의 자신감도 한몫했다. 자신은 무슨 일이 있어도 죽지 않는다는 자신감이 있으니 행동에 거침이 없었다. 그런 기세는 자연스럽게 윌리엄에게 전해졌고 너무나도 압도적인 기세에 윌리엄은 위축될 수밖에 없었다.

그리고 이렇게 나가는 게 가장 효과가 좋았다. 역시나 윌리엄은 당황했고 주혁은 오늘도 거침없이 그를 몰아붙였다. 그러자 작은 말실수가 나왔다. 그 말을 들은 주혁의 눈빛이 반짝였다.

전에 들었던 내용과 전부 합치니 윌리엄 바사드가 가지고 있는 상자가 어떤 기능이 있는지 알 것 같았다. 그리고 그걸 확인하는 것도 어렵지 않았다. 직접 물어보고 반응을 살피면 되니까. 그리고 주혁은 자신의 생각이 맞았다는 걸 확인할 수 있었다.

놀랍게도 그가 가지고 있는 상자는 하루가 반복되는 것이 아니라 숫자 판에 나온 수만큼 과거로 돌아가는 거였다. 10이 나오면 십 일 전으로 시간이 돌아가는 거였고, 05가 나오면 오 일 전으로 시간이 돌아가는 기능이었다.

주혁은 집으로 돌아와서 USB 메모리에 오늘의 상황을 정리했다. 유일하게 반복되는 하루에 영향을 받지 않는 바로 그

USB 메모리였다. 그렇게 하루하루 알아낸 정보들을 거기에 정리해 놓았다. 예전에도 그랬던 것처럼.

"윌리엄이 가진 상자가 더 좋은 것 같은데?"

주혁은 하루만 반복되는 것보다는 며칠 전으로 돌아가는 게 더 유용해 보였다. 그렇게 되면 할 수 있는 일이 더 많을 듯해서였다. 하지만 곧 생각을 바꾸었다. 지금 같은 경우에는 하루가 반복되는 게 정말 좋은 일이었으니까. 두 상자 모두 장점과 단점이 있는 거였다.

주혁은 그런 식으로 알아낸 정보를 이용해서 점점 더 많은 정보를 빼냈다. 정보가 많아질수록 윌리엄을 요리하기도 쉬웠다. 다 알고 있다는 듯 이야기를 툭 던지면 윌리엄은 당황해서 간혹 실수했다.

하지만 정말 간혹 그랬다. 워낙 조심성이 많은 인간이라서 정보를 빼내는 게 만만치 않았다. 만약 일반적인 상황에서 마주쳤더라면 절대로 주혁이 이길 수 없는, 정말 짜증이 날 만큼 까다로운 상대였다.

가끔은 너무 짜증이 나서 일부러 밤늦게 만나서 이야기하다가 12시가 다가올 때쯤 윌리엄 바사드를 후려치기도 했다. 문제 될 게 있겠는가. 어차피 12시가 되면 리셋이 되는데. 얻어맞은 윌리엄이 황당한 표정을 지을 때 주혁은 짜릿한 쾌감을 느꼈다.

그러다가 이게 묘하게 중독성이 있어서 삼 일 정도 연속해서 그런 적도 있었다. 상쾌했다. 스트레스가 확 풀리는 것 같았다. 자기를 죽이려고 했던 사람을 가지고 놀다가 마음껏 후려치는 재미라니.

하지만 어디까지나 모든 정보를 알아내는 게 급선무. 주혁은 오늘도—오늘이라고 불러도 되는지 모르겠지만—다시 거물 행세를 하면서 윌리엄 바사드를 압박했다. 그렇게 하다 보니 이제는 어떻게 하면 그가 위축되는지 너무 잘 알아서 항상 윌리엄은 주눅이 들어 있었다.

'이럴 땐 배우인 게 최고라니까.'

만약 다른 직업을 가지고 있었다면 이렇게 거물인 척 자연스럽게 연기할 수 없었을 것이다. 지금도 눈앞에 있는 윌리엄은 잔뜩 긴장해서 차를 마시지도 못하고 있었다. 당연히 그럴 수밖에 없을 것이다.

주혁은 윌리엄이나 그가 가지고 있는 상자에 대해서도 너무나도 자세히 알고 있었는데, 정작 윌리엄 자신은 주혁에 대해서는 아는 게 거의 없었으니까. 아니, 지금까지 조사해서 알고 있는 게 있었지만 그건 겉으로 드러난 극히 일부분이라고 생각했다.

그러니 윌리엄은 주혁의 앞에서 홀라당 벗겨진 채 서 있는 기분이었다. 주혁은 그런 윌리엄을 잘 요리했다. 대충 지어낸 거짓말을 하기도 했다. 무슨 상관이란 말인가. 어차피 상대는 기억도 하지 못할 텐데.

"내 상자는 육체를 여럿으로 나눌 수 있게 하는 능력이 있지."

"아, 그래서……."

윌리엄 바사드는 탄성을 내뱉었다. 그는 주혁의 본체는 다른 곳에 있으면서 육체를 나누어서 배우 생활을 즐기는 거라고 믿었다. 그러면서 자신도 그런 능력이 있었으면 좋겠다고 생각했다.

그로서는 그렇게 믿을 수밖에 없는 것이 윌리엄 바사드의 눈에 비친 주혁은 정말 굉장한 인물이었다. 자신이나 자신이 가지고 있는 상자에 대해서도 너무나도 잘 알고 있었다. 이 세상 누구에게도 말한 적이 없는 비밀이었는데 말이다.

그러니 주혁을 어마어마한 능력을 가진 절대자라고 생각할 수밖에 없었다. 그래서 윌리엄은 주혁 앞에서는 전혀 기를 펴지 못하고 있었다.

원래 대부분의 진실에 약간의 거짓이 섞여 있을 때 효과가 가장 좋은 법이다. 윌리엄에게서 얻은 정보 90퍼센트에 10퍼센트의 창의적인 거짓말을 섞으니 더 그럴싸했던 거였다. 아마 주혁이 외계인이라고 해도 그는 믿었을 터였다.

상황이 이 정도가 되니 그나마 정보를 빼내기가 조금 더 쉬워졌다. 주혁은 이런 상황을 마음껏 즐기면서 정보를 빼냈다. 자신이 먼저 정보를 던져 주고 네가 아는 것도 이야기해 보라는 식이었다.

"상자가 모두 다섯 개가 있다는 말이지."

집에 돌아온 주혁은 알아낸 사실들을 꼼꼼히 USB 메모리에 정리했다. 상자는 모두 다섯 개. 그리고 그가 가지고 있는 동전은 한 개. 그리고 상자의 능력은 다른 상자의 주인이 어디에 있는지 탐색할 수 있다는 것.

주혁은 정리를 하다가 상자를 보니 숫자가 91이었다. 생각보다 시간이 오래 걸렸다는 생각이 들었다. 윌리엄이 워낙 조심스러운 인물이어서 초반에 시간이 걸려서 그런 거였다. 만약 그가 아니었다면 며칠이면 다 알아낼 수도 있었을 것 같았다.

하지만 애초에 시간문제였다. 일주일이 걸리느냐 한 달이 걸리느냐가 문제였지 어차피 모든 걸 주혁이 알 수밖에 없었다. 주혁은 기억하는 걸 그는 기억하지 못했으니까. 그 차이는 엄청난 거였다.

그리고 그렇게 된 데는 윌리엄이 하루가 반복된다는 걸 아예 생각지도 못하고 있었다는 게 컸다. 만약 조금의 의심이라도 있었으면 상황이 지금처럼 흘러가지는 않았을 것 같았다. 그는 주혁이 가지고 있는 상자도 숫자만큼 시간을 과거로 되돌리는 걸로 생각하고 있었다.

대신 자신의 상자가 다른 상자의 주인을 탐색할 수 있는 것처럼 다른 능력이 있는 것으로 믿고 있었다. 그의 착각이었지만 굳이 그걸 알려줄 이유는 없었다. 사실 말해주어도 어차피 기억도 하지 못할 테지만.

그리고 마침내 그가 상자를 어디에 두는지까지 알아냈다. 동전을 둔 장소와 열쇠의 위치까지. 이제 알아야 할 모든 걸 전부 알아낸 거였다. 그러자 주혁은 고민에 빠졌다. 지금 이 상황에서 어떻게 해야 가장 자신에게 유리하게 해결할 수 있을지에 대한 고민이었다.

'윌리엄을 없앨까?'

그를 제거하는 것도 분명히 생각해 보아야 할 방법이었다. 일단 그는 자신을 노리고 있었으니까. 하지만 단순히 그를 제거하는 것보다 더 좋은 방법이 없을까 고민이 되었다. 그리고 뭔가 방법이 있을 것 같았다.

"그래, 아직 시간은 좀 여유가 있으니까……."

91일. 석 달 정도가 남은 거였다. 주혁은 하고 싶었지만 시간이 없어서 하지 못했던 일들을 이 시간 동안 마음껏 하리라 생각했다.

\*　　　\*　　　\*

일단 윌리엄 바사드를 죽이지 않기로 결정했다. 그것보다는 상자만 빼앗고 이용하는 편이 더 좋다고 판단해서였다. 상자에 대한 집착이 굉장히 강해서 쉽지는 않아 보였는데, 그런만큼 잘만 엮으면 완전히 충복처럼 부릴 수도 있을 듯했다.

상자를 어떻게 빼앗느냐가 문제이긴 했는데 상자만 확실하게 빼낼 수 있으면 윌리엄 바사드는 자신의 말을 들을 수밖에 없을 것이다. 상자야말로 윌리엄 바사드에게는 목숨보다 중요한 거였으니까.

주혁은 일단 영화나 드라마 관계자들을 만나고 다녔다. 그리고 영화나 드라마 현장도 돌아다녔다. 다른 사람들이 자신을 정말 주연감이 아니라고 생각하는지도 궁금했고 주연이란 어떤 존재인지도 다시 한 번 생각해 보기 위해서였다.

그런데 뜻밖에도 사람들의 의견이 모두 비슷했다. 주혁이 연기를 잘하는 건 모두 인정하지만 주연감이라고 선뜻 꼽는 사람은 거의 없었다.

"주연? 조금 이르지 않을까? 왜? 어디서 주연으로 제의 들어온 게 있어?"

"아뇨, 그냥 이런저런 생각이 좀 들어서요."

김준석의 생각도 다른 사람들과 비슷했다. 그는 오히려 조금 더 내공을 쌓고 주연을 맡으라며 진심 어린 충고를 해주었다.

"배우가 잘나가다 잘못되는 케이스가 몇 있는데, 그중에 하나가 바람 들어가는 거야. 너야 그럴 리는 없을 거라고 보지만 그래도 차근차근 올라가는 게 좋아."

준석은 껄껄 웃으면서 주혁이 그런 이야기를 할 줄 몰랐다고 했다. 가만히 있어도 자연스럽게 연기력을 인정받아서 주연까지 할 수 있을 녀석이 왜 그렇게 조급하게 구느냐고 말했다. 주혁은 조언에 감사하면서 자리를 뜨려고 했는데, 갑자기 준석이 질문을 던졌다.

"야, 주혁아, 그런데 너 드라마 촬영은 어쩌고 돌아다니냐? 요즘 한창 바쁘다고 하더만."

"아, 오늘은 이따가 촬영이 있어서요."

주혁은 대충 얼버무리고 나왔다. 어차피 나중에 마지막 날에만 촬영장에 나가면 되는 일이니까. 그리고 다른 사람들도 부지런히 찾아다녔다.

그리고 평소에 만나지 못했던 사람들도 만나보았다. 여러 사람의 의견을 들어보기 위해서였다. 보통 아는 사람의 소개를 받아서 갔는데, 개중에는 다짜고짜 주혁더러 연기를 해보라는 사람도 있었다. 원래 이쪽 사람들이 괴짜가 많아서 별난 일도 많았다.

주혁으로서는 아주 즐거운 일이었다. 그리고 현장을 돌아다녀 보면 예전에 무명일 때와는 느낌이 완전히 달랐다. 그리고 보이는 것도 전혀 달랐다. 주혁은 아는 만큼 보인다는 게 어떤 의미인지 알 수 있었다. 1층에서 본 풍경과 2층에서 본 풍경은 많이 달랐던 거였다.

"하아, 동전이 한 백 개쯤 되면 정말 인생 끝내주게 살 텐데."

주혁은 동전이 부족한 게 정말 아쉬웠다.


주혁은 일단 일의 우선순위를 정했다. 하고 싶은 건 많았지만 정해진 시간 안에 모든 걸 할 수는 없었으니까. 일의 리스트를 쭉 적으니 무엇을 먼저 해야 할지 확실하게 알 수 있었다. 바로 상자를 확보하는 일이었다.

처음에는 미스터 K에게 맡기면 큰 문제가 없을 것으로 생각했다. 하지만 완전히 잘못 생각하고 있다는 걸 깨닫는 데는 딱 하루면 족했다. 하루 동안에 할 수 있는 일은 아무것도 없었으니까.

"나 참, 미스터 K는 기억을 하지 못하잖아."

주혁은 자신의 머리를 통통 때렸다. 이런 기초적인 걸 헷갈리다니 어이가 없었다. 주혁은 방법을 바꾸어서 일단 전체 계획을 세우게 했다. 그리고 세부적인 내용을 조금씩 완성해 나가는 방법을 사용했다.

하루에 할 수 있는 분량까지만 진행했다. 그리고 그날까지 완성된 내용은 USB 메모리에 저장해 놓고 다음 날은 그 이후부터 작업을 해나갔다. 이렇게 진행하니 일이 조금씩 완성되어 갔다.

그리고 사람을 구하는 것도 마찬가지였다. 아무리 전문가라고 하더라도 너무 멀리 있거나 그날 올 수 없는 사정이 있으면 말짱 꽝이었으니까. 그러니 당장 써먹을 수 있는 사람을 모으는 게 중요했다. 그렇게 시행착오를 거치면서 계획과 인력의 구성이 완료되었다.

"같은 일을 계속하려니까 조금 지겹긴 하네."

같은 사람에게 매일 같은 말을 하고 같은 일을 하니 지겹기는 했다. 하지만 이제 계획은 모두 끝났고 실전에 돌입할 차례. 과연 어떻게 진행될지 기대가 되었다. 주혁은 프린트한 서류를 가지고 아침 일찍 미스터 K를 만나러 갔다.

"호텔에 있는 물건을 하나 빼내야겠는데 계획은 이렇게 할 겁니다."

주혁은 서류를 그에게 건넸다. 거기에는 목표물에 대한 정보와 필요한 장비와 인력, 그리고 타임 테이블까지 아주 자세한 계획이 적혀 있었다. 미스터 K는 서류를 쭉 보다가 주혁을 힐끗 쳐다보았다.

"혹시 이쪽에서 일한 적이 있으십니까?"

주혁이 아니라고 하자 그는 '이건 프로 중의 프로가 만든 건데.'라고 중얼거렸다. 하지만 그 이야기는 결국 자기 얼굴에 금칠하는 말이었다. 이 계획은 그가 짠 계획이기 때문이었다. 주혁은 그저 담담하게 웃고만 있었다.

"필요한 선수도 좀 정리를 해봤는데, 이 사람들이면 좋을 것 같습니다. 그리고 지금 당장 모았으면 합니다만."

미스터 K는 명단을 보더니 또 놀랐다. 모두 세 명이었는데, 일반인들이 알 수 없는 전문가들의 명단이어서였다. 게다가 친절하게 연락처까지 적혀 있었는데, 이는 자신도 누군가를 통해야만 알 수 있는 정보였다.

"혹시 저 말고 다른 사람과도 일하십니까?"

미스터 K는 의심스러운 눈초리를 한 채 질문했다. 이건 분명히 주혁이 알 수 있는 범위에 있는 내용이 아니었다. 틀림없이 이 방면으로 잘 아는 사람이 세운 계획이었고 추린 명단이었다. 간혹 그 일을 더 잘할 수 있는 전문가가 보이기는 했지만.

"이 파트에서는 이 선수보다는……."

미스터 K는 대안을 제시했다. 물론 미스터 K가 말한 사람이 더 전문가이기는 했다. 하지만 주혁은 고개를 저었다. 그 사람은 오늘 이 자리에 올 수가 없기 때문이었다. 아무리 실력이 뛰어나도 당장 와서 일할 수 없는 사람은 소용이 없었다.

'이 사람아, 그 사람은 지금 못 와. 몇 번이나 해보고 고른 거라니까 그러네.'

하지만 그 이야기를 꺼낼 수는 없는 일 아닌가. 그저 그만한 이유가 있으니 이 사람들로 해달라고 했다. 미스터 K도 의뢰인이 원하니 군말 없이 따랐다. 그리고 주혁이 준 명단에 있는 사람들도 최고는 아닐지라도 모두 실력은 뛰어난 자들이었다.

그런데 문제는 시기였다. 주혁이 당장 오늘 점심에 물건을 빼내야 한다는 말을 하자 눈살을 찌푸렸다. 이런 일을 이렇게 촉박하게 진행하는 건 극히 드물었으니까. 그리고 이렇게 급하게 일을 하다 보면 꼭 문제가 생기게 마련이었으니까.

"이렇게 급하게 일을 서두르시는 이유가 있습니까?"

"오늘 아니면 그 물건을 빼낼 수가 없어서 그럽니다. 딱 오늘 하루밖에 시간이 없어요."

미스터 K는 난감한 표정이었지만 어쩌겠는가. 클라이언트의 의뢰가 그런 것을. 그는 급히 사람들에게 연락했다. 연락하면서 그는 조금 신기해했다. 명단에 있는 모든 사람이 마침 다 시간이 되었기 때문이었다.

그리고 우연하게도 모두 서울 근처에 있었다. 그래서 아주 이른 시간에 연락했음에도 전부 모일 수가 있었다. 그런데 모인 사람들은 이야기를 듣고는 미쳤다고 했다.

"몇 시간 뒤에 털러 간다고? 제정신이 아니구만."

다들 가겠다고 하는 걸 간신히 말리고는 보수 이야기를 했다. 하지만 넉넉한 금액을 듣고도 이번 일거리를 탐탁지 않게 생각했다. 제대로 된 리허설도 없이 너무 무리하게 일을 진행하는 거라는 생각에서였다.

"리포트는 어떻습니까?"

"뭐, 제법 공은 들였네. 에이 뿔까지는 좀 그렇고 에이 마이너스 정도?"

계획이 적혀 있는 서류를 보던 나이 든 남자가 평을 했다. 하지만 여전히 시큰둥한 표정. 미스터 K는 주혁이 알려준 대로 사람들을 설득했다. 사람들을 혹하게 했던 건 성공이나 실패 여부와는 상관없이 보상이 주어진다는 거였다.

"그러니까 실패를 해도 기본급은 준다 이거네?"

"그렇습니다. 물론 성공을 하면 보너스가 있으니 성공하는 편이 더 좋겠지요. 그리고 기본급은 일 시작하기 전에 선금으로 모두 지급합니다."

조건이 파격적일 정도로 좋았다. 계획도 디테일 하게 짜인 게 나쁘지 않았고 만약 실패하더라도 큰일은 아닐 듯했다. 장소가 호텔이니 잡힌다 하더라도 땅에 파묻힐 일은 없을 듯했고 경찰에 넘겨져도 절도 미수인데 형을 받아봐야 얼마나 받겠는가.

"나는 찬성. 요즘 용돈이 궁해서 말이야."

"이런 조건이라면 할 만하지. 나도 오케이."

가장 나이가 많은 사람은 더 고민하는 듯했는데, 결국엔 고개를 끄덕였다. 하는 일에 비해서 조건이 너무 좋았으니까. 주혁은 얼굴을 보여주지 않고 이 모습을 지켜보고 있었다.

치밀하게 계획을 세웠다고는 하지만 윌리엄 바사드도 만만치 않았다. 그 역시 상당한 대비를 하고 있었다. 예상치도 못한 곳에 별난 장비들을 다 설치해 놓아서 계속해서 실패했다. 주혁은 실패를 할 때마다 내용을 자세하게 기록했고 파훼법을 찾았다.

"어차피 상자는 내 거가 될 테고."

주혁은 이 일을 진행하면서 자신의 상자가 얼마나 대단한지 다시금 깨닫고 있었다. 이런 식이라면 한국은행도 감쪽같이 털 수 있을 것 같았다. 실패해도 다시 도전할 수 있으니 상대가 아무리 대비를 철저하게 하고 있어도 소용이 없었다.

그러니 결국에 상자는 자신의 손에 들어올 것이라는 사실을 알고 있었다. 다만 시간이 얼마나 걸리느냐의 문제만 있는 거였다. 하루냐 이틀이냐, 아니면 열흘이냐의 문제였다. 주혁은 자신의 상자를 집어 들고 입을 맞추었다.

"저번에 윌리엄의 상자가 좋다는 말은 취소. 니가 최고다."

원래 열 사람이 지키고 있어도 도둑 한 명을 막기 어려운 법이다. 그런데 거기에 상자의 능력까지 더해지자 거의 무적이었다. 철통 같은 방비를 한 윌리엄 바사드였지만 그는 물건을 온전하게 지킬 수는 없었다.

　결국 상자는 주혁의 손에 들어왔다. 윌리엄 바사드가 점심을 먹으러 나간 사이에 아무도 모르게 상자를 빼내온 거였다. 주혁은 이야기만 들었지 윌리엄 바사드의 상자를 보는 건 처음이었다.

　"이건 상자가 좀 아담하네?"

　주혁은 상자를 이리저리 돌려가며 살폈다. 주혁이 가지고 있는 상자에 비하면 장난감 같은 상자였다. 그리고 숫자 판도 두 개밖에 없었다.

　"그러면 최대로 나온다고 해도 99일."

　끽해야 석 달 정도 전으로 돌아갈 수 있다는 거였으니 생각보다는 대단치 않은 거라는 생각이 들었다. 적어도 몇 년 전 정도로는 돌아갈 수 있어야 할 수 있는 게 많지 않겠는가. 그리고 그 정도까지는 아니더라도 석 달은 너무 짧았다.

　그것도 그나마 가장 잘 나왔을 때가 그런 것이고 만약 첫 번째 수가 0이 나오는 날에는 정말 별 볼 일 없을 수도 있는 거였다. 하지만 윌리엄 바사드는 이 상자를 사용해서 엄청난 기회를 잡았다고 했다.

"하기야 주식시장 같은 데서는 한 달, 아니, 일주일 정도만 미리 알고 있어도 엄청난 부를 축적할 수 있지."

주혁이 가지고 있는 하루짜리로는 불가능했지만 윌리엄의 상자는 가능했다. 특히나 대폭락이 일어난 시기에 사용하면 효과가 엄청날 것 같았다. 그리고 그것이 아니더라도 주혁이 가지고 있는 상자와 잘 연계하면 무언가 대박을 칠 수 있을 듯했다.

그래서 주혁은 이 상자는 반드시 가져야겠다고 마음먹었다. 그런데 그렇게 되기 위해서는 한 가지 문제가 있었다. 윌리엄 바사드와의 관계를 확실하게 규정지어야 하는 거였다. 주혁은 어떻게 하면 윌리엄 바사드의 상자는 자신이 가지면서 그를 자기편으로 만들어서 이용할 수 있을까 고민했다.

\*       \*       \*

쉽지 않았다. 윌리엄 바사드는 주혁이 상자를 가져갔다고 생각하자 무조건 잡아서 상자를 받아내려 했다. 거물인 척해도 소용없었다. 상자에 대한 그의 집착은 주혁이 생각하는 것 이상이었다.

밤늦게 찾아갔으니 망정이지 일찍 갔더라면 온갖 고문을

당할 뻔했다. 자신을 죽이려고도 한 놈이었으니 오죽하겠는가. 그래서 일단 지금까지 상황을 USB 메모리에 정리해 놓고 잠시 머리를 식히기로 했다.

한 가지 일에 너무 집중하면 오히려 좋은 생각이 떠오르지 않을 때가 많다. 그럴 때는 다른 일을 하면서 기분 전환을 하는 편이 좋다. 그러다 보면 오히려 좋은 아이디어가 떠오를 때가 많았다.

주혁은 일단 다른 사람들이 자신에 대해서 어떻게 평가하는지를 알아보고 다녔다. 지금으로써는 그것이 가장 궁금했기 때문이었다. 시간도 50일 정도 남았으니 잠시 이렇게 숨을 골라도 문제를 해결하는 데 부족하지 않을 듯싶었다.

주혁은 돌아다니면서 이제는 인지도가 조금은 있구나 하는 느낌을 받았다. 어딜 가도 사람들이 알아볼 정도는 되었다. 그리고 생각했던 것보다 자신을 지켜보는 사람이 많다는 것도 알 수 있었다.

"당연히 관심이 가겠지. 외모도 이 정도면 준수한 편이고 연기력도 탄탄하고. 사실 이런 배우 만나는 게 쉽지는 않거든."

주혁은 '괴물'을 찍으면서 알게 된 촬영감독과 만나서 이야기를 나누었다. 그는 주혁을 아주 좋게 봐서 허심탄회하게 이야기를 해주었다.

"그리고 자네는 그냥 보는 것보다 화면으로 봤을 때 더 매력적이야. 그건 정말 배우로서는 최고의 능력이지."

하지만 그렇게 주혁을 좋게 보고 있는 그 역시 아직은 주연으로 부족하다는 평을 했다. 그는 경험이 아직 부족하다는 것도 있었지만 가장 큰 이유는 대중적인 인기라고 말했다.

"나야 그런 거하고 상관없으니까 자네를 주연으로 찍고 싶지. 아마 감독도 그런 마음일 거야. 그런데 영화가 어디 그런가. 투자자나 제작자 입김이 훨씬 더 센 곳이 이 바닥이야."

감독이 아무리 주연으로 하자고 해도 투자자나 제작자가 거부하면 끝이라는 거였다. 물론 봉 감독 정도 되는 사람이면 그렇지 않을 수도 있겠지만 대한민국에 있는 대부분의 영화판에서는 그렇다고 했다.

그는 주혁에게 열광하는 팬이 많지 않아서 아직 주연으로 적합하지 않다는 말이 나올 거라고 했다. 주혁을 주연으로 썼을 때 과연 관객이 몇 명이나 주혁 때문에 영화관으로 오겠느냐는 거였다. 하긴 맞는 말이긴 했다.

'커피 프린스'에서의 고선기 역이나 지금 맡은 이동건 역도 인기가 제법 있기는 했지만 사실 그 정도 인기 있는 배우는 많았다. 차츰 나아지기는 하겠지만 당장은 앞으로가 유망한 여러 후보 중 한 명에 불과했다.

"그리고 내가 요즘 가끔 듣는 이야긴데 자네, 추적자에서 제대로 터졌다고들 해."

시사회에서 '추적자'를 본 사람들이 가장 인상에 남는 배우로 주혁을 꼽는다는 거였다. 그만큼 주혁의 연기가 강렬했다는 뜻이었다. 그런데 연기를 너무 잘한 게 문제가 될 수도 있었다. 촬영감독은 '추적자'가 잘되면 잘될수록 주혁이 주연을 맡을 확률은 낮아질 것 같다고 했다.

"그러지 않기를 바라지만 내가 봐도 너무 강해. 아마 사람들이 당분간은 자네를 사이코패스 살인마로 기억할 거야."

배우가 강렬한 이미지를 남기는 건 좋지만 하나의 이미지로 굳어지는 건 좋지 않은 일이다. 올리비아 핫세가 줄리엣의 이미지가 너무 강해서 평생 그 이미지에서 벗어나지 못했던 것이 단적인 예이다.

그리고 '터미네이터 II'에서 T—1000 역을 했던 로버트 패트릭이란 배우가 T—1000의 이미지가 너무 강해서 그 이후로 연기하는 데 고생을 한 예도 있지 않은가. 그러니 주혁도 '추적자'에서의 살인마 이미지가 굳어지면 정말 큰일 나는 거였다.

그런데 영화계 관계자들 대부분이 시사회에서 '추적자'를 보고 주혁의 연기에 강한 인상을 받았다고 했지만 아이러니하게도 그래서 주혁을 주연으로 쓰는 건 꺼려진다고 했단다. 그 이미지가 쉽게 지워지지 않을 것 같다면서.

"그렇게 되면 정말 곤란하긴 하겠네요. 하지만 그렇지는 않을 겁니다. 아직 제가 보여줄 수 있는 게 더 있다고 생각하니까요."

주혁은 '추적자'에서의 연기가 최고라고 생각하지 않았다. 아직 그가 보여줄 수 있는 매력이 많이 남아 있고 그걸 통해서 사람들의 시선을 사로잡아야겠다고 생각했다.

"음, 나도 시사회에 가서 봤는데 정말 인상적이더구만. 아마 자네의 연기력에 대해서는 두말할 사람이 없을 거야. 그렇긴 한데……."

주혁은 안형진을 찾아가서 이야기를 들었는데, 그 역시 비슷한 말을 했다. 배역 때문에 고생할 수도 있다는 거였다. 실제로 '공공의 적'에서 악역으로 나왔던 배우가 그 영화 이후로 CF가 딱 끊겼다고 하지 않았던가.

그리고 그 이미지에서 벗어나는 데도 무척 어려움을 겪었다고 했다. 안형진은 주혁이 그와 비슷한 길을 가게 되지 않을까 걱정하는 거였다. 주혁은 그 말을 들으니 연기력을 인정받은 거라서 기분이 좋으면서도 한편으로는 찜찜하기도 했다.

"잘못했다가는 평생 살인마 역할만 해야 할지도 모르겠군요."

"그래서 자네가 네오하트에서 이동건 역을 맡은 걸 좋아했던 거야. 아무래도 이미지는 희석될 테니까."

안형진은 '네오하트'에 출연한 것은 기가 막힌 선택이었다고 했다. 주혁도 그런 것까지 염두에 두고 출연한 것이기는 했는데 과연 결과가 어떻게 될지는 두고 봐야 했다. 세상일이란 게 마음먹은 대로만 흘러가지는 않으니까.

아무래도 '추적자'가 개봉하면 그쪽으로 시선이 더 많이 쏠리지 않을까 싶었다. '네오하트'에서 동건은 유쾌한 사람이면서도 순정파 같은 이미지여서 여자들에게 인기가 있기는 했지만 강렬하다고까지는 할 수 없었다. 그러니 아무래도 '추적자'에서의 연기를 사람들이 더 기억할 확률이 높다고 생각했다.

"그나저나 추적자는 이제 시사회를 했는데도 말들이 많아."

안형진의 말은 사실이었다. 사실 지금 개봉하기 전인데도 '추적자'가 심상치 않다는 소문이 돌았다. 시사회를 본 사람들의 입을 타고 퍼진 소문이었는데, 스릴러임에도 상당한 화제작이 될 듯했다.

주혁은 참 아이러니하다는 생각이 들었다. 자신이 출연한 영화가 잘될수록 주연을 맡을 확률은 낮아지는 것이니까. 하지만 일단 자신이 맡은 이상 그 영화가 잘되기를 바랐다. 그리고 자신이 바라지 않아도 '추적자'는 충분히 성공할 수 있다고 생각했다. 모든 배우가 열연을 한 정말 좋은 작품이었으니까.

물론 그렇다고 주혁이 '네오하트'에서 설렁설렁 연기를 한 건 아니었다. 동건 역할도 멋지게 소화했다. 그러니 드라마도 시청률이 높은 거였고 동건의 캐릭터도 인기가 있는 거였다. 주혁은 사람들의 반응이 어떨지 정말 궁금했다.

'과연 며칠 뒤에 추적자가 개봉하면 어떻게 될까? 아니, 이제는 거의 백 일 정도 뒤에 개봉한다고 해야 하나?'

주혁은 그런 생각을 하다가 안형진에게 솔직히 지금 주연을 맡을 가능성이 얼마나 되겠느냐고 물었다. 다른 사람들에게도 대답을 들었었지만 안형진의 의견도 듣고 싶었다. 안형진은 잠시 고민하더니 대답했다.

"아무래도 많은 자본이 들어가는 영화에서 주연을 맡는 건 어렵겠지."

"그렇군요. 아무래도 그렇겠죠."

많이 듣기도 했고 주혁도 그렇게 생각하고 있었다. '괴물'의 촬영감독도 똑같은 이야기를 하지 않았던가. 감독이야 주혁을 쓰고 싶겠지만 투자자나 제작자 입장에서는 그렇지 않을 거라고. 어떤 투자자가 살인마 이미지가 강한 배우를 주연으로 쓰고 싶겠는가.

투자자는 관객들이 자신이 투자한 영화의 주인공을 보면서 '추적자'의 살인마 모습을 떠올리는 걸 바라지 않을 것이다. 그러니 어차피 당분간 로맨틱 코미디나 멜로뿐 아니라 어지간한 영화에는 출연하기 어려울 듯했다.

하지만 굳이 그렇게 큰돈이 들어가는 영화에서 주연을 맡아야만 하는 건 아니라는 생각도 들었다. 작품만 좋으면 제작비가 얼마가 드느냐는 문제가 아니었다.

'하기야 제작비 많이 들었다고 흥행하는 것도 아니고 좋은 작품이 되는 것도 아니지.'

주혁이 생각에 잠겨 있자 안형진은 어깨를 가볍게 툭툭 건드렸다. 주혁이 고개를 들고 쳐다보자 그는 인자한 미소를 지으면서 말했다.

"걱정하지 말라고. 자네야 정말 전도가 유망한데 무슨 걱정을 해. 그저 좋은 작품 들어오면 그 배역에 충실하게. 그러다 보면 다 잘될 게야."

김준석과 비슷한 말이었다. 연기력은 충분하니 차분히 기다리면 된다는 이야기. 그러면서 모든 일에는 다 때가 있는 것이니 억지로 한다고 되는 게 아니라는 말도 덧붙였다. 주혁도 그 이야기에는 동의하지만 그래도 이제는 슬슬 움직일 때가 되었다는 생각이었다.

'저기, 잘 모르셔서 그러시나 본데요. 저 사실 십 년 넘게

뺑이쳤거든요.'

　사실 사람들은 모르고 있었지만 주혁은 기다릴 만큼 기다렸다. 그런데 이제 뻗어나갈 수 있는 기회가 오자 놓치지 말아야겠다는 생각이 강하게 들었다. 차근차근 올라갈 생각이지만 기회가 왔을 때는 주저하지 않을 작정이었다.

　그리고 지금이 바로 승부를 걸 때라고 생각했다. 기세를 탔을 때 치고 올라가는 게 좋지 않겠는가. 비록 위기이기는 했지만 이걸 극복해 낸다면 정말 톱스타로 순식간에 발돋움할 수도 있을 터였다.

　"저는 가보겠습니다. 촬영도 있고 해서요."

　"그래, 어여 가봐."

　안형진의 배웅을 뒤로하고 주혁은 김중택 이사를 찾아갔다. 앞으로 제작될 영화 시나리오가 어떤 게 있나 보기 위해서였다. 이번에는 제대로 된 주연을 맡아서 한 단계 레벨업을 하자는 생각을 가지고 적극적으로 움직이기로 했다.

　그러기 위해서는 일단 좋은 작품을 찾아야 했다. 그리고 대한민국에서 영화 시나리오가 가장 많이 모이는 곳이 배급사다. 배급을 생각하지 않고 영화를 제작할 수는 없으니까. 그래서 배급사의 이사로 있는 김중택을 찾은 거였다.

　"아니? 우리 내일 만나기로 하지 않았던가?"

　주혁이 찾아오자 김 이사는 놀란 표정으로 그를 맞이했다.

원래는 내일 만나기로 되어 있었지만 주혁은 그냥 찾아갔다. 이렇게 해도 어차피 나중에는 내일 만나는 것으로 기억하게 될 테니까.

"지나던 길에 생각나서 잠시 들렀습니다. 요즘 좋은 시나리오 좀 있나요?"

"시나리오야 항상 많지. 좋은 게 없어서 그렇지."

김 이사는 껄껄 웃으면서 책상 위에 있는 한 무더기의 시나리오를 손으로 툭툭 쳤다. 그것이 다 요즘 들어온 시나리오라는 거였다.

많았다. 많아도 너무 많았다. 검토 중인 시나리오만 수십 개나 되었다.

"엄청나게 많군요."

"이거 보는 것도 일이라니까."

김중택 이사는 허허 웃었다. 주혁은 일단 손에 잡히는 만큼만 쥐었다. 어차피 가져가 봐야 다 보지도 못한다. 오늘 12시까지밖에 볼 수가 없으니까. 주혁은 시나리오 몇 편을 들고 황급히 인사를 하고 나왔다.

김중택 이사는 고개를 갸웃거렸지만 무슨 사정이 있는 것이려니 했다. 주혁에게 시나리오 몇 편 보여주는 게 특별한 일도 아니었고. 아니, 오히려 읽어보고 어땠는지 이야기해 달라고 하고 싶었다. 그런 생각을 뒤로한 채 주혁은 바로 집으로 향했다.

"내일은 아예 아침 일찍 와서 왕창 가져가야겠다. 하루에
몰아서 보게."

그는 좀 더 시간을 효율적으로 써야겠다는 생각을 했다. 남
은 날짜가 제법 되었지만 사실 어영부영 보내면 순식간에 지
나가는 게 시간이다. 그래서 사람들이 늘 시간이 부족하다고
그러는 것 아니던가. 시간이 있을 때는 허송세월하다가 마감
이 닥쳐서야 급하게 움직이면서.

주혁은 더 했었다. 삶의 목표도, 살아야겠다는 의지도 없이
매일 술독에 빠져서. 적어도 주혁은 이번에는 그렇게 살지는
않으리라 다짐했다.

*　　　*　　　*

주혁은 갈수록 머리가 아팠다. 시나리오를 고르는 문제도
그랬고 윌리엄 바시드를 어떻게 해야 할지도 감이 잘 오지 않
았다. 그냥 상자만 가지고 모른 척할까도 생각해 봤지만 그럼
더 자신에게 집착할 것 같았다.

당연하지 않겠는가. 자신의 상자가 없어지면 그걸 찾든가,
아니면 다른 상자를 손에 넣으려 할 것이다. 그러니 주혁에게
무슨 짓을 해서라도 상자를 빼앗으려 할 것이다. 상황이 그렇

게 흘러가는 건 딱 질색이었다.

"역시 내 말을 듣게 만드는 편이 더 좋겠지?"

주혁은 일종의 주종 관계 비슷하게 만들 수 있으면 좋겠다고 생각했다. 그러자면 윌리엄 바사드가 스스로 주혁의 밑으로 들어오도록 만드는 게 가장 좋은 방법이었다. 하지만 어떻게 하면 그렇게 될지 방안이 잘 떠오르지 않았다.

"차라리 내가 돈을 벌어볼까?"

하루짜리 상자가 있을 때야 불가능했지만 윌리엄의 상자만 얻는다면 가능할 것도 같았다. 그러나 이내 고개를 저었다. 시간이 얼마나 걸릴지도 모르는 일이었고 너무 위험한 일이었기 때문이었다.

큰돈을 만지려면 금융시장이 크게 요동치는 때여야 한다. 그런데 그게 언제 올지 누가 알겠는가. 그리고 종잣돈도 부족했다. 금액이 커야 얻는 이익도 큰 법인데 주혁이 가지고 있는 자금은 그리 많지 않았다.

일반인이 가지고 있는 금액으로써야 클 수도 있겠지만 윌리엄 바사드가 있는 세계에서 보면 어린아이의 코 묻은 돈 정도에 불과했다. 좁쌀이 몇 백 번 굴러도 수박이 한 번 구르는 것만 못한 법이다.

그리고 큰돈을 벌었다 치자. 사실 그게 더 위험했다. 돈이라면 뭐든지 하는 인간들이 수두룩한 게 이 세상이다. 그러니 주혁에게 어마어마한 재산이 있다는 게 알려지면 동전 몇 개 없어지는 건 순식간일 것이다.

윌리엄 바사드는 자신을 보호할 수 있을 만큼 힘이 있는 조직에 속해 있기에 무사한 거였다. 돈은 버는 것보다 그걸 지키는 게 더 힘이 드는 법이다. 주혁은 그런 데 시간을 낭비하고 싶지 않았다. 벌써 서른 살이 넘었다. 이제는 청춘이라고 하기도 약간 모호한 나이지 않은가.

"에이, 그냥 윌리엄을 잘 꼬드기는 걸로 해야겠다."

주혁은 방법을 찾다가 잘 생각이 나지 않자 일단 부닥치면서 수정하기로 했다. 생각만 하고 있으니 윌리엄의 반응을 보면서 해결책을 찾는 편이 나을 거라는 생각에서였다. 물론 처음에는 밤늦게 찾아갔다. 무슨 일을 당할지 몰랐으니까.

주혁은 며칠 동안 간을 보면서 점차 어떻게 하면 되겠다는 감을 잡기 시작했다. 그래서 이제는 점심 식사 후에 바로 가서 이야기하고 있었다. 이제는 잡혀서 고문당하지 않을 정도로 윌리엄을 요리할 수 있었으니까.

"자네가 상자를 지킬 수 있을 것 같은가?"

주혁의 말에 윌리엄 바사드는 충혈된 눈을 번득이면서 으르렁거렸다. 이런저런 말로 흔들려고 했지만 쉽사리 동요하지 않았다. 오히려 주혁에 대한 적개심만 더 커질 뿐이었다.

"물론이지. 그러니 어서 내놓는 게 좋을 거야. 아니면 당신이 상상도 못 했던 일을 당할 테니까."

"웃기는군. 자네는 내가 아니라 다른 상자의 주인도 이기지 못해. 자네가 먹이사슬에서 가장 밑에 있단 말이야."

주혁이 다른 상자의 주인을 언급하자 윌리엄 바사드는 흠칫 놀랐다. 확실히 다른 것을 말했을 때와는 전혀 다른 반응이었다. 주혁은 가만히 그를 관찰했는데, 무언가를 생각하는 듯하더니 굉장히 혼란스러워했다.

그만큼 상자의 주인이라는 말은 윌리엄 바사드에게는 충격적인 말이었다. 지금까지는 자신이 먹이사슬의 가장 꼭대기에 있다고 생각했었는데 주혁의 존재로 인해서 그 생각이 산산이 부서졌기 때문이었다.

"다른 상자의 주인……."

주혁은 윌리엄을 감싸고 있던 격렬한 분노가 점차 사그라지는 걸 느낄 수 있었다. 주혁은 겉으로는 거만한 표정을 하고 있었지만 속으로는 쾌재를 불렀다. 역시나 다른 상자의 주인을 언급한 게 효과가 있어서였다.

주혁은 윌리엄 바사드가 두려워할 만한 게 뭐가 있을까 고민했다. 사실 거대 조직을 움직이는 자였고 운용할 수 있는 자금도 전 세계에서 손꼽힐 정도였으니 딱히 두려울 게 없을 듯했다. 이거저거 막 찔러 보았지만 역시나 효과가 별로 없었다.

그래서 머리를 쥐어짜다가 생각이 난 게 바로 다른 상자의 주인이라는 개념이었다. 실제로 그런 사람들이 있는지 없는지는 알지 못한다. 하지만 그런 건 별로 상관없다. 윌리엄 바사드만 그렇게 생각하면 되는 거니까.

하지만 아쉽게도 시간이 다되었다. 이제 곧 12시가 되니 오늘은 여기까지다. 이럴 줄 알았으면 처음부터 상자의 주인을 언급할 걸 그랬다는 자책을 하면서 주혁은 눈을 감았다. 그리고 눈을 다시 떴을 때는 자신의 집이었다. 주혁은 자리에 누운 채 슬며시 웃었다.

"드디어 찾았어."

이제 윌리엄 바사드를 손에 넣을 방법을 찾았다. 그만 제대로 처리하면 주혁의 인생은 탄탄대로였다. 그가 가지고 있는 상자까지 자신의 손에 들어오는데 문제가 될 게 뭐가 있겠는가. 이제는 정말 꿈을 펼치는 일만 남은 거였다. 즐거운 인생이 막 펼쳐지려 하고 있었다.

주혁은 웃으면서 자리에서 일어났다. 아직 상자의 수는 25를 나타내고 있었다.


주혁은 상자의 주인이라는 카드를 가지고 여러 가지 실험을 했다. 확실히 상자의 주인이 목숨을 노리고 있다고 하자 윌리엄 바사드는 긴장했다. 상자의 힘이 얼마나 신비하고 놀라운지는 윌리엄 자신이 가장 잘 알고 있었기 때문이었다.

그리고 상대가 흔들릴수록 주혁의 의지대로 움직이게 하는 것도 수월해졌다. 그렇게 주혁은 상자를 확보하고 윌리엄 바사드를 자신의 휘하로 들이는 것까지 시간표를 완성했다.

"자, 이제 정말 완벽하지?"

주혁은 다시 한 번 계획을 살폈다. 이제는 시간이 10일밖에 남지 않은 상태라서 실전에 들어가야 했다. 며칠은 더 써도 괜찮을 듯하기는 했는데 그냥 시작하기로 했다. 그러다가 공연히 일이 꼬이면 낭패였으니까.

그러니 시간이 좀 남더라도 안전하게 하는 편이 좋았다. 주혁은 모든 걸 꼼꼼하게 확인하고는 잠자리에 들었다. 어차피 잠시 후면 일어날 것이기는 하지만 그래도 마음을 차분하게 가라앉히고 편안하게 휴식을 취했다. 그의 눈에는 숫자 11이 보였다.


"항상 그렇지만 이렇게 일어나는 건 영 이상하네. 잠을 잔 것 같지도 않고."

주혁은 투덜거리면서 자리에서 일어났다. 몸은 개운했지만 기분은 좀 어정쩡했다. 푹 쉰 것 같지 않은 느낌이 들어서였다. 주혁은 10이라는 수를 보면서 바쁘게 돌아갈 오늘 일을 준비했다. 주혁은 가장 먼저 미스터 K를 찾아갔다.

"호텔에 있는 물건을 하나 빼내야겠는데 계획은 이렇게 할 겁니다."

주혁은 서류를 그에게 건넸다. 거기에는 아주 자세한 계획이 적혀 있었다. 미스터 K는 서류를 쭉 보다가 주혁을 힐끗 쳐다보았는데, 주혁은 그가 말하기 전에 먼저 선수를 쳤다.

"아는 전문가에게 부탁해서 받은 겁니다."

미스터 K는 고개를 끄덕이더니 아주 잘 만들어진 계획이라고 말했다. 주혁은 속으로 생각했다. '당연하지. 얼마나 시행착오를 겪으면서 보완한 작전인데.' 라고. 그리고 서류를 보고 있는 미스터 K에게 조용히 말했다.

"작전 시작은 오늘 12시 30분입니다. 그러니 명단에 있는 사람을 빨리 불러야 할 겁니다. 그 물건을 빼낼 수 있는 시간이 그때밖에 없어서이니 양해를 좀 해줬으면 하네요."

주혁의 말에 미스터 K는 어리둥절하면서도 시키는 대로 이행했다. 누가 뭐라고 해도 주혁은 그의 고용주였으니까. 그리고 얼마 지나지 않아서 사람들이 모였을 때도 그는 주혁이 시킨 대로 이야기했다.

그러면서도 참 신기하다는 생각을 했다. 용하게도 이 시간에 모일 수 있는 사람들만 쏙쏙 뽑았다는 생각이 들어서였다. 모인 사람들과 이야기를 해보면 최근에 누군가와 통화한 것 같지는 않은데 말이다.

"몇 시간 뒤에 털러 간다고? 제정신이 아니구만."

예상대로 어처구니가 없다는 반응들이었다. 하지만 보수에 대해서 언급하자 다들 표정이 바뀌었다. 성공이나 실패 여부와는 상관없이 돈을 준다고 했으니까. 그리고 금액도 그들이 생각한 것보다 넉넉했다.

"그러니까 실패를 해도 기본급은 준다 이거네?"

"그렇습니다. 물론 성공을 하면 보너스가 있으니 성공하는 편이 더 좋겠지요. 그리고 기본급은 일 시작하기 전에 선금으로 모두 지급합니다."

사람들은 잠시 생각을 하더니 하나둘 찬성했다.

"나는 찬성. 요즘 용돈이 궁해서 말이야."

"이런 조건이라면 할 만하지. 나도 오케이."

가장 나이가 많은 사람이 마지막으로 참가하겠다는 뜻을 밝혔고 바로 장비를 가지고 호텔로 이동했다. 물론 그전에 돈을 입금했다.

"월급 넣었으니까 확인들 해보세요."

"안 그래도 마누라한테 연락 왔어. 이제는 집에 가도 밥은 해주겠지."

돈이 들어간 걸 확인하자 사람들의 표정이 한결 밝아졌다. 주혁은 다른 차량으로 이동해서 사람들과는 얼굴을 마주치지 않았다. 작전은 미스터 K가 지휘를 했는데, 워낙 빈틈없이 계획이 서 있어서 거칠 게 없었다.

그래서 윌리엄 바사드가 점심을 먹으러 나가자마자 바로 상자를 빼 올 수가 있었다. 사람들이 방에 재미있는 걸 설치하고 상자를 빼 오는 동안 미스터 K는 별도의 작업을 했다.

"보너스는 지금 넣었으니 확인들 해보시지요."

"어련히 잘 넣었을라고. 그런데 이거 설계한 게 누구야? 이 사람 설계도 나오면 나 좀 꼭 불러달라고. 아주 일하기 편하네."

미스터 K와 사람들은 각자 갈 곳으로 흩어졌고 주혁은 윌리엄의 상자를 받아서 집으로 돌아와서 숨겨놓았다. 그리고 다시 호텔로 향했다. 주혁은 호텔로 향하면서 상자를 잘 보관할 방법을 알아봐야겠다고 생각했다. 오늘이야 상관없지만 앞으로는 문제가 될 수도 있으니까.

은행의 대여금고나, 아니면 집에 특수한 금고를 설치하는 것도 염두에 두어야겠다고 생각했다. 너무나도 중요한 물건이라서 혹시라도 다른 사람의 손에 들어가면 곤란했으니까. 그런 생각을 하면서 주혁이 호텔에 도착했을 때 방 안에서는 윌리엄 바사드의 고함 소리가 들리고 있었다.

주혁이 안내를 받아 방에 들어갔을 때 윌리엄 바사드는 적의에 찬 시선으로 주혁을 노려보고 있었다. 상자가 없어지고 곧바로 찾아왔다는 건 사실 뻔한 스토리였으니까. 몸수색을 마치고 사람을 내보내자 주혁은 소파로 다가가서 털썩 앉았다.

"그래, 상자한테는 어디까지 이야기를 들었지?"

주혁의 이야기에 윌리엄 바사드는 흠칫 놀랐다. 상자와 대화를 한 것까지 알고 있으리라고는 생각지 않아서였다. 주혁은 윌리엄의 반응을 보고는 예상대로 기선을 제압했음을 알았다. 주혁은 더욱 거칠게 행동했다.

"뭐야, 설마 자네만 상자하고 이야기를 나눈다고 생각했던 건가? 완전 애송이로군."

주혁의 거침없는 행동에 윌리엄은 잔뜩 긴장했다. 도대체 어떻게 반응해야 할지 알 수가 없었기 때문이었다. 지금까지 살아오면서 자신이 아주 특별한 존재라고 생각하고 있었는데 주혁의 앞에 서니 한없이 초라해지는 느낌마저 들었다.

그러자 주혁은 상자가 가진 신비에 대해 이런저런 이야기를 던져서 상대의 기를 확 죽여놓았다. 윌리엄은 자신이 가지고 있던 상자에 대해서 자기보다 주혁이 더 잘 알고 있다는 느낌마저 받았다. 그러니 어떻게 위축되지 않을 수 있겠는가.

일단 그렇게 상대의 기를 꾹꾹 눌러준 다음에 주혁은 본격적인 이야기에 들어갔다. 바로 없어진 상자 이야기였다. 없어진 상자 이야기가 나오자 윌리엄의 표정이 단번에 바뀌었다. 그렇게 기를 눌러놓았는데도 불같은 분노를 표출했다.

"상자를 가지고 있으면 지킬 자신이나 있고?"

주혁은 다리를 꼰 채 살짝 비아냥거렸는데, 윌리엄 바사드는 벌게진 눈을 치켜뜨면서 으르렁거렸다. 당장에라도 주혁을 죽여 버리겠다는 표정이었다.

"물론이지. 그러니 만약 당신이 상자를 가져간 거라면 어서 내놓는 게 좋을 거야. 그렇지 않으면 상상도 못 했던 일을 당할 테니까."

살벌한 표정에 무시무시한 말이었지만 하도 들어서 주혁은 별 감흥이 없었다. 영화의 무서운 장면도 처음 볼 때가 무섭지 수십 번 보다 보면 시큰둥해지는 것 아니겠는가. 주혁이 너무 태평하게 나오자 오히려 윌리엄이 당황스러워했다.

"웃기는군. 자네는 내가 아니라 다른 상자의 주인도 이기지 못해. 초식동물도 아닌 풀 같은 존재인 주제에 아직 정신을 못 차렸군."

역시나 효과 만점이었다. 다른 상자의 주인이라는 말에 윌리엄은 갑자기 표정이 확 변했다. 그는 굉장히 혼란스러운 듯 계속해서 얼굴이 바뀌었다.

"다른 상자의 주인……."

윌리엄 바사드는 힘없이 중얼거렸다. 그에게 가장 두려운 말은 파멸이었다. 온갖 풍파를 헤치며 지금의 위치에 오른 그였다. 엄청난 자금을 움직일 수 있는 권한이 그에게 있었고 어떤 누구도 부럽지 않았다.

세계적인 회사의 CEO? 한 나라의 대통령? 윌리엄 바사드의 눈에 그런 사람들은 들어오지도 않았다. 그가 목표로 하는건 오로지 로저 페이튼 회장이었다. 그자만 누를 수 있다면자신이 정상의 자리에 서는 것이니까.

그리고 바로 턱밑까지 그를 추격했다. 이제 조금만 더 하면그를 추월할 수 있으리라 생각하고 있었다. 그런데 지금 파멸한다? 상상조차 하기 싫은 일이었다. 그런데 상자의 주인이라는 존재는 그럴 만한 능력이 충분하다고 생각되었다.

"다른 상자의 주인을 대적할 자신이 있다면 상자를 다시돌려주지."

주혁은 대담하게 제안했다. 하지만 윌리엄은 쉽게 대답하지 못했다. 상자를 가지고는 싶었지만 자기보다 더 대단한 자들로부터 그걸 지킬 수 있을지는 알 수 없었으니까. 아니, 아마도 막을 수 없을 것 같다는 생각이 들었다.

주혁이라는 존재가 상자를 가져가는 것도 막지 못하지 않았던가. 자신은 주혁이라는 존재를 알기 위해서 그토록 오랜시간을 들여서 애를 썼건만 상대는 자기 주머니 속에 있는 물건을 가져가듯 상자를 가져가 버렸다.

주혁은 눈치를 보다가 그런 윌리엄을 향해서 치명타를 날렸다. 다른 세 명도 모두 대단한 능력을 가지고 있다고. 윌리엄은 그 이야기를 듣고서 한숨을 내쉬었다. 겨우 탐색만 하는 자신이 그런 자들을 어떻게 당해내겠는가.

지금까지 자신이 하늘이라고 생각했었는데 하늘 밖의 하늘이 또 있었던 거였다. 그리고 그런 생각이 드니 윌리엄 바사드는 새삼 자신의 처지를 되돌아보게 되었다. 그렇게 풀이 죽어 있을 때 주혁은 다시 말을 던졌다.

"그럴 자신이 없다면 그 상자는 내가 가지고 있도록 하지. 하긴 자네가 가지고 있어 봐야 한 번밖에 사용할 수 없지 않나. 어차피 동전도 하나밖에 없으니까."

주혁은 계속해서 상자를 가지고 있으면 다른 상자의 주인에게 죽고 상자는 빼앗길 거라고 했다. 윌리엄은 서서히 설득당하고 있었다.

윌리엄 바사드는 패기 넘치고 승부욕이 강한 사람이다. 명석하고 두뇌 회전이 빠른 것은 물론이고 상황 판단이나 전체적인 흐름을 보는 눈도 좋았다. 하지만 지금 일은 일반적인 상식으로 판단할 수 있는 것이 아니었다. 그래서 쉽사리 결론을 내리지 못하고 있었다.

주혁은 윌리엄의 상태를 보다가 슬그머니 제안했다. 대신 자신이 윌리엄의 뒤를 봐주겠다고 한 거였다. 다른 위협으로부터 안전하게. 윌리엄은 그 이야기를 듣더니 중얼거렸다.

"파트로네스와 클리엔테스."

'파트로네스와 클리엔테스'는 로마 시대에 있었던 말인데 후원자와 보호받는 자 정도로 생각하면 되는 말이었다. 주혁도 처음에는 몰랐었는데 나중에 알아보고서야 그 의미를 알 수 있었다. 그리고 윌리엄이 이 말을 하는 건 거의 넘어왔다는 거나 마찬가지였다.

"비슷하다고 볼 수 있겠지. 자네에게 무슨 일이 있거나 상자의 힘이 필요하면 내가 도움을 주지."

상자라는 단어가 나오자 윌리엄은 혹시라도 상자를 다시 찾을 수 있을 확률이 있을지 머리를 굴렸다. 하지만 이내 주혁의 말을 듣고는 그런 생각을 접어야 했다. 주혁은 그의 눈초리를 살피다 갑자기 주머니에서 스위치를 꺼내서 눌렀다.

푸시시시이익~

침대 근처에서 보라색 연기가 새어 나왔다. 윌리엄은 깜짝 놀라서 자리에서 벌떡 일어났는데, 주혁은 가만히 손짓해서 앉으라고 했다.

"놀랄 건 없어. 인체에는 무해한 거니까. 혹시나 해서 미리 심어놨던 거지. 그리고 자네 소매도 좀 봤으면 좋겠군."

윌리엄은 자신의 소매를 보았다. 처음에는 잘 몰랐는데 자세히 보니 작은 구멍 두 개가 뚫려 있다는 걸 알 수 있었다. 주혁은 미스터 K의 솜씨가 참 대단하다는 생각을 하면서 말을 이어나갔다.

"그건 자네가 점심을 먹을 때 장난삼아 해본 거야."

윌리엄은 알 수 있었다. 이자는 지금 마음만 먹으면 언제라도 자신을 없앨 수 있다는 이야기를 하고 있는 거였다. 그리고 그런 사실을 믿을 수밖에 없었다. 이렇게 증거를 직접 보았으니까.

윌리엄 바사드는 현실을 받아들이고 상자를 포기했다. 어차피 발버둥 쳐 봐야 소용없는 일이라는 생각에서였다. 대신 주혁에게서 도움을 받는 쪽을 선택했다. 그리고 주혁에게 선물을 주겠다고 했다.

"한국에 투자회사를 하나 세울 테니 필요하면 사용하시지요."

"자네만큼은 아니더라도 쓸 만큼은 있는데……."

"저희가 관계를 맺은 기념이라고 생각하시고 받아주시면 좋겠습니다."

주혁은 윌리엄의 속셈을 알고 있었다. 말은 선물이라고 하지만 그건 다 주혁을 감시하기 위한 장치였다. 하지만 별 상관없었다. 어차피 윌리엄은 다른 사람에게 상자 이야기를 할 수 없으니까.

그러니 뭐라고 하겠는가. 그저 잘 지켜보고 무슨 일이 생기지 않게 보호해 달라는 말밖에는 할 수 없다. 그러니 주혁에게는 오히려 좋을 수도 있었다.

"그럼 고맙게 받지. 대신 내 마음대로 써도 되겠지?"

"물론입니다. 여기에 남는 사람들에게 이야기해 놓지요."

윌리엄은 당연히 그러라고 했다. 그리고 올해 로저 페이튼 회장과 큰 전쟁이 있을 것인데 거기에 도움을 준다면 따로 사례하겠다고 했다. 주혁은 다리를 꼬고 깍지를 낀 채 이야기를 듣고 있다가 천천히 고개를 끄덕였다.

결국 윌리엄 바사드가 바라는 건 그거였다. 로저 페이튼을 이기고 자기가 최고가 되는 것. 그것만 만족시켜 주면 그는 주혁에게 딴마음을 품지 않을 것이다. 그리고 뭘 어떻게 해야 할지는 모르겠지만 상자가 있는 한 뭐든 가능하리라 생각되었다.

드디어 가장 만족스러운 결과를 얻어냈다. 상자도 손에 넣고 윌리엄도 손에 넣었으니까. 그리고 경호원과 개인 은행도 하나 생겼다. 주혁이 생각한 최선의 상태였다. 무엇보다도 사람을 얻었다는 것이 만족스러웠다.

상자는 마지막 카드이고 함부로 사용할 수 없지만 사람은 필요할 때 써먹을 수가 있다. 그러니 오히려 사람을 얻는 게 여러모로 더 유리할 수 있다는 게 주혁의 생각이었다. 그래서 윌리엄 바사드라는 인물을 끌어들이는 데 그렇게 공을 들인 거였다.

'아무렴. 사람이 전부지.'

주혁은 윌리엄 바사드와 악수를 하고 밖으로 나왔다. 호텔 밖으로 나오는데 다리에 힘이 살짝 풀렸다. 하지만 입가에는 미소가 가득했다. 주혁은 집으로 가서 시간을 제대로 흐르게 하고 일단 상자는 은행의 대여금고에 넣었다. 그리고 촬영장으로 향했다.

"오늘은 볕이 강한가? 별로 춥지가 않네?"

오늘따라 촬영장으로 가는 길도 뻥 뚫려 있었고 따스한 햇볕이 온몸을 나른하게 했다. 주혁은 라디오에서 흘러나오는 음악에 맞춰 흥얼거리면서 자동차를 몰았다.

『즐거운 인생』 5권에 계속…

전혁 新무협 판타지 소설
FANTASTIC ORIENTAL HEROES

왕후장상

『월풍』, 『신궁전설』의 작가 전혁이 전하는
유쾌, 상쾌, 통쾌 스토리, 『왕후장상』!

문서 위조계의 기린아 기무결.
사기 쳐서 잘 먹고 잘살던 그에게 날벼락이 떨어졌다.
바로 녹슨 칼에서 나온 오천만 냥짜리 보물지도!

기무결에게 내려진 숙제,
오천만 냥을 찾아라!

그러나 꼬인 행보 끝 도착한 곳은 동창의 감옥이었으니…….

"으아악! 이게 뭐야!! 무림맹이 왜 여기 있는 거야!"

천하제일거부를 향한 기무결의
끝없는 도전이 시작된다!

Book Publishing CHUNGEORAM

유행이 아닌 자유추구 -
WWW.chungeoram.com

# 용마검전
## FANTASY FRONTIER SPIRIT
### 김재한 판타지 장편 소설

**「폭염의 용제」, 「성운을 먹는 자」의 작가 김재한!
또다시 새로운 신화를 완성하다!**

## 『용마검전』

사악한 용마족의 왕 아테인을 쓰러뜨리고
용마전쟁을 끝낸 용사 아젤!

그러나 그 대가로 받은 것은 죽음에 이르는 저주.
아젤은 저주를 풀기 위해 기나긴 잠에 빠져든다.

## 그로부터 220년 후……

**긴 잠에서 깨어난 아젤이 본 것은
인간과 용마족이 더불어 살아가는 새로운 세상이었다.**

Book Publishing CHUNGEORAM

불법이 아닌 자유추구 ~
WWW.chungeoram.com

허담 新무협 판타지 소설

FANTASTIC ORIENTAL HEROES

검은별

하늘아래 모든 곳에 있고,
결코 사라지지 않는다.

세상은 그들을 멸사하지만,
세상의 모든 야망가가 은밀히 거래한다.

선과 악이 어우러지고,
어둠과 밝음이 서로를 의지하듯
세상의 빛 그 아래 존재하는 자들.

무수한 별이 빛을 잃어 어둠을 먹고사는
검은 별이 되어 살아가는,
그리하여 세상 모든 사람이 두려워하는…

그들은 유령문이다!

Book Publishing CHUNGEORAM

유행이 아닌 자유추구 –
WWW. chungeoram.com

연재 사이트 베스트 1위!
어디에서도 볼 수 없었던 천재 의사가 온다!

『메디컬 환생』

언제나 실패만 거듭해 온 의사 진현,
그런 그에게 찾아온 인연의 끈이 있었으니.

"다시 삶을 살면… 어떤 삶을 살고 싶으신가요?"

다시 한 번 주어진 인생
이번엔 반드시 성공하리라!

Book Publishing CHUNGEORAM